谨 以 此 书 纪 念 曹 雪 芹 逝 世 260 周 年

本书由浙大城市学院新闻与传播学院新闻传播学（百强学科培育建设）
项目提供经费支持

本书为2019年度浙大城市学院重大科研成果培育项目成果

本书为浙大城市学院科研培育基金资助课题成果（课题编号：X-202117）

语言·文化·传播丛书

《石头记》叙事时间线与成书时间

The Narrative Timeline and Completion Time of *The Story of the Stone*

赵金红 著

中国传媒大学出版社
·北京·

图书在版编目(CIP)数据

《石头记》叙事时间线与成书时间 / 赵金红著. --北京 : 中国传媒大学出版社, 2023.7（2023.9重印）

ISBN 978-7-5657-3418-2

Ⅰ. ①石… Ⅱ. ①赵… Ⅲ. ①《红楼梦》研究 Ⅳ. ①I207.411

中国国家版本馆 CIP 数据核字(2023)第 066383 号

《石头记》叙事时间线与成书时间

《SHITOUJI》XUSHI SHIJIANXIAN YU CHENGSHU SHIJIAN

著　　者	赵金红		
策划编辑	沈　悦		
责任编辑	沈　悦		
封面设计	大鹏设计		
责任印制	李志鹏		
出版发行	中国传媒大学出版社		
社　　址	北京市朝阳区定福庄东街 1 号	**邮　　编**	100024
电　　话	86-10-65450528　65450532	**传　　真**	65779405
网　　址	http://cucp.cuc.edu.cn		
经　　销	全国新华书店		
印　　刷	唐山玺诚印务有限公司		
开　　本	710mm×1000mm　1/16		
印　　张	17.5		
字　　数	230 千字		
版　　次	2023 年 7 月第 1 版		
印　　次	2023 年 9 月第 2 次印刷		
书　　号	ISBN 978-7-5657-3418-2/I · 3418	**定　　价**	79.00 元

本社法律顾问：北京嘉润律师事务所　郭建平

目录

CONTENTS

推荐序

红学家俞平伯谈及研究《红楼梦》时说："我尝谓这书在中国文坛上是一个'梦魇'，你越研究便越觉得糊涂。"[①]但也正因如此，近代以来，研究《红楼梦》的学者踪踵不绝，围绕这部"字字看来皆是血，十年辛苦不寻常"的巨著的研究，亦是大家辈出，硕果累累。可以说，因聚焦于一本书的研究而真正独成一门学问者，唯"红学"的研究最堪称道，从"结构学"的角度来开展的研究即是其中一大分支。

讨论《石头记》的叙事结构并将"结构学"上升为红学的一个分支，始自周汝昌先生。20世纪80年代，周先生发文提出红学应重视《石头记》结构研究，并明确指出是"为了阐释它的意旨，或者不妨径直说：研究结构就是阐释。结构与意旨是相互勾连，相互渗透，相互辅倚的。明白了结构，此书的意旨自显。了解了意旨，更能看见结构分明，了如指掌。所以在《石头记》而言，探索它的结构其实也就是为其意旨作出阐释的一种方法、方式"[②]。周汝昌先生认为"结构学"乃红学的"重要一环"，认为"脂学，探佚学，结构学，三者一，一者三，亦分亦合，这是红学的一大发展，一大进境"[③]。周先生对学界关于《石头记》结构的研究都表示赞同，认为学

---

① 俞平伯.红楼梦研究[M].北京：人民文学出版社，1973：2.

② 周汝昌.红楼梦与中华文化[M].北京：中华书局，2009：188-189.

③ 周汝昌.红楼梦与中华文化[M].北京：中华书局，2009：189.

者们关于《石头记》结构的分析“确实各自看到了雪芹在结构上表现出来的种种特色的一面,合起来将更能说明事情的整体真相”①。周先生自己从中华文化的对称美学与哲学思维角度,提出《石头记》“处处用对称法,笔笔具对称义”②,认为《石头记》“有意采用了大对称结构布局,并发挥了这种对称美学观”③,表现在叙事结构上,周先生认为《石头记》继承了《水浒传》对数字的艺术表现功能,“整体一百零八回书,节奏分明”④,《石头记》“这个整体一百零八回又分为前后两扇,每扇各为五十四回书文,形成一个大对称的格局”⑤。具体而言,周先生论断曹雪芹“把全部书的回目也定为一百零八段。而且,全部的节奏,也以‘九’为率,每九回构成一大段落。合十二个九回,是为一百零八回全书”⑥。

从20世纪80年代至今,这四十余年中,红学中“结构学”这一分支的研究著述颇丰,学者阐释视角有着眼于人物角色角度的,如讨论贾宝玉、贾雨村、一僧一道等人物对于全书结构的作用;有着眼于具体回目角度的,如讨论“第一回”“第五回”“前五回”“第四十回”“第四十一回”等对于全书结构的作用;有着眼于《红楼梦》与其他中外经典文学作品结构相比较的角度的,如讨论《金瓶梅》《金粉世家》《巴黎圣母院》等与《红楼梦》的结构异同;有着眼于美学、哲学思维角度的,如讨论《红楼梦》的真假结构、梦境结构、五行结构、等级结构等。如周汝昌先生所言,关于《石头记》叙事结构的研究都应该被鼓励。

本书的作者赵金红是我在厦门大学任教时的学生,最近给我寄来了她的书稿《〈石头记〉叙事时间线与成书时间》,这是第一本专门讨论《石头记》叙事结构的著作,我欣喜于她在红学的结构学领域有了新的突破与发现。对于《石头记》的叙事结构分析,她不是从读者对作品的阅读、

---

① 周汝昌.红楼梦与中华文化[M].北京:中华书局,2009:177.
② 周汝昌.红楼梦与中华文化[M].北京:中华书局,2009:179.
③ 周汝昌.红楼梦与中华文化[M].北京:中华书局,2009:187.
④ 周汝昌.红楼梦与中华文化[M].北京:中华书局,2009:188.
⑤ 周汝昌.红楼梦与中华文化[M].北京:中华书局,2009:188.
⑥ 周汝昌.红楼梦与中华文化[M].北京:中华书局,2009:192.

评析、赏鉴角度来谈的，而是从《石头记》叙事文本角度，以《石头记》作者第一视角来阐释整本书的叙事时间线结构，判断《石头记》作者是以中心人物贾宝玉的年龄为叙事时间“锚”，叙事情节线与叙事时间线相依附，《石头记》八十回文字叙事时间线结构，即《石头记》“年表”浮出历来红学研究的迷雾，逻辑缜密，理据清晰。她对于《石头记》中心人物贾宝玉的年龄的文本分析，破解了《石头记》作者将文学人物置于真实历史时间之中来表达写作主旨的创作巧思，是一个重要发现，也是考证《石头记》确属清乾隆时作品的一关键依据。相信这一成果将成为《红楼梦》结构学研究新的突破，亦将对《红楼梦》整体研究做出有价值的补充。

赵振祥

2023 年 4 月于厦门

自序 《石头记》的“碍语”

借用当下的一个热词“元宇宙”,《石头记》(《红楼梦》)便构建了一个被讲述世界的“元宇宙”。这个宏大的虚拟空间,仿佛现实社会一般,在具体的时间、具体的场所,成百近千的人物发生着或喜、或怒、或哀、或乐的事。

关于社会现实与文学作品之间的关系,英国文学批评家詹姆斯·伍德指出:“真实是虚构的图纸,为一切小说家所渴求。真实是轮廓、呼吸、暴君。小说裹起真实,带它出走,而亦如旅人切盼逃离,小说也同样逃离真实。讨论小说的力量,不可能不谈现实,小说如此有力地揭示了现实。这也是为何现实主义,虽然变换着形式,虽然往往挂了不同名字,从来都是小说的底色,自有这种形式起便是如此。”①文学真实源于社会现实,文学作品从社会现实中汲取力量并反映和表现社会现实。读者确认和验证文学中的现实观照与其反映出来的社会现实,这是一种阅读的乐趣,是读者与作者以作品文本为媒共生共建的一种心灵上的默契。

《石头记》是一部伟大的文学作品,集中华传统文化之大成,其文本融合文学真实与社会现实,让人不全信它所呈现的世界是“假”的抑或“真”的。分析《石头记》的可靠方法,一是依托文本,二是依托史料。“在

① 伍德.破格:论文学与信仰[M].黄远帆,译.郑州:河南大学出版社,2018:1.

文学叙事,特别是虚构叙事的领域中,文本分析是我们掌握的唯一研究工具"①,研究叙事作品的故事时间、叙述时间、作者的写作时间和读者的阅读时间的关系是西方叙述学的一个重要内容。学者杨义认为"叙事是牵系着时间的顺序,融合着时间和空间的秩序,兼顾了多种因素的头绪",并结合《红楼梦》阐述了中西方关于"叙事时间"的不同理解:

> 文字既然是人与天地订立的契约,天地的时间与人间的时间是不同的,这就造成了中国语言的特质,在于时态是非原生性的,而所使用的是某种意义上的"永远现在时",以动词不加后缀的方式,表达超越性的时间形态,或者说"时间无形态"。孔夫子如何说,以及今人如何说,这个"说"字没有什么区别,区别只是体现在附加词上。即便读《红楼梦》吧,这种没有时态间隔的"永远现在时"的语言形式,使读者不必时时想到贾宝玉、林黛玉、薛宝钗是古人,而在一种临场的境界中和书中人物哀乐与共。在太虚幻境与大观园的笼罩下,在"假作真时真亦假,无为有处有还无"的命运感中体验着一个"贵族中国"的崩毁,令人有人生如梦、人生如戏之感,也令人与贾宝玉、林黛玉、薛宝钗一道体味着冥冥中有一只神秘的手在怜悯着、戏弄着如此贵族人生的繁华梦,竟然崩毁成"好一似食尽鸟投林,落了片白茫茫大地真干净"。进一步说,中国语言表达时间采取"年—月—日"的顺序,有别于西方大语种所采取的"日—月—年"的顺序,这一点习以为常,西方叙事学学者也没有使用比较的方法揭示其中的奥秘。实际上时间表达顺序反映着两种不同的时间观,一者是整体性的,一者是分析性的,而且它们以集体潜意识的形态深刻地影响了东西方叙事作品的结构方式。整体性时空多幽谧

① 热奈特.叙事话语 新叙事话语[M].王文融,译.北京:中国社会科学出版社,1990:8.

的命运感，分析性时空多理性的推演。[①]

小说，在我国古代又名“稗史”，文学叙事脱胎于历史叙事。从我国史官文化的独特作用角度，学者杨义指出中国叙事作品是“以历史叙事为中心的”，“在一段相当长的时间内存在着历史叙事和小说叙事一实一虚、亦高亦下、互相影响、双轨并进的景观”，若“研究中国叙事学而仅及小说，不及历史，是难以揭示其文化意义和形式奥秘的”，[②]这一论断非常精准。“史，记事也”，历史年代信息是我国古典小说中文学叙事的基本因素，如《三国志通俗演义》的叙事时代背景是从东汉末至晋，《水浒传》《金瓶梅》的叙事时代背景是宋，《西游记》的叙事时代背景是唐，等等，然《石头记》作者却将历史年代信息故意处理成表面文本的“无朝代年纪可考”，并借用石头对空空道人的回答来解释：

石头笑答道：“我师何太痴耶！若云无朝代可考，今我师竟假借汉唐等年纪添缀，又有何难？所以答得好。但我想，历来野史，皆蹈一辙，莫如我这不借此套者，反倒新奇别致，不过只取其事体情理罢了，又何必拘拘于朝代年纪哉！再者，市井俗人喜看理治之书者甚少，爱适趣闲文者特多。历来野史，或讪谤君相，或贬人妻女，先批其大端。奸淫凶恶，不可胜数。更有一种风月笔墨，其淫秽污臭，涂毒笔墨，坏人子弟，又不可胜数。至若佳人才子等书，则又千部共出一套，且其中终不能不涉于淫滥，以致满纸潘安子建、西子文君，不过作者要写出自己的那两首情诗艳赋来，故假拟出男女二人名姓，又必旁出一小人其间拨乱，亦如剧中之小丑然。且鬟婢开口即者也之乎，非文即理。故逐一看去，悉皆自相矛盾，大不近情理之话。竟不如我半世亲睹亲闻的这

① 杨义.中国叙事学[M].北京：商务印书馆，2019：6-7.

② 杨义.中国叙事学[M].北京：商务印书馆，2019：15.

几个女子，虽不敢说强似前代书中所有之人，但事迹原委，亦可以消愁破闷，也有几首歪诗熟话，可以喷饭供酒。至若离合悲欢，兴衰际遇，则又追踪蹑迹，不敢稍加穿凿，徒为供人之目而反失其真传者。(P5)①

石头的回答固然可以理解为作者“将世人欲驳之腐言预先代人驳尽”，然细思却又不通，若如石头所言，希望空空道人将书抄去，主旨是“取其事体情理”，不必拘泥于“朝代年纪”，既然不必拘泥，而又不难“假借汉唐等年纪添缀”，那么让空空道人随意添缀一下“汉唐年纪”又有何不可呢？

戚蓼生，字晓堂，浙江德清人，乾隆三十四年（1769）进士，曾出任江西、福建的地方官职，卒于乾隆五十七年（1792）任上。戚蓼生是《石头记》的大书迷，也是《石头记》早期的抄本收藏者，他曾为自己的《石头记》抄本作序：

吾闻绛树两歌一声在喉一声在鼻黄华二牍左腕能楷右腕能草神乎技也吾未之见也今则两歌而不分乎喉鼻二牍而无区乎左右一声也而两歌一手也而二牍此万万不能有之事不可得之奇而竟得之石头记一书嘻异矣夫敷华掞藻立意遣词无一落前人窠臼此固有目共赏姑不具论第观其蕴于心而抒于手也注彼而写此目送而手挥似谲而正似则而淫如春秋之有微词史家之多曲笔试一一读而绎之写闺房则极其雍肃也而艳冶已满纸矣状阀阅则极其丰整也而式微已盈睫矣写宝玉之淫而痴也而多情善悟不减历下琅琊写黛玉之妒而尖也而笃爱深怜不啻桑娥石女他如摹绘玉钗金屋刻画芗泽罗襦靡靡焉几令读者心荡神怡矣而欲求其一字一

① 本书所引《石头记》文字，除特别注释外，均引自凤凰出版社2010年版《脂砚斋批评本红楼梦》，为简略计，后面引文处只使用页码上标标注。——笔者注

句之粗鄙猥亵不可得也盖声止一声手只一手而淫佚贞静悲戚欢愉不啻双管之齐下也噫异矣其殆稗官野史中之盲左腐迁乎然吾谓作者有两意读者当具一心譬之绘事石有三面佳处不过一峰路看两蹊幽处不逾一树必得是意以读是书乃能得作者微旨如捉水月只挹清辉如雨天花但闻香气庶得此书弦外音乎乃或者以未窥全豹为恨不知盛衰本是回环万缘无非幻泡作者慧眼婆心正不必再作转语而千万领悟便具无数慈航矣彼沾沾焉刻楮叶以求之者其与开卷而寤者几希①

戚蓼生连叹《石头记》“异矣”，言《石头记》如“绛树”有“两歌”，如“黄华”有“二牍”，谓“作者有两意”，提醒读者对此“当具一心”，方能“得作者微旨”，悟“此书弦外音”。然戚蓼生自己对作者“两意”“微旨”“弦外音”的所得所悟又是什么呢？戚蓼生没有明示，然在“然吾谓作者有两意”句前，便是感叹《石头记》作者“其殆稗官野史中之盲左腐迁乎”的这样一句话，句中的“盲左”是春秋左丘明，“腐迁”是西汉司马迁，前者为我国纪事修史的开山鼻祖，后者为我国史学家中的典范。戚蓼生将《石头记》的作者与左丘明、司马迁并举，固然可以理解为评价《石头记》作者在小说界的超然地位，但此意评价在前言、在后文已都有表示，而《石头记》又明言自为“无朝代年纪”“大旨谈情”的“野史”作品，戚蓼生为何一定要将《石头记》的作者比之以实录记史的左丘明、司马迁呢？

戚蓼生读过《石头记》，谓《石头记》作者“有两意”、书有“弦外音”，而康熙之孙、爱新觉罗·胤祕之子爱新觉罗·弘旿并没有读过《石头记》，他本有机会阅读该书，却选择了放弃，并在其堂兄爱新觉罗·弘明之子永忠的《因墨香得观〈红楼梦〉小说吊曹雪芹三绝句》诗句上作批：“此三章诗绝妙。《红楼梦》非传世小说，余闻之久矣，而终不欲一见，恐

① 曹雪芹.戚蓼生序本石头记[M].北京：人民文学出版社，2011：1-3.

其中有碍语也。”[①]贵为皇室宗亲的弘旿因担心《红楼梦》中有“碍语”而不敢阅读该书。然则我们通读《红楼梦》，其中“碍语”又在何处呢？

事实上，红学二百多年的发展中，无论是“索隐派”还是“考证派”，都在探寻《石头记》叙事文本与其成书历史背景之间的关系。“索隐派”会从叙事情节、人物原型角度探寻书中所隐的真实历史事件、历史人物，以为书中是“写顺治皇帝与董小宛爱情故事、纳兰明珠家事、金陵张侯家事、和珅家事、傅恒家事、宫闱秘事等主张纷纷提出，不一而足”[②]，“考证派”也会依托史料，联系书中叙事情节、人物形象等考证作者家世生平、该书版本流传等。两个学派虽都著述成果颇丰，然都未对《石头记》书中的“碍语”“两意”做出有说服力的解释。

文本，是分析《石头记》的客观基础，笔者认为，讨论《石头记》的“微意”除依托现有史料及新材料的发现外，还应更关注《石头记》文本本身提出新观点，从文本出发的讨论因有文本作为客观依据，而更具讨论的客观性与达成学界内外共识的可能性。

依托《石头记》文本，笔者发现，作者慧口婆心，借石头之口自言该书是“野史”，如戚蓼生所言，此“野史”与该书之前的“野史”小说的确大不相同。之前的“野史”小说，其历史叙事是“假借”一些年代“添缀”，而作者另辟蹊径，“明修栈道，暗度陈仓”，文学叙事上的“朝代年纪”非“假借”，而有“历史叙事”实指，或者说，作者作书正因有叙事时间实指而不肯随意“添缀”叙事“朝代年纪”。《石头记》的“碍语”不在于其叙事情节与人物形象影射，而是书中“末世”主旨对“不写之写”之叙事时间线的投射，这条叙事时间线不仅是书中的故事“年谱”，更是作者假言不必拘泥的“朝代年纪”的实指。

时间、地点、人物、事件是文学作品的基本叙事要素。《石头记》人物之繁、事件之杂在古今中外文学史中极其罕见，然作者在十年或十年以上

---

① 爱新觉罗·永忠.延芬室集[M].上海：上海古籍出版社，1990：7.

② 蔡义江.蔡义江解读红楼[M].桂林：漓江出版社，2005：44.

的写作、修改过程中一定细细筹划,好妥妥安排人物出场和事件发生的先后次序,学者以及爱《红楼梦》的读者们在赏鉴中也不免试着通过文本中的“时间”要素去揣度作者的构思意图。

学界相关讨论主要从两个角度进行。一是以《红楼梦》后四十回续(补)书文本为依据来推断书中的叙事年谱。如学者詹丹提出,“我们根据贾宝玉出家时贾政说的‘宝玉是下凡历劫的,竟哄了老太太十九年’这句感叹,来推断《红楼梦》所写的整个时间跨度大致是十九年”①。从此角度,更多的学者则是从《红楼梦》第九十五回中贾元春“是年甲寅年十二月十八日立春,元妃薨日是十二月十九日,已交卯年寅月,存年四十三岁”这个时间信息来向前向后推论全书的叙事时间线信息,如学者崔川荣推论元春及书中人物的生年,认为“以红楼年表而论,前八十回写了十六年的故事,后四十回写了三年的故事”②,学者冷纪平、郭晓婷也以贾元春薨逝的时间作为依据,认为“《红楼梦》演绎的,就是贾宝玉十二岁到十九岁之间的故事”③,等等。二是以《红楼梦》前八十回文本进行推论,如红学前辈周汝昌先生曾在《红楼梦新证》中单开一章,即书中“第六章 红楼纪历”来讨论《红楼梦》的年表问题,以书中所叙事件的次序计算书中的年份,认为《红楼梦》“共写了十五年的事情”④。《红楼梦》后四十回的出现对于《红楼梦》的公开出版传播有重要贡献,然其文字在创作思想、人物形象塑造、写作风格等方面都与前八十回文字大相径庭,因此,笔者认同周老的观点,认为讨论该书的年表、年谱或叙事时间线问题应以更能体现《红楼梦》作者原意原旨的前八十回文字为准。

文本的展开是线性的。《石头记》作者固然在“多次修改过程中,常常把早期手稿中相对独立的部分安插在后来的修改稿中,以及书中人物

① 詹丹.《红楼梦》叙事与时间问题[J].都市文化研究,2017(2):237-263.

② 崔川荣.贾元春生卒年与所谓的高鹗续书[C]//.顾斌,宋庆中.红楼梦研究(壹).成都:四川师范大学电子出版社,2017:122-131.

③ 冷纪平,郭晓婷.《红楼梦》叙事节奏:宏大严密的时间乐章[J].东方论坛,2019(6):57-65.

④ 周汝昌.红楼梦新证[M].北京:华艺出版社,1998:143.

太多,头绪太繁带来的时间错乱”①问题使得对该书叙事时间线的讨论变得更为复杂,然而,我们也可以换一个角度思考:作者为什么要在历次的修改中费力挪移那些相对独立的叙事情节呢?在其原来的叙事次序上或删减或扩充不是更省力气吗?事实上,作者心中有丘壑,多次的删改就是要使所叙的“事体情理”发生在他心中谋划的叙事时间线上,并使得先前可能相对独立的叙事情节依据最后版本的叙事时间线进行文本调整。

笔者发现,《石头记》作者对书中的叙事时间线是清楚笃定的,即以书中核心人物贾宝玉的年龄作为叙事时间线的主线;《石头记》作者对书中其他人物与贾宝玉的年龄差这一关系也思虑周密,并巧妙利用与宝玉有明确年龄差的人物呈现书中的叙事时间线。因此,笔者与周老的分析结论并不一致,比如,周老认为第四回中“贾兰,今已五岁”段落叙事发生在书中的“第七年”,笔者则考虑书中贾兰与宝玉的年龄差,即第二回中作者已隐写宝玉年长贾兰六岁,笔者认为“贾兰,今已五岁”段落叙事是发生在书中的“第 11 年”(详见本书第一章),后文至第七十八回时,书中叙事时间线发展至宝玉十九岁时,作者写贾政幕宾的话“小哥儿十三岁的人就如此,可知家学渊源,真不诬矣”,“小哥儿”是指贾兰,贾兰比宝玉小六岁,此时确实是“十三岁”了。书中前后文叙事时间线互为印证,正相契合,作者用笔确如脂批感叹的那般“写得清,一丝不错”。

本书分为上、下两篇。

上篇是对“《石头记》叙事时间线暨年谱”的发现。就《石头记》八十回文字,笔者提出全书叙事文本中的确有着一条非常完整、系统的叙事时间线。一方面,作者将叙事情节线与叙事时间线相结合,使得笔下的大小事情能一件件一桩桩分分明明呈现在叙事时间线上,叙事的时间点精确到年、到月、到日、甚至到某日的上下午或某个时辰。另一方面,作者利用书中人物的年龄关系或明或隐地呈现隐写的叙事时间线。以宝玉的年龄

① 詹丹.《红楼梦》叙事与时间问题[J].都市文化研究,2017(2):237-263.

为叙事时间“锚”,我们会发现书中人物与宝玉的年龄关系是:刘姥姥比宝玉年长五十九岁,林如海比宝玉年长三十四岁,赖嬷嬷的孙子比宝玉年长十四岁,贾珠比宝玉年长约十一二岁,贾元春比宝玉年长约七至十岁,贾蓉比宝玉年长九岁,妙玉比宝玉年长五岁,薛蟠比宝玉年长四岁,宝钗、香菱、袭人、晴雯、莺儿等人比宝玉年长两岁;与宝玉同龄的有秦钟、秋桐,而比宝玉小的有黛玉(小一岁)、贾兰(小六岁)等。《石头记》八十回文字可分为六个叙事单元:(1)第一回至第四回文字,写宝玉一岁至十二岁间事,书中主要人物依次出场;(2)第五回至第十五回文字,写宝玉八岁至十一岁间事,此单元叙事以宁府为主,宁府故事应是曹雪芹旧作《风月宝鉴》中的内容;(3)第十六回至第三十六回文字,写宝玉十二岁至十四岁间事,此叙事单元重点写宝玉十四岁这一年的事;(4)第三十七回至第五十三回文字,整个叙事单元都是写宝玉十六岁这一年的事;(5)第五十三回至第七十回文字,此叙事单元都是写宝玉十七岁这一年的事,从此年起,贾府由盛转衰;(6)第七十回至第八十回文字,写宝玉十八岁至二十岁间事,作者重点写宝玉十九岁这一年的事,《石头记》这最后的十一回目文字中,贾府内外交困,阶层间以及阶层内部矛盾冲突频发。

下篇是对“《石头记》隐写历史时间线”的发现,并讨论《石头记》成书时间。上篇中的叙事时间线不仅仅发挥了文学叙事上的“年谱”功能,实际上,作者在叙事情节构思与叙事时间线呈现上匠心独运,“增删”五次,力求使笔下的人物、情节能在作者心中的现实观照叙事时间线上一一展开。虽然这个工作作者最终并没有全部完成,然其鬼斧神工的“谈情”明旨与“末世”隐喻终将大白于天下:《石头记》八十回中,作者以男主人公贾宝玉的年龄作为时间“锚”,从贾宝玉出生写到贾宝玉二十岁,共写了二十年的故事,而“贾宝玉的出生”正是作者的现实观照叙事时间线密码,通过对“贾宝玉出生时间”的文本分析(详见本书第七章),笔者发现《石头记》书中设定的宝玉出生年份是雍正元年,而八十回文字中叙事时间的二十年隐指的正是雍正元年至乾隆七年。

因担心书有"碍语"，皇族宗室（如弘旿）不敢阅读该书，乾嘉时期也有其他的智识敏锐者，如满洲正黄旗人玉麟，利用自己的权力查禁《红楼梦》，试图禁止该书的传播。玉麟是乾隆六十年（1795）进士，官至礼部尚书、吏部尚书、兵部尚书、太子少保，他认为《红楼梦》一书是在"污蔑我满人"，见《北东园笔录》记载：

> 满洲玉研农先生麟，家大人座主也。尝语家大人曰："《红楼梦》一书，我满洲无识者流，每以为奇宝，往往向人夸耀……其稍有识者，无不以此书为诬蔑我满人，可耻可恨……我做安徽学政，曾经出示严禁，而力量不能及远，徒唤奈何。"①

在笔者看来，《石头记》绝非"污蔑满人""糟蹋旗人"、表现汉满民族仇恨的所谓"吊明"狭隘民族观作品，作者也未必对前明有多深的情感认同，相反，作者超脱了民族界限，"昨夜朱楼梦，今宵水国吟"，全书的主旨是"今宵"的"水国（清）"终将也如"昨夜"的"朱楼（明）"一样行至末世、"好了"消亡，感叹家国已处"末世"，有安富尊荣者，却无力挽狂澜、扭转乾坤的"补天"之人，众多美好的"金玉"人物，如金陵十二钗者，也因不幸处于末世而一个个零落香消，个体的人生无常与家国的轮回消亡表里交融。当然，弘旿、玉麟等虽然不知"碍语"为何，但知书中有"碍语"，他们的直觉也是很敏锐的，"雍乾盛世"在《石头记》作者看来实为大清王朝的"末世"，以"末世"隐喻雍乾王朝，这就是《石头记》"真事隐去"之"真语"，也是"大不敬"之"碍语"。

《石头记》明、隐之叙事时间线既明，其成书时间亦可笃定，必是在乾隆七年之后。下篇中第八章根据脂批进一步讨论书中宝玉、书外作者的出生时间，第九章以乾隆朝的传奇、戏曲《二度梅》与《石头记》间存在的文本互文性补充说明《石头记》成书于乾隆朝。第十章，笔者受《石头记》

---

① 梁恭辰.北东园笔录[M].扬州：广陵古籍刻印社，1995：53.

文本中的“姻戚视角”启发，探索考证曹寅小女的婚配对象，唯愿抛砖引玉，希望学界、读者对《石头记》作者家世信息的史料有更多角度的重视与挖掘。

“壬午除夕，书未成，芹为泪尽而逝”，“壬午除夕”即公历 1763 年 2 月 12 日，笔者作为读《石头记》、爱《石头记》的小小书迷，谨以此书纪念曹雪芹逝世 260 周年。

赵金红

2023 年 1 月 1 日于杭州拱宸桥畔

上　篇

《石头记》叙事时间线暨年谱

第一章　宝玉一岁至十二岁：第一回至第四回文字

《新镌全部绣像红楼梦》未被程伟元、高鹗于乾隆五十六年(1791)公开出版发行前原名《石头记》，顾名思义，“石头记”即为“石头所记之事也”，而大荒山青埂峰下的石头是随赤霞宫的神瑛侍者一同入世的，神瑛侍者下世后化身为荣国府的公子贾宝玉，因此，对《石头记》全书更为准确的表述是“神瑛侍者入世传记”或“贾宝玉入世传记”，全书叙事围绕着贾宝玉从“入世”到“出世”展开。从叙事时态来看，书中开篇并非顺叙，而是一个完成过去时叙事时态，即通灵性的顽石经人世间历练后已返回大荒山青埂峰下，“石头所记之事”已然完结。作者欲讲述过去的事件进，而“要把叙事变成过去时，必须在被讲述世界的时间以外增加区分真相和虚构的其他标记，比如文献的提供和评论”①。作者借助了两个神话：一个是“女娲氏炼石补天之时，于大荒山无稽崖炼成高经十二丈、方经二十四丈顽石三万六千五百零一块。娲皇氏只用了三万六千五百块，只单单的剩了一块未用，便弃在此山青埂峰下”(P3)的顽石通灵性入世历练神话，一个是神瑛侍者与绛珠仙草的“灌溉”与“还泪”神话，这两个神话经一僧一道为媒介，转为“无才补天”的顽石随神瑛侍者一同入世历练

① 利科.虚构叙事中时间的塑形：时间与叙事卷二[M].王文融，译.北京：商务印书馆，2018：102.

的故事。作者这里一再地使用他者叙事视角，即贾宝玉、金陵十二钗、四大家族等的故事为顽石（通灵宝玉）所观察、记录，顽石的记录又为空空道人所检读抄录，空空道人的抄录又经传世后，“曹雪芹于悼红轩中披阅十载，增删五次，纂成目录，分出章回”[P6]，他者叙事视角的最后一节是“曹雪芹”自己，即作者亦在书中，他者叙事视角与自传叙事视角融合在一起，让阅者难辨界限。

作者用神话开端，要写的却是人世间真真假假“离合悲欢炎凉世态”的故事。当第一回中全书伏线人物—“甄”（甄士隐）—“假”（贾雨村）正面出场时，书中叙事就从完成过去时叙事时态转为了现在时叙事时态，至第四回是一个叙事单元，叙事时间及情节线如下：

（炎夏，英莲三岁）甄士隐在书房睡去，梦见一僧一道携顽石要去警幻处——甄士隐梦醒，抱女儿街前看过会热闹，一僧一道来度英莲被拒——甄士隐请贾雨村到书房闲话，甄士隐外出接客，贾雨村得甄家丫鬟两次回顾——（中秋）甄士隐请贾雨村到家中饮酒，资助贾雨村赴考银两——（八月十六）贾雨村进京赶考——（元宵）甄士隐家人霍启抱英莲看社火花灯，英莲丢失——（三月十五）葫芦庙起火，甄家被烧毁——甄士隐夫妻投奔岳丈——甄士隐遇跛足道人念《好了歌》，甄士隐出家——（一二年后）贾雨村就任苏州府太爷，娶甄家丫鬟娇杏——贾雨村被革职——（黛玉五岁）贾雨村到扬州，成为林黛玉的老师——（一载的光阴后）林黛玉之母病逝——贾雨村遇到冷子兴，冷子兴演说宁荣二府——贾雨村随林黛玉入京，受贾家之力谋得应天府缺——（残冬）林黛玉进贾府——贾雨村审理薛蟠打死冯渊一案——薛姨妈、薛蟠、薛宝钗入京。

依据书中的叙事时间及英莲、黛玉等的年龄文本线索，我们可以判断，这四回目的文字写了十二年的故事，即从贾宝玉一岁至十二岁间事。

第一节　姑苏乡宦甄家的荣枯

一、贾宝玉落地一岁：甄士隐助贾雨村赴考

贾宝玉落地一岁时的故事，在书中第一回文字中。“作者对小说的总体构思从卷首开始就笼罩全书，融贯全书的故事情节，一直贯注到小说的结尾”[①]，书中第一回是全书的总纲，也是书中叙事情节线、叙事时间线的起点。

甄士隐、贾雨村“是在《红楼梦》中出现最早并且贯穿、收结小说的两个人物”[②]，作者对书中伏线人物甄士隐、贾雨村正写出场，对书中明线人物贾宝玉则是隐写，由“甄”引“贾”，借由姑苏乡宦甄士隐的一梦来写贾宝玉的出生：

> 一日，炎夏永昼。热日无多。士隐于书房闲坐，至手倦抛书，伏几少憩，不觉朦胧睡去。梦至一处，不辨是何地方。忽见那厢来了一僧一道，是方从青埂峰袖石而来也，接得无痕。且行且谈。
>
> 只听道人问道：“你携了这蠢物，意欲何往？”那僧笑道：“你放心，如今现有一段风流公案正该了结，这一干风流冤家，尚未投胎入世。趁此机会，就将此蠢物夹带于中，使他去经历经历。”那道人道：“原来近日风流冤孽又将造劫历世去不成？但不知落于何方何处？”
>
> ……
>
> 那道人道：“趁此何不你我也去下世度脱几个，岂不是一场

① 朱淡文.楔子·序曲·引线·总纲：《红楼梦》第一回析论[J].红楼梦学刊，1984(2)：137-156.
② 谢传荣.从真假问题看《红楼梦》的主旨[J].江淮论坛，2003(4)：121-125.

功德?"那僧道:"正合吾意,你且同我到警幻仙子宫中,将蠢物交割清楚,待这一干风流孽鬼下世已完,你我再去。如今虽已有一半落尘,然犹未全集。"若从头逐个写去,成何文字?《石头记》得力处在此。丁亥春。道人道:"既如此,便随你去来。"(P6-7)

神瑛侍者投胎落世为贾宝玉,至此,贾宝玉的年龄成为书中的叙事时间"锚",锚定书中的叙事情节以及具体的回目故事发生于书中的哪一年。宝玉出生即落地为一岁,宝玉出生时的时令气候信息对应的是"炎夏永昼""烈日炎炎,芭蕉冉冉"。同年,甄士隐的女儿"乳名英莲,年方三岁"(P6)。英莲长宝玉两岁(英莲后被薛宝钗改名为香菱、被夏金桂改名为秋菱)。

在顽石随神瑛侍者落世的当天,甄士隐请寄居于隔壁葫芦庙的穷儒贾雨村来家中书房交谈,由此引出书中又一位伏线人物贾雨村。在宝玉落地一岁时这一年的中秋,甄士隐邀请贾雨村到家中赏月饮酒过节,甄士隐惜才爱才,主动出资"五十两白银,并两套冬衣"(P10)赠予贾雨村入都科考。得到银钱资助的贾雨村心怀飞黄腾达之志,迫不及待,于中秋次日八月十六日五鼓便出发赴京赶考。

二、贾宝玉两岁:甄英莲被拐

贾宝玉两岁时的故事,在书中第一回、第二回文字中,作者继续写一"甄"一"贾"的故事,前者家道由荣转枯,后者却人生转运翻盘。

第一回文字中,在贾雨村北上参加科考的次年元宵佳节,甄士隐家人霍启抱了甄士隐小女英莲去看社火花灯,不慎将英莲弄丢了。此时,英莲年方四岁。英莲,谐音"应怜",是书中出现的第一位女性形象,其身上承载了作者对身处末世命运不济的女性深深的同情。在英莲被拐走这一年的三月十五,"葫芦庙中炸供,那些和尚不加小心,致使油锅火逸,便烧着窗纸”，甄家因在葫芦庙隔壁，受牵连被“烧成一片瓦砾场”，甄士隐先是“到田庄上去安身”，后又“携了妻子与两个丫鬟投他岳丈家去”。(P10-11)

第二回文字中，作者补叙贾雨村在这一年的科考中“十分得意，已会了进士，选入外班”(P14)。

第二节　黛玉、元春、贾蓉等与宝玉的年龄差

一、贾宝玉六岁：林如海到任扬州

贾宝玉六岁时的故事，在书中第二回文字中。叙事时间线索是林黛玉的年龄，读者由黛玉的年龄可推断宝玉的年龄。

第二回中，由绛珠仙草转世的林黛玉出场。书中叙事是由丢了官到处游历的贾雨村来引出林黛玉之父林如海，林如海身世来历是：“前科的探花，今已升至兰台寺大夫”“本贯姑苏人氏”“今钦点出为巡盐御史，到任方一月有余”“原来这林如海之祖，曾袭过列侯，今到如海，业经五世”“今如海年已四十，只有一个三岁之子，偏又于去岁死了。虽有几房姬妾，奈他命中无子，亦无可奈何之事。今只有嫡妻贾氏，生得一女，乳名黛玉，年方五岁”。(P15)在林黛玉五岁这一年，林如海被“钦点出为巡盐御史”到任扬州。同年，后至扬州的贾雨村“相托友力”，到林家谋了个西宾之职，成为黛玉的老师。

此回中，作者还借贾雨村与冷子兴的交谈，补叙出贾雨村来扬州前在金陵被推荐到甄府处馆，曾短暂当过甄宝玉的启蒙老师一事。

宝玉与黛玉的年龄关系，作者在后文第三回中写道：

> 黛玉亦常听得母亲说过，二舅母生的有个表兄，乃衔玉而诞，顽劣异常，与甄家子恰对。极恶读书，是极恶每日“诗云”“子曰”的

读书。【眉批】这是一段反衬章法。黛玉心,用猜度蠢物等句对看去,方不失作者本旨。最喜在内帏厮混,外祖母又极溺爱,无人敢管。今见王夫人如此说,便知说的是这表兄了。因陪笑道:"舅母说的,可是衔玉所生的这位哥哥?在家时亦曾听见母亲常说,这位哥哥比我大一岁,小名就唤宝玉,以黛玉道宝玉名,方不失正文。虽"虽"字是有情字,宿根而发,勿得泛泛看过。极憨顽,说在姊妹情中极好的。况我来了,自然只和姊妹同处,兄弟们自是别院另室的,又登开一笔,妙妙!岂得去沾惹之理?"(P27)

黛玉话中"这位哥哥比我大一岁,小名就唤宝玉",显然,黛玉比宝玉年龄小一岁,即林如海到任扬州时,黛玉"年方五岁",宝玉则"年方六岁"。林如海"年已四十",即年长女儿黛玉三十五岁,年长妻侄宝玉三十四岁。

二、贾宝玉七岁:林黛玉入贾府

第二回文字中,"堪堪又是一载的光阴"(P15),在贾雨村任林黛玉业师的次年,黛玉之母贾氏夫人病逝,学生黛玉"哀痛过伤,本自怯弱多病,触犯旧症,遂连日不曾上学"(P15),老师贾雨村便落得清闲四处闲走,遇到了荣国府王夫人的陪房周瑞家的女婿冷子兴。冷子兴遂向贾雨村细述都中宁荣二府人物,此即"冷子兴演说荣国府":

子兴叹道:"正说的是这两门呢。待我告诉你。当日宁国公演。与荣国公源。是一母同胞弟兄两个。宁公居长,生了四个儿子。贾蔷、贾菌之祖,不言可知矣。宁公死后,贾代化袭了官,第二代。也养了两个儿子。长名贾敷,至八九岁上便死了,只剩了次子贾敬袭了官,第三代。如今一味好道,只爱烧丹炼汞,亦是大族末世常有之事。叹叹！余者一概不在心上。幸而早年留下一子，名唤贾珍，第四代。因他父亲一心想作神仙，把官倒让他袭了。他父亲又不肯回原籍来，只在都中城外和道士们胡羼。这位珍爷倒生了一个儿子，今年才十六岁，名叫贾蓉。至蓉五代。如今敬老爹一概不管。这珍爷那里肯读书，只一味高乐不了，把宁国府竟翻了过来，也没有人敢来管他。伏后文。再说荣府你听，方才所说异事，就出在这里。自荣公死后，长子贾代善袭了官，第二代。娶的也是金陵世勋史侯家的小姐因湘云，故及之。为妻，生了两个儿子：长子贾赦，次子贾政。第三代。如今代善早已去世，太夫人记真，湘云祖姑史氏太君也。尚在。长子贾赦袭着官。伏下贾琏凤姐当家之文。次子贾政，自幼酷喜读书，祖父最疼。原欲以科甲出身的，不料代善临终时遗本一上，皇上因恤先臣，即时令长子袭官外，问还有几子，立刻引见，遂额外赐了这政老爹一个主事之衔，嫡真实事，非妄拟也。令其入部习学，如今现已升了员外郎了。总是称功颂德。这政老爹的夫人王氏，甲戌侧批：记清。头胎生的公子，名唤贾珠，十四岁进学，不到二十岁就娶了妻生了子，此即贾兰也。至兰第五代。一病死了。略可望者即死，叹叹！第二胎生了一位小姐，生在大年初一，这就奇了，不想次年又生一位公子，一部书中第一人却如此淡淡带出，故不见后来玉兄文字繁难。说来更奇，一落胎胞，嘴里便衔下一块五彩晶莹的玉来，上面还有许多字迹，青埂顽石已得下落。就取名叫作宝玉。你道是新奇异事不是？"正是宁、荣二处支谱。雨村笑道："果然奇异。只怕这人来历不小。"

……

子兴冷笑道："万人皆如此说，因而乃祖母便先爱如珍宝。那年周岁时，政老爹便要试他将来的志向，便将那世上所有之物摆了无数，与他抓取。谁知他一概不取，伸手只把些脂粉钗环抓来。政老爹便大怒了，说：'将来酒色之徒耳！'因此便大不喜悦。独那史老太君还是命根一样。说来又奇,如今长了七八岁,虽然淘气异常,但其聪明乖觉处,百个不及他一个。……”

……

子兴道:“便是贾府中,现有的三个也不错。政老爹的长女,名元春,现因贤孝才德,选入宫作女史去了。二小姐乃赦老爹之妾所出,名迎春,三小姐乃政老爹之庶出,名探春,四小姐乃宁府珍爷之胞妹,名唤惜春。因史老夫人极爱孙女,都跟在祖母这边一处读书,听得个个不错。”

……

子兴道:“政公既有玉儿之后,其妾又生了一个,带出贾环。倒不知其好歹。只眼前现有二子一孙,却不知将来如何。若问那赦公,也有二子。长名贾琏,今已二十来往了。亲上作亲,娶的就是政老爹夫人王氏之内侄女,另出熙凤一人。今已娶了二年。这位琏爷身上现捐的是个同知,也是不肯读书,于世路上好机变,言谈去的,所以如今只在乃叔政老爷家住着,帮着料理些家务。谁知自娶了他令夫人之后,倒上下无一人不称颂他夫人的,琏爷倒退了一射之地。说模样又极标致,言谈又爽利,心机又极深细,竟是个男人万不及一的。”未见其人,先已有照。(P17-19)

从冷子兴口中,我们可探知对应黛玉六岁、宝玉七岁时这一年的宁国府、荣国府中人物及事件的时间信息有:宁国府贾蓉“才十六岁”,荣国府贾政“现已升了员外郎了”,贾政长子贾珠“不到二十岁就娶了妻生了子,一病死了”,贾政次子贾宝玉“如今长了七八岁”,贾政长女贾元春“现因贤孝才德,选入宫作女史去了”。也就是说,在宝玉七岁这一年,贾府发生了几件重大事件:贾政升职、贾珠病逝、贾珠之子贾兰出生、贾元春入宫。年龄方面的信息有:贾珠长宝玉约十二岁,贾蓉长宝玉九岁,贾兰小宝玉六岁。

关于贾元春入宫作女史的时间,《石头记》的几个早期抄本版本与程伟元、高鹗编辑整理的《红楼梦》发行本存在异文。在《石头记》早期的几个抄本版本中,文字"因贤孝才德选入宫"前都有"现"字。

见甲戌本：

便是贾府中现有三个亦不错政老儿之长女名元春现因贤孝才德选入宫中作女史去了二小姐乃赦老爹前妻所出名迎春三小姐乃政老爹之庶出名探春四小姐乃宁府珍爷之胞妹名唤惜春因史老夫人极爱孙女都跟在祖母这边一处读书听得个个不错①

见己卯本：

便是贾府中现在有的三个亦不错政老爹之长女名元春现因贤孝才德选入宫中作女史去了二小姐乃赦老爹之女政老爹养为己女名迎春三小姐乃政老爹之庶出名探春四小姐乃宁府珍爷之胞妹名唤惜春因史老太夫人极爱孙女都跟在祖母这边一处读书听得个个不错②

见庚辰本：

便是贾府中现有的三个也不错政老爹的长女名元春现因贤孝才德选入宫中作女史去了二小姐乃政老爹前妻所出名迎春三小姐乃政老爹庶出名探春四小姐乃宁府珍爷之胞妹名唤惜春因史老夫人极爱孙女都跟在祖母这边一处读书听得个个不错③

---

① 曹雪芹.脂砚斋甲戌抄阅再评石头记[M].上海:上海古籍出版社,1985:32.

② 曹雪芹.脂砚斋重评石头记[M].上海:上海古籍出版社,1981:34-35.

③ 曹雪芹.脂砚斋重评石头记[M].北京:人民文学出版社,1975:32-33.

程伟元、高鹗编辑整理的《红楼梦》发行本中，文字“因贤孝才德选入宫”前则无“现”字。

见程甲本：

> 便是贾府中现在三个也不错政老爷之长女名元春因贤孝才德选入宫作女史去了二小姐乃是赦老爷姨娘所出名迎春三小姐政老爷庶出名探春四小姐乃宁府珍爷之胞妹名惜春因史老夫人极爱孙女都跟在祖母这边一处读书听得个个不错①

见程乙本：

> 便是贾府中现在三个也不错。政老爷的长女名元春，因贤孝才德，选入宫作女史去了。二小姐乃是赦老爷姨娘所出，名迎春。三小姐政老爷庶出，名探春。四小姐乃宁府珍爷的胞妹，名惜春，因史老夫人极爱孙女，都跟在祖母这边，一处读书，听得个个不错。②

程伟元、高鹗将冷子兴口中的“政老爹的长女名元春现因贤孝才德选入宫中作女史去了”处理成“政老爷之长女名元春因贤孝才德选入宫作女史去了”，即“现因”少了一个“现”字，“宫中”少了一个“中”字。“宫中”与“宫”在语意上无甚差别，而“现因”与“因”则迥然不同，冷子兴言“现因”，表示元春选秀入宫的时间正是冷子兴与贾雨村闲谈的当年，正因是同年发生的事情，冷子兴方能说“现因”，而若少了“现”字，元春入宫的时间则不定，也许是当年，也许是前一年或前几年。

笔者仍据《石头记》早期抄本版本的文本，取“政老爹的长女名元春

---

① 曹雪芹，高鹗.程甲本红楼梦[M].沈阳：沈阳出版社，2006：128.

② 曹雪芹，高鹗.红楼梦[M].北京：人民文学出版社，2018：23.

现因贤孝才德选入宫中作女史去了”这一句，判断元春是在宝玉七岁这一年选秀入宫，再来计算元春与宝玉的年龄差。

关于元春与宝玉的年龄差，《石头记》书中其实写了。在《石头记》早期的几个抄本，如甲戌本、己卯本、庚辰本等版本中，作者借书中人物冷子兴之口写元春比宝玉只大了一岁。

见甲戌本：

> 这政老爷的夫人王氏头生的公子名唤贾珠十四岁进学不到二十岁就娶了妻生了子一病死了第二胎生了一位小姐生在大年初一这就奇了不想次年又生了一位公子说来更奇①

见己卯本：

> 这政老爷的夫人王氏头生的公子名唤贾珠十四岁进学不到二十岁就娶了妻生了子一病死了第二胎生了一位小姐生在大年初一这就奇了不想次年又生了一位公子说来更奇②

见庚辰本：

> 这政老爷的夫人王氏，头胎生的公子名唤贾珠，十四岁进学，不到二十岁就娶了妻生了子，一病死了。第二胎生了一位小姐，生在大年初一，这就奇了；不想次年又生了一位公子，说来更奇——③

---

① 曹雪芹.脂砚斋甲戌抄阅再评石头记[M].上海：上海古籍出版社，1985：28.

② 曹雪芹.脂砚斋重评石头记[M].上海：上海古籍出版社，1981：29.

③ 曹雪芹.脂砚斋重评石头记庚辰校本[M].北京：作家出版社，2006：112.

冷子兴口中，王夫人生的第一胎是贾珠，第二胎是贾元春，而贾元春出生“次年”便是贾宝玉降生。如果冷子兴所言无误的话，贾元春、贾宝玉姐弟俩的年龄只相差一岁。然而，后文第十七回至第十八回中，作者又借“蠢物”石头解释了大观园中所用题跋匾联为何用了贾宝玉一个“小儿一戏之辞”的其中原委：

> 当日贾妃未入宫时，自幼亦系贾母教养。后来添了宝玉，贾妃乃长姊，宝玉为弱弟，贾妃之上念母年将迈，始得此弟，是以怜爱宝玉，与诸弟待之不同。且同随祖母，刻未暂离。那宝玉未入学堂之先，三四岁时，已得贾妃手引口传，教授了几本书、数千字在腹内了。其名分虽系姊弟，其情状有如母子。自入宫后，时时带出信出来与父母说：“千万好生抚养，不严不能成器，过严又恐生不虞，且致父母之忧。”眷念切爱之心，刻未能忘。(P138)

因元春、宝玉有“如母子”之情状，贾政欲“使贾妃见之，知系其爱弟所为，亦或不负其素日切望之意”(P138)，故使用了“小儿”宝玉所拟，而叙事情理上如“母子”情状的元春、宝玉二人不可能在年龄上仅差一岁。《石头记》尚在被手抄传阅时，便有读者及抄写者注意到“次年”这个文本问题。乾隆间的戚蓼生序本《石头记》便将该处文字改成了“这政老爷的夫人王氏头胎生得公子名唤贾珠十四岁进学不到二十岁就娶了妻生了子一病死了第二胎生了一位小姐生在大年初一这就奇了不想后来又生了一位公子说来更奇”①，即抄者把“次年”改成了“后来”，语意是通的。乾隆五十六年(1791)，程伟元、高鹗整理编辑的《红楼梦》(程甲本)中，该处文字仍是“不想次年又生了一位公子”②，而次年，即乾隆五十七年(1792)《红楼梦》(程乙本)重新发行时，该处文字便被改成了“不想隔了十几年，

① 曹雪芹.戚蓼生序本石头记[M].北京：人民文学出版社，2011：60.

② 曹雪芹，高鹗.程甲本红楼梦[M].沈阳：沈阳出版社，2006：122.

又生了一位公子”①，显然程伟元、高鹗也注意到了“次年”二字，意识到元春与宝玉的年龄差不会是一岁，而将此处改成“隔了十几年”。

其实，戚蓼生、程伟元、高鹗等都忽略了一个问题，即“次年”这处文字在叙事情理上的确是不通的，但不通的“次年”言语不是书外作者或书中石头直接叙述，而是由书中的一个小人物冷子兴言说的。第二回中冷子兴所言元春、宝玉之年龄关系，可以解释为作者忽略了或未及修改之版本，也可以理解为作者明知冷子兴其言不确却故意不改甚或故意如此来错写。作者不改或有意错写，叙事情理其实也是通的。试想，冷子兴作为一个贾府下人的女婿，其身份地位何其边缘，怎么会对大家族闺中人元春等的年龄信息了如指掌呢？贾府内的事对贾府外的小人物来说是谈资八卦，而谈资八卦中必然也有真真假假，读者不能不信却也不能全信。作者设若故意不改冷子兴的话，一则于叙事情理也可解释得通，二则还可模糊元春、宝玉的年龄，隐匿叙事时间线，“欺瞒”阅者不去留意。

分析贾元春的年龄需要参考元春所参加的选秀。清朝的“选秀女”是从顺治时开始的，选秀制度后经康熙、雍正、乾隆、嘉庆等朝多次修订而成为旨在“或备内廷主位，或为皇子、皇孙拴婚，或为亲、郡王及亲、郡王之子指婚”②的选秀女定例。关于清朝选秀女的年龄，清人吴振棫在其私人笔记《养吉斋丛录》中记载：“挑选八旗秀女，事隶户部。每旗分满、蒙、汉为先后，满、蒙、汉之中，以女子之年岁长幼为先后，造册分咨各旗。其年自十四至十六为合例。有应挑而以病未与者，下届仍补挑。年已在十七以上，谓之逾岁，则列于本届合例女子之后。”③清朝“皇帝和王公的后妃主要来自为数不多的蒙古贵族家庭和著名的八旗家族。1653 年以后，爱新觉罗氏的新娘选自八旗官员的年龄是 13 岁至 15 岁的女儿，她们在许配给其他人之前必须先到北京的皇宫。在三年一次的选秀活动中，有

① 曹雪芹，高鹗.红楼梦[M].北京：人民文学出版社，2018：20.
② 吴振棫.养吉斋丛录[M].北京：中华书局，2005：322.
③ 吴振棫.养吉斋丛录[M].北京：中华书局，2005：322.

些女孩当即就会被选为王公的妻妾或皇帝本人的后妃。其他女孩则入宫当侍女，为期5年，在此期间如果被皇帝看中，她们就有可能晋升为嫔妃。与社会地位较高的秀女不同，参加每年一次挑选宫女的是在内务府供职的上三旗包衣官员的女儿。她们也有可能被提拔为嫔妃。皇帝后宫中有16%的嫔妃原来是宫女”①。选秀女的“合例”年龄是虚岁十四岁至十七岁。宝玉七岁时，元春参加了选秀女并被选中入宫当侍女“女史”。元春若是十四岁入宫，则比宝玉大七岁，若是十五岁入宫，则比宝玉大八岁，若是十六岁入宫，则比宝玉大九岁，若是十七岁入宫，则比宝玉大十岁，即姐姐元春比弟弟宝玉年长约七岁至十岁。而元春入宫五年后，即“为期5年”，在后文第十六回中，宝玉十二岁时，作者写元春被选为“凤藻宫尚书，加封贤德妃”(P117)。作者写宝玉七岁时元春参加选秀入宫当“女史”，再到宝玉十二岁时元春被提拔封妃，时间跨度刚好为“5年”，这与大清宫廷的真实选秀情况是一致的。

再看书中所叙宝玉七岁这年的其他事件。在第三回开篇，与冷子兴闲谈的贾雨村又遇到了旧日同僚张如圭，听到“都中奏准起复旧员”(P21)的消息，便打算向林如海托关系。林如海盛情为贾雨村写了荐书、安排了打点银两，并邀贾雨村与林黛玉师生“同路而往”去京都。黛玉出发的日子是“出月初二日”(P22)，到了京都荣国府，黛玉见到的王熙凤的穿着是“缕金百蝶穿花大红洋缎窄裉袄，外罩五彩刻丝石青银鼠褂”(P24)，见到的贾宝玉“身上穿着银红撒花半旧大袄”(P28)，凤姐、宝玉穿的都是冬装，而当奶娘来问黛玉的住处安排时，贾母有一段话：“今将宝玉挪出来，同我在套间暖阁儿里，把你林姑娘暂安置碧纱橱里。等过了残冬，春天再与他们收拾房屋，另作一番安置罢。”(P30)贾母言说“残冬”，应是十二月，黛玉从扬州出发的日子约是此年十一月初二日，贾雨村与冷子兴的相遇约是此年的十月上中旬。

黛玉入贾府的第二日，王夫人与王熙凤得到了来自金陵的消息，即

① 罗友枝.清代宫廷社会史[M].北京：中国人民大学出版社，2009：153.

"金陵城中所居的薛家姨母之子姨表兄薛蟠，倚财仗势，打死人命，现在应天府案下审理"(P31)。王夫人的兄弟王子腾遣人来与王夫人商量，"意欲唤取进京之意"(P31)，即与王夫人商量让薛姨妈母子来京都避祸。

第三节　薛蟠犯案的两个文本时间

贾、王、史、薛四大家族中，《石头记》作者以贾家的故事为叙事主线，其他三家的故事为叙事辅线，而在王、史、薛这三大家族中，作者对薛家着墨最多，薛家的出场及宝钗等人进京的叙事时间线，虽也能让人们大体判断出是在贾宝玉七岁至十二岁间，然薛家的具体叙事时间线，作者逝前却未及改顺，比如"薛蟠犯案"就出现了两个互相矛盾的叙事时间线文本。

一、从贾雨村叙事角度看，薛蟠犯案发生在贾宝玉七岁时

书中第三回，作者写贾雨村随林黛玉到了京都，经贾政竭力协助，"轻轻谋了一个复职候缺，不上两个月，金陵应天府缺出，便谋补了此缺，拜辞了贾政，择日上任去了"(P22)，算下时间，贾雨村赴任金陵应天府是在黛玉入京的次年年初，黛玉入京是黛玉六岁、宝玉七岁时，次年便应是黛玉七岁、宝玉八岁这一年，即以宝玉的年龄为时间"锚"来看，贾雨村赴任金陵应天府是在书中的第 8 年。

书中第四回的主要叙事情节是贾雨村主审薛蟠打死人的案子，这个案子也是贾雨村到任应天府后接手的第一个案子。案情本不复杂，有一拐子将女孩两卖，先卖给了冯渊，再卖给了薛蟠，薛蟠与冯渊争抢这个女子，薛蟠家奴打死了冯渊，抢走女孩，后薛蟠"主仆已皆逃走，无影无踪"(P33)，而冯渊家人"告了一年的状，竟无人作主"(P33)。冯渊家人告状告了一年，说明薛蟠犯案是在上一年，即书中叙事的第 7 年，宝玉七岁时。

拐子卖的女孩正是甄士隐的女儿英莲。此回中，原在苏州葫芦庙待过，此时又在应天府当差的门子，把英莲的身世信息讲给了贾雨村听。对于英莲的遭遇，门子道："这一种拐子单管偷拐五六岁的儿女，养在一个僻静之处，到十一二岁，度其容貌，带至他乡转卖。当日这英莲，我们天天哄他顽要，虽隔了七八年，如今十二三岁的光景，其模样虽然出脱得齐整好些，然大概相貌，自是不改，熟人易认。况且他眉心中原有米粒大小的一点胭脂痣，从胎里带来的，所以我却认得。"(P34-35) 门子说英莲此时"十二三岁的光景"，但其实英莲不是"五六岁"时被拐，而是更早一些在她四岁时被拐，如今才只有十岁，不过门子若将英莲被拐的时间记成了"五岁"，"隔了七年"倒的确是"十二岁"，"隔了八年"便是"十三岁"，"隔了七八年"确实是"十二三岁的光景"，即门子虽然记错了英莲被拐时的年龄，但英莲被拐走了多少年，他倒是没有记错。六年前，门子虽然也在苏州葫芦庙，住在甄士隐家隔壁，他自认为对甄家家事熟悉，但人世间人们相处，彼此相熟却未必认知准确，作者写门子的这段话看似与英莲的真实年龄时间叙述相矛盾，倒更真切地符合社会人际交往实情。

贾雨村明知英莲是曾资助过他上京科考的恩人甄士隐之女，却仍然胡乱判案，向更有权势的贾家、王家献上"投名状"。自此，作者将贾雨村的命运与以贾家、王家为代表的四大家族的盛衰联结在一起，贾雨村一线与四大家族一脉也是"一损俱损，一荣俱荣"。

二、从薛宝钗叙事角度看，薛蟠犯案发生在贾宝玉十一岁时

作者写薛蟠犯案，一则交代英莲归处，二则带出书中另一女主人公薛宝钗。书中第四回文末，薛宝钗出场。书中写薛家的境况是：

> 且说那买了英莲打死冯渊的薛公子，本是立意写此，却不肯特起头绪，故意设出"乱判"一段戏文，其中穿插，至此却淡淡写来。亦系金陵

人氏，本是书香继世之家。只是如今这薛公子幼年丧父，寡母又怜他是个独根孤种，未免溺爱纵容，遂至老大无成，且家中有百万之富，现领着内帑钱粮，采办杂料。这薛公子学名薛蟠，字表文龙，今年方十有五岁，性情奢侈，言语傲慢。虽也上过学，不过略识几字，这句加于老兄，却是实写。终日惟有斗鸡走马，游山玩水而已。虽是皇商，一应经济世事，全然不知，不过赖祖父之旧情分，户部挂虚名，支领钱粮，其余事体，自有伙计老家人等措办。

寡母王氏乃现任京营节度使王子腾之妹，与荣国府贾政的夫人王氏，是一母所生的姊妹，今年方四十上下年纪，只有薛蟠一子。还有一女，比薛蟠小两岁，乳名宝钗，生得肌骨莹润，举止娴雅。写宝钗只如此，更妙！当日有他父亲在日，酷爱此女，令其读书识字，较之乃兄竟高过十倍。又只如此写来，更妙！自父亲死后，见哥哥不能依贴母怀，他便不以书字为事，只留心针黹家计等事，好为母亲分忧解劳。(P36)

作者写薛蟠与冯渊争抢英莲时的年龄“方十有五岁”，而宝钗“比薛蟠小两岁”，即宝钗此时的年龄是十三岁，宝钗年长宝玉两岁，故薛蟠犯案是宝玉十一岁时发生的。

仅就“薛蟠犯案”一事，书中就有两个版本的时间叙事，联系后文宝玉、黛玉、宝钗三人的情感叙事关系，或许，在作者最终的时间叙事设定中，薛蟠犯案打死冯渊一事发生在宝玉十一岁时。贾珠之妻李纨是书中金陵十二钗正钗之一，判断薛蟠犯案一事发生在宝玉十一岁时的另一个书中文本依据，是作者在第四回开篇处插叙了一段李纨母子的情况：

原来这李氏即贾珠之妻。起笔写薛家事，他偏写宫裁，是结黛玉，明李纨本末，又在人意料之外。珠虽夭亡，幸存一子，取名贾兰，今方五岁，已入学攻书。这李氏亦系金陵名宦之女，父名李守中，妙！

盖云人能以理自守,安得为情所陷哉!曾为国子监祭酒,族中男女无有不诵诗读书者。未出李纨,先伏下李纹、李绮。至李守中继承以来,便说"女子无才便有"有"字改得好。德",故生了李氏时,便不十分令其读书,只不过将些《女四书》、《列女传》、《贤媛集》等三四种书,使他认得几个字,记得前朝这几个贤女便罢了,却只以纺绩井臼为要,因取名为李纨,字宫裁。一洗小说窠臼俱尽,且命名字,亦不见红香翠玉恶俗。因此这李纨虽青春丧偶,居家处膏粱锦绣之中,竟如槁木死灰一般,此时处此境,最能越理生事,彼竟不然,实罕见者。一概无见无闻,唯知侍亲养子,外则陪侍小姑等针黹诵读而已。(P32)

此时,贾兰"方五岁"。黛玉入贾府的这一年,贾兰落地一岁,当时黛玉是六岁,宝玉是七岁,因此,贾兰五岁时对应的是书中的第11年,宝玉此时正是十一岁。

三、贾宝玉十二岁:宝钗入京

书中第四回中,作者写薛蟠在金陵喝令手下豪奴将冯渊打死后,便携母亲、妹妹、英莲(香菱)扬长而去,"在路不记其日"到了京都。

薛宝钗到京都时的年龄是几岁?书中第二十二回中有关于宝钗过十五岁生日的文字:

话说贾琏听凤姐儿说有话商量,因止步问是何话。凤姐道:"二十一是薛妹妹的生日,好!你到底怎么样呢?"贾琏道:"我知道怎么样!你连多少大生日都料理过了,这会子倒没了主意?"凤姐道:"大生日料理,不过是有一定的则例在那里。如今他这生日,大又不是,小又不是,所以和你商量。"有心机人在此。

贾琏听了，低头想了半日道："你今儿糊涂了。现有比例，那林妹妹就是例。往年怎么给林妹妹过的，如今也照依给薛妹妹过就是了。"比例引的极是。无怪贾政委以家务也。凤姐听了，冷笑道："我难道连这个也不知道？我原也这么想定了。但昨儿听见老太太说，问起大家的年纪生日来，听见薛大妹妹今年十五岁，虽不是整生日，也算得将笄之年。老太太说要替他作生日。想来若果真替他作，自然比往年与林妹妹的不同了。"

……

谁想贾母自见宝钗来了，喜他稳重和平，四字评倒黛玉，是以特从贾母眼中写出。正值他才过第一个生辰，便自己蠲资二十两，写出太君高兴，世家之常事耳。【眉批】前看凤姐问作生日数语甚泛泛，至此见贾母蠲资，方知作者写阿凤心机无丝毫漏笔。己卯冬夜。唤了凤姐来，交与他置酒戏。(P172–173)

此时宝钗要过的十五岁生日，是周岁还是虚岁呢？凤姐说是"将笄之年"。及笄，《礼记》载"女子……十有五年而笄，二十而嫁"①，在我国古代指女子满十五周岁结发，用笄贯之，故称女子满十五周岁为"及笄"。凤姐未说"及笄之年"，而说"将笄之年"，显然，宝钗要过的生日并不是十五周岁生日，而是十五虚岁生日，周岁对应是十四岁，距离十五周岁仅差一年，的确是"将笄之年"。作者又写贾母亲自出面要给宝钗过生日，缘由是"正值他才过第一个生辰"，因此，宝钗应是在过生日的上一年来贾府的，才能在这一年的贾府过"第一个生辰"，即宝钗到贾府的年龄应是虚岁十四岁。宝钗与香菱同龄，都年长宝玉两岁，因此第四回中的薛家入京住进贾府这段情节应该发生在宝玉十二岁时。

至此，我们可以将《石头记》前四回文字做叙事时间线表如下。

---

① 礼记[M].陈澔，注.金晓东，校点.上海：上海古籍出版社，2016：334.

表 1.1 “宝玉一岁至十二岁”叙事时间线表①

宝玉年龄	叙事年份	叙事时间	叙事情节
宝玉一岁	第 1 年	炎夏	甄士隐梦见一僧一道携顽石随神瑛侍者入世以完成“还泪”一案。 贾雨村在甄家书房得丫鬟回看两次。 英莲年方三岁。
		中秋	甄士隐宴请贾雨村，资助其赴京科考。
		八月十六	贾雨村出发赴京科考。
宝玉两岁	第 2 年	正月十五	甄士隐家人霍启带英莲观灯，英莲被拐。
		三月十五	葫芦庙炸供失火，隔壁甄士隐家受牵连被烧毁。（后甄士隐先去田庄，难以安身，折变田产后，投奔其岳丈家）
		—	贾雨村会了进士，选入外班。
宝玉三岁	第 3 年	—	甄士隐出家。 贾雨村升任苏州府知府。 贾雨村娶娇杏。 贾雨村被参、被批革职。
宝玉四岁	第 4 年	—	
宝玉五岁	第 5 年	—	
宝玉六岁	第 6 年	—	林如海任扬州巡盐御史。 贾雨村到了扬州，成为林黛玉业师。 林黛玉五岁。
宝玉七岁	第 7 年	—	林黛玉六岁。 林黛玉之母贾夫人病逝。 贾雨村偶遇冷子兴。 冷子兴演说荣国府：贾政升员外郎，贾蓉十六岁，贾琏二十多岁，娶妻两年，贾珠病逝，贾兰一岁，贾元春入宫做女史等。
		（十一月）初二	贾雨村随林黛玉出发赴京都。
		（十二月）残冬	林黛玉入荣国府。
宝玉八岁	第 8 年	—	贾雨村补选应天府缺。
宝玉九岁	第 9 年	—	—

① 薛蟠犯案及贾雨村乱判葫芦案时间叙事存疑，暂将薛蟠犯案置于“第 11 年”中。——笔者注

续表

宝玉年龄	叙事年份	叙事时间	叙事情节
宝玉十岁	第10年	—	—
宝玉十一岁	第11年	—	贾兰五岁。 拐子将英莲一女二卖，薛蟠与冯渊争抢英莲，薛蟠豪奴打死冯渊。 薛蟠十五岁。 薛宝钗十三岁。
宝玉十二岁	第12年	—	薛姨妈、薛蟠、薛宝钗入贾府。 薛宝钗十四岁。

第二章　宝玉八岁至十一岁：第五回至第十五回文字

第一节　四年的故事

《石头记》前四回文字中，作者对宝玉一岁至八岁这个时间段有叙事，接着便直接跳开去写宝玉十二岁时的人物及事件，对宝玉八岁至十一岁这个时间段没有叙事吗？

“曹雪芹在创作《红楼梦》一书时，用文学的、故事的形式改写了‘生之者众’这段话，作者结合康熙、雍正年代的时政，在《红楼梦》的故事里，巧妙地反映了当时统治阶级上层的人口经济状况”①，前四回中，宝玉、黛玉、宝钗三位主要人物相继出场，宝黛钗爱情叙事线形成，然作者是将宝黛钗爱情故事放置在了一个具体的大家族末世背景中，由此衍生出另外两条叙事情节主线：一是“金陵十二钗”叙事情节线，二是“四大家族家亡”叙事情节线。对于后者，作者集中用笔的是贾府，而在贾府的宁荣二府中，作者在全书中着力表现的是荣府，因此，第六回中，作者自言：“按荣府一宅中，合算起来，人口虽不多，从上至下，也有三四百丁；事虽不多，

① 胡德平.《红楼梦》书中反映的“人口经济学”[J].曹雪芹研究，2020(1)：17-27.

一天也有一二十件，竟如乱麻一般，并没个头绪可作纲领。”(P50) 作者欲写荣府家事，必得写荣府的管家人王熙凤，而为了写王熙凤，作者“借刘妪”来“写阿凤正传”，在第六回安排刘姥姥出场。对于宁府的事与人，“秦可卿作为宁国府中新一代人的代表，她不仅具备了那种家族所需要的一切条件，而且她以自己特有的思想观念和生活目标，显示了她在宁国府内的存在价值”①，作者着墨重笔的是秦可卿，借用的转场工具却非“刘妪”这样的小人物，而是书中第一主人公贾宝玉，第五回中贾宝玉“梦游太虚幻境”的场所就是秦可卿的卧房。第五回至第十五回文字是书中的第二个叙事单元，叙事情节以宁府为主、荣府为辅，叙事时间及情节线如下：

宝玉梦游太虚幻境——(秋尽冬初)刘姥姥一进荣国府——(刘姥姥走后，时间也是秋尽冬初)周瑞家的送宫花——(年下，冬天)凤姐与王夫人商量年下的礼物打点，凤姐提及要去宁府逛逛——(冬天)凤姐、宝玉到宁府见到秦钟——(冬天)贾府的王夫人、林黛玉、宝玉等到宁府看戏——(冬天，外面在下雪珠儿)宝玉到梨香院看望宝钗——(冬天)宝玉因茶撵茜雪——(冬天)宝玉、秦钟进贾家家塾——宝玉、秦钟与金荣起嫌疑，茗烟闹学堂——金荣姑母金氏到宁府见尤氏，听说秦氏病了——贾珍讲冯紫英推荐了张友士，尤氏与贾珍商量后日贾敬的生日怎么操办——张友士给秦氏诊病——(九月)贾敬生日——(贾敬生日当天，九月)凤姐遇到贾瑞——(十一月、十二月)秦氏依旧病着——(十二月)凤姐使计策，贾瑞两次受冻，生病——(春季)贾瑞病重而逝——(冬底)林如海身染重疾，写书接林黛玉回扬州——秦氏命丧天香楼，宁府停灵四十九日——(九月、十月)凤姐代尤氏打理秦氏丧事——宁府送殡，北静王见宝玉。

这么多事件都各自发生在书中哪一年、对应宝玉多少岁时呢？这共十一回文字又写了书中的多少年呢？由脂批可知，作者曾因畸笏叟的干预，对宁府秦可卿的故事做了删改，见第十三回回前脂批：

① 刘秉义.曹雪芹对于秦可卿的创作[J].红楼梦学刊，1991(1)：123-138.

> “秦可卿淫丧天香楼”，作者用史笔也。老朽因有魂托凤姐贾家后事二件，岂是安富尊荣坐享人能想得到者？其事虽未行，其言其意，令人悲切感服，姑赦之，因命芹溪删去“遗簪”、“更衣”诸文，是以此回只十页，删去天香楼一节，少去四五页也。(P97-98)

同回中，秦可卿的死亡消息传到荣国府后，文字及脂批是：

> 彼时合家皆知，无不纳罕，都有些疑心。【眉批】九个字写尽天香楼事，是不写之写。【眉批】可从此批。通回将可卿如何死故隐去，是余大发慈悲也。叹叹！壬午季春，畸笏叟。(P99)

秦可卿的故事被作者删改，连带秦可卿的弟弟秦钟的故事也被删改。后文第三十四回中，宝玉挨父亲贾政打后被抬回怡红院，宝钗待贾母等离开后携药到怡红院看望宝玉，又问袭人宝玉被打的缘由，袭人便将宝玉小厮焙茗的话转述出来，因话里有牵扯到宝钗的哥哥薛蟠的事，宝玉忙拦阻袭人不让说下去，在这一段文字后，作者接着写：

> 宝钗听说，便知道是怕他多心，用话相拦袭人，因心中暗暗想道：“打的这个形像，疼还顾不过来，还是这样细心，怕得罪了人，可见在我们身上也算是用心了。你既这样用心，何不在外头大事上做工夫，老爷也欢喜了，也不能吃这样亏。但你固然怕我沉心，所以拦袭人的话，难道我就不知我的哥哥素日恣心纵欲，毫无防范的那种心性。当日为一个秦钟，还闹的天翻地覆，自然如今比先又更利害了。”(P268)

宝钗的内心活动中有“当日为一个秦钟，还闹的天翻地覆，自然如今比先又更利害了”，表明此处又是“不写之写”。显然，在作者未删改前的“闹书堂”叙事情节版本中，薛蟠应该亦有表现，至少这一版本中应该出现过薛蟠、宝玉、秦钟三人都在场的故事，然而，在当下的可见版本中，秦钟并未与薛蟠有过叙事交集。

作者奉命对秦可卿并其弟弟秦钟的故事进行了大量删改，但又没有完全放弃原有的故事，而是将其情节线索夹杂隐匿于他处文字之中，如有的学者注意到，作者“只把‘秦可卿淫丧天香楼’改写成‘秦可卿死封龙禁尉’”，而漠视举手之劳般容易的‘图诗曲’的修改”①，即第五回中关于秦可卿的判词、判曲与谶图都未做修改，这些内容仍能让读者窥探出秦可卿的真实死因非为病逝，而是悬梁自尽。作者这样的文本处理方式增加了我们分析这十一回目文字叙事时间线的难度。

我们可以把这共十一回目的叙事情节线，依据其中大致的季节信息做一下“年份”分割：

(1)(梅花盛开时)宝玉梦游太虚幻境。

(2)(秋尽冬初)刘姥姥一进荣国府——(刘姥姥走后，时间也是秋尽冬初)周瑞家的送宫花——(年下，冬天)凤姐、王夫人商量年下的礼物打点，凤姐提及要去宁府逛逛——(冬天)凤姐、宝玉到宁府见到秦钟——(冬天)贾府的王夫人、林黛玉、宝玉等到宁府看戏——(冬天，外面在下雪珠儿)宝玉到梨香院看望宝钗——(冬天)宝玉因茶撵茜雪——(冬天)宝玉、秦钟进贾家家塾。

(3)宝玉、秦钟与金荣起嫌疑，茗烟闹学堂——金荣姑母金氏到宁府见尤氏，听说秦氏病了——贾珍讲冯紫英推荐了张友士，尤氏与贾珍商量后日贾敬的生日怎么操办——张友士给秦氏诊病——(九月)贾敬生日——(贾敬生日当天，九月)凤姐遇到贾瑞——(十一月、十二月)秦氏依旧病着——(十二月)凤姐使计策，贾瑞两次受冻，生病。

---

① 徐乃为.秦可卿故事改写过程探原：兼说《石头记》的探佚问题[J].南都学坛，2003(3)：42-46.

(4)(春季)贾瑞病重而逝——(冬底)林如海身染重疾,写书接林黛玉回扬州。

(5)秦氏命丧天香楼,宁府停灵四十九日——(九月、十月)凤姐代尤氏打理秦氏丧事——宁府送殡,北静王见宝玉。

上述叙事情节线经“年份”分割后体现出作者删改后的文字在时间呈现上还是很清晰的,出现了三个冬天、一个春天、两个秋天,最后的秋天是在上一个冬天之后。因此,作者实际上共写了四年的故事,而要说明这四年到底是书中的第几年,关键在于弄清楚秦可卿的病期与死期。

第二节　秦可卿病了两年

秦可卿是突然死去的,书中第十回,作者写她生病了。秦可卿从病到逝,经过了多少时日呢？关于秦可卿之死,从20世纪中期胡适先生发表观点起,便成为红学界讨论的一个焦点。胡适先生认为,因作者先写了第十六回,再补第九至十二回,因此作者“他不能全用那四回的地位来捏造秦氏的病情,于是他便很潦草地采用了他的‘风月宝鉴’旧稿,来填充那缺卷的一部分。因为这个故事本是从前写的,勉强插在这里,所以就顾不到前面叙说秦可卿那样垂危的病情,在时间上就不得不拖延了一年了”①,后周汝昌先生、俞平伯先生等都分析过秦可卿的死期这个问题。俞平伯先生极为看重秦可卿,认为“可卿在十二钗,占重要之位置;故首以钗黛,而终以可卿”②,讨论过书中关于可卿之死的叙述“非常奇怪”。当下学界的主流认知是,书中秦氏从病至死约四个月,至长不超过半年,“根据脂评所透露出来的消息和当今‘红学’家考据的结果:秦可卿的死

① 周观武.也谈《红楼梦》中有关秦可卿病死的几处疑点与误笔[J].河南大学学报(社科版),1998(2):18-24.

② 俞平伯.红楼梦研究[M].北京:人民文学出版社,1988:122.

因，并不是现今流传的《红楼梦》中所描写的那样，是死于所谓‘价虑伤脾、肝木武旺’的病。按书中交代，‘中秋节时’秦可卿还‘和老大太们，太太们顽了半夜，回家来还好好的’。‘二十日以后，就一日比一日觉懒。’到了‘十二月初二’，王熙凤再见到她时，‘脸上、身上的肉全瘦干了’，年底就死去了。短短不到四个月的时间，她的‘病’竟会如此迅猛恶化，以致死去”①。然细读书中第九回至第十五回文字，我们会发现，秦可卿从病到逝，不是约四个月，而是历经两年。

秦钟是秦可卿的弟弟。书中第九回，宝玉、秦钟同上家塾，袭人给宝玉准备的是“大毛衣服”，显然这二人上学时的季节是冬天。同回文字中又有“起嫌疑顽童闹学堂”一段，即宝玉、秦钟在家塾结识了“两个多情的小学生”，惹得另一个同学金荣说闲话，双方起了争执，宝玉的四个小厮与金荣打在一起，金荣被贾瑞要求给宝玉、秦钟道歉后，事情才算平息下来。初读这些文字，读者可能会以为宝玉、秦钟的上家塾与闹学堂在时间上是前后相近的，都发生在同一个冬天。不过若仔细阅读，我们会发现宝玉、秦钟上学是在某一年的冬天，而过了好几个月后才发生了“闹学堂”事件，即“闹学堂”事件发生在这个冬天的次年。

金荣与宝玉、秦钟打架落败，回家向母亲胡氏抱怨，金荣的姑母贾璜之妻金氏听说了，打算为侄子出头，特特到宁国府来找尤氏叙话想寻机告秦氏的状，却“听见秦氏有病，不但不能说，亦且不敢提了”(P83)，金氏便回家去了。关于金氏的这段叙事接在上回中金荣与宝玉、秦钟打架的事情之后。作者写金氏离开后，又接了一段贾珍过来与尤氏谈论秦氏病症的文字，说冯紫英推荐了“一个幼时从学的先生，姓张名友士，学问最渊博的，更兼医理极深，且能断人的生死”(P83)。后文中，张大夫来给秦氏诊病时，出现了秦氏生病的时间信息。

旁边一个贴身伏侍的婆子道：“何尝不是这样呢。真正先

① 刘秉义.曹雪芹对于秦可卿的创作[J].红楼梦学刊，1991(1)：123-138.

> 生说的如神，倒不用我们告诉了。如今我们家里现有好几位太医老爷瞧着呢，都不能的当真切的这么说。有一位说是喜，有一位说是病，这位说不相干，那位说怕冬至，总没有个准话儿。求老爷明白指示指示。”(P85)

“怕冬至”，显然婆子说这话时，日子还未到冬至。张友士断病说：“人病到这个地位，非一朝一夕的症候。吃了这药，也要看医缘了。依小弟看来，今年一冬是不相干的。总是过了春分，就可望全愈了。”(P85)因此，秦氏生病是在这一年的冬至前。

此回中，尤氏提到过贾敬的生日：

> 尤氏听了，心中甚喜，因说道：“后日是太爷的寿日，到底怎么办？”(P83)

算下来，贾敬的生日是在宝玉、秦钟、金荣等在学堂打架后的第四日。第十一回有全书的第一个生日情节叙事，写的是贾敬的生日。不过，这一回中，过生日的贾敬并没有出现，而是写邢夫人、王夫人、凤姐、宝玉等从荣府过来宁府给贾敬贺寿时，众人又议论起了秦可卿的病：

> 次后邢夫人、王夫人、凤姐儿、宝玉都来了，贾珍并尤氏接了进去。尤氏的母亲已先在这里呢。大家见过了，彼此让了坐。贾珍尤氏二人亲自递了茶，因说道：“老太太原是老祖宗，我父亲又是侄儿，这样日子，原不敢请他老人家，但是这个时候，天气正凉爽，满园的菊花又盛开，请老祖宗过来散散闷，看着众儿孙热闹热闹，是这个意思。谁知老祖宗又不肯赏脸。”凤姐儿未等王夫人开口，先说道：“老太太昨日还说要来着呢，因为晚上看着宝兄弟他们吃桃儿，老人家又嘴馋，吃了有大半个，五更天的

时候就一连起来了两次，今日早晨略觉身子倦些。因叫我回大爷，今日断不能来了，说有好吃的要几样，还要很烂的。”贾珍听了笑道：“我说老祖宗是爱热闹的，今日不来，必定有个原故，若是这么着就是了。”

王夫人道：“前日听见你大妹妹说，蓉哥儿媳妇儿身上有些不大好，到底是怎么样？”尤氏道：“他这个病得的也奇。上月中秋还跟着老太太，太太们顽了半夜，回家来好好的。到了二十后，一日比一日觉懒，也懒待吃东西，这将近有半个多月了。经期又有两个月没来。”邢夫人接着说道：“别是喜罢？”

正说着，外头人回道：“大老爷，二老爷并一家子的爷们都来了，在厅上呢。”贾珍连忙出去了。这里尤氏方说道：“从前大夫也有说是喜的。昨日冯紫英荐了他从学过的一个先生，医道很好，瞧了说不是喜，竟是很大的一个症候。昨日开了方子，吃了一剂药，今日头眩的略好些，别的仍不见怎么样大见效。”凤姐儿道：“我说他不是十分支持不住，今日这样的日子，再也不肯不扎挣着上来。”尤氏道：“你是初三日在这里见他的，他强扎挣了半天，也是因你们娘儿两个好的上头，他才恋恋的舍不得去。”(P86-87)

显然，贾敬生日是在秋季九月，当时“天气正凉爽，满园的菊花又盛开”，秦氏生病前“上月中秋还跟着老太太，太太们顽了半夜，回家来好好的。到了二十后，一日比一日觉懒，也懒待吃东西，这将近有半个多月了”，从八月二十算起加上“近半个多月”，凤姐又在九月“初三日”到宁府看望过秦可卿，说明贾敬的生日应该是在九月六日到九月二十日之间。秦可卿生病的时间是在八月二十日。

凤姐与宝玉同去看望生病的秦可卿。秦氏房里的情形，书中有段文字写道：

宝玉正眼瞅着那《海棠春睡图》并那秦太虚写的“嫩寒锁梦因春冷，芳气笼人是酒香”的对联，不觉想起在这里睡晌觉梦到“太虚幻境”的事来。正自出神，听得秦氏说了这些话，如万箭攒心，那眼泪不知不觉就流下来了。(P88)

此处对应了前文宝玉梦游太虚幻境的事。此时是九月，菊花盛开，而宝玉梦游太虚幻境时是梅花盛开，梅花花期对应的是冬春季。

秦可卿八月二十日生病，在此回中，她熬过了当年的冬至及冬至后。

第十一回中，另一个重要的叙事情节便是“贾瑞戏凤姐”。作者安排在贾敬生日当天，凤姐看望秦氏后回去会芳园的路上遇到了贾瑞，贾瑞不怀好意地想调戏凤姐。

第十二回中，作者继续写贾瑞、王熙凤的故事。上一回九月里贾敬生日当天，贾瑞遇到王熙凤后，居然失了分寸频频去看望王熙凤，惹得王熙凤心头火起。王熙凤使计策，在腊月里先是约贾瑞私会却故意失约让贾瑞白冻了一夜，又假意再约，让贾瑞又冻了一夜，“兼两回冻恼奔波，因此三五下里夹攻，不觉就得了一病”(P95)，贾瑞病后，“倏又腊尽春回，这病更又沉重”(P95)，待道士来送镜子嘱咐他“千万不可照他的正面，只照他的背面”(P95)，而贾瑞偏不听话，照了镜子的正面，最终死亡。贾瑞的死期是在秦可卿病后的第二年春季。

第十二回文末，作者又交代了一事：

谁知这年冬底，林如海的书信寄来，却为身染重疾，写书特来接林黛玉回去。

贾母听了，未免又加忧闷，只得忙忙的打点黛玉起身。宝玉大不自在，争奈父女之情，也不好拦劝。于是贾母定要贾琏送他去，仍叫带回来。一应土仪、盘缠，不消烦说，自然要妥贴。作速择了日期，贾琏与林黛玉辞别了贾母等，带领仆从，

登舟往扬州去了。(P96)

秦可卿生病次年的春季，贾瑞病逝。贾瑞病逝的同年冬底，林如海身染重疾，写书接林黛玉回扬州。

书中第十三回，作者写了秦可卿之死。秦可卿大概逝于哪个月份呢？作者没有明写，但是在第十四回中王熙凤代宁国府尤氏治丧的情节中插叙了一段贾琏派小厮来回话的文字：

正闹着，人回："苏州去的人昭儿来了。"凤姐急命唤进来。昭儿打千儿请安。凤姐便问："回来做什么的？"昭儿道："二爷打发回来的。林姑老爷是九月初三日巳时没的。二爷带了林姑娘同送林姑老爷灵到苏州，大约赶年底就回来。二爷打发小的来报个信请安，讨老太太示下，还瞧瞧奶奶家里好，叫把大毛服带几件去。"凤姐道："你见过别人了没有？"昭儿道："都见过了。"说毕，连忙退去。凤姐向宝玉笑道："你林妹妹可在咱们家住长了。"宝玉道："了不得，想来这几日他不知哭的怎样呢！"说着，蹙眉长叹。(P108)

昭儿说"林姑老爷是九月初三日巳时没的"，昭儿从扬州回来贾府向凤姐回话的日期必然是在九月初三日之后的某日。

在凤姐与昭儿对话之前，同回书中还有一段说明时间的文字：

这日乃五七正五日上，那应佛僧正开方破狱，传灯照亡，参阎君，拘都鬼，延请地藏王，开金桥，引幢幡；那道士们正伏章申表，朝三清，叩玉帝；禅僧们行香，放焰口，拜水忏；又有十三众尼僧，搭绣衣，趿红鞋，在灵前默诵接引诸咒，十分热闹。(P106)

“五七正五日”是第四十日。昭儿从扬州到京都的路上行程时间，作者没有交代，但可依据前文黛玉来贾府的路程时间计算为大约需要一个月，即凤姐见到昭儿时大约是十月初三，以此时间倒推四十天，秦可卿的亡日应是在八月份，大约在八月中下旬。

至此，我们可以依据书中文本把秦可卿生病、死亡的时间做如下推断：

某年八月二十日，秦可卿病了；秦可卿生病次年的春季贾瑞亡、冬底林如海染重疾；第三年约八月中下旬，秦可卿逝、林如海殁。秦可卿是在生病的第三年才突然离世的。

秦可卿蹊跷离世发生在书中的第几年呢？作者有隐写。

作者写秦可卿蹊跷逝后，又写贾珍要在宁府“停灵七七四十九日”。贾珍为使秦可卿的丧礼风光些，另花了一千二百两银子给贾蓉捐了个前程。书中此处写贾蓉的履历是：

> 江南江宁府江宁县监生贾蓉，年二十岁。曾祖，原任京营节度使世袭一等神威将军贾代化；祖，乙卯科进士贾敬；父，世袭三品爵威烈将军贾珍。(P100-101)

此时，作者写贾蓉二十岁。由前文我们已知贾蓉长宝玉九岁，贾蓉是二十岁，宝玉此时则是十一岁。秦可卿的死亡时间是在贾宝玉十一岁这一年，即书中的第 11 年。秦可卿的死亡发生在书中第 11 年，从她的死亡时间倒推两年，她就是在书中第 9 年的八月二十日生病的。相应的叙事时间线表如下。

表 2.1 秦可卿从病到逝的叙事时间线表

宝玉年龄	叙事年份	叙事时间	叙事情节
宝玉九岁	第 9 年	八月二十日	秦可卿蹊跷病了。
		九月	顽童闹学堂。 贾敬生日。 张友士给秦氏诊病。 凤姐偶遇贾瑞。
		十二月	贾瑞骚扰凤姐。 凤姐使计策作弄贾瑞。 贾瑞生病。
宝玉十岁	第 10 年	春季	贾瑞病逝。
		冬底	林如海染重疾,林黛玉回扬州。
宝玉十一岁	第 11 年	—	贾蓉二十岁。
		约八月中下旬	秦可卿突然离世。
		九月初三日	林如海病逝。
		约十月	宁府送殡,北静王见宝玉。

第三节 同一个初冬

秦可卿生病的时间是书中第 9 年,生病的前一年是书中第 8 年,即宝玉八岁时,正如脂批所评书中“无一笔写一人之文字之笔”(P49),作者将贾宝玉与刘姥姥前后回文字联系在一起,他们既是作者的“叙事转场工具”,又是叙事情节线与时间线的呈现者。同在初冬的日子,宝玉与刘妪,一个在少年“梦游太虚幻境”却未参透人世间的悲欢离合,一个在暮年“一进荣国府”忍耻伏低艰辛讨生活。

书中第五回,作者写了全书最为重要的一个梦,即贾宝玉梦游太虚幻境。作者写在某一年的“东边宁府中花园内梅花盛开”时,宁国府贾珍的妻子尤氏请荣国府贾母、邢夫人、王夫人等来赏花，贾宝玉也跟了过来，宝玉一时倦怠，欲睡中觉，便由贾蓉妻子秦氏带至自己房中歇中觉，宝玉梦游太虚幻境。第六回开篇情节紧跟上回，叙述宝玉醒后与比他大两岁的大丫鬟袭人初试云雨情。梅花花期是在冬春季，从社会情理来看，尤氏请长辈赏花的最佳时机应是梅花初开放的冬季，而非已开放了数月后的春季，再联系书中文本，宝玉到秦氏房中有一段关于秦氏房中陈设的文字：

> 案上设着武则天当日镜室中设的宝镜，设譬调侃耳，若真以为然，则又被作者瞒过。一边摆着飞燕立着舞过的金盘，盘内盛着安禄山掷过伤了太真乳的木瓜。上面设着寿昌公主于含章殿下卧的榻，悬的是同昌公主制的联珠帐。(P41)

作者写秦氏屋内的金盘内盛有木瓜，木瓜果期在公历9—10月，说明宁府赏花及宝玉梦游太虚幻境这些情节发生在初冬，不可能是春季。

紧接着，在书中第六回，"这年秋尽冬初，天气冷将上来"，书中的一伏线人物刘姥姥出现了。"刘姥姥一进荣国府"这回文字，作者由远及近、由外入内，从只是与贾府的亲家王家的联宗如此远之又远的远房亲戚刘姥姥带出荣府王熙凤的理家形象，进而正写荣府的上下人物、大小事件。

刘姥姥携外孙板儿去荣国府的时间是"这年秋尽冬初，天气冷将上来"时。刘姥姥到了荣国府，本来要见王家二小姐，即贾府的王夫人，王夫人的陪房周瑞家的告诉她："姥姥有所不知，我们这里又不比五年前了。如今太太竟不大管事，都是琏二奶奶管家了。你道这琏二奶奶是谁？就是太太的内侄女，当日大舅老爷的女儿，小名凤哥的。"(P52)从周瑞家的口中可知，当下在荣国府管家的是王夫人之兄的女儿王熙凤。

刘姥姥也是知道王熙凤的，她对周瑞家的感叹说"这凤姑娘今年大还不过二十岁罢了，就这等有本事，当这样的家，可是难得的"，刘姥姥估量王熙凤的年龄是"大还不过二十岁"，刘姥姥在凤姐处还见到了宁国府的公子贾蓉，"只听一路靴子脚响，进来了一个十七八岁的少年，面目清秀，身材娇夭，轻裘宝带，美服华冠"。(P55)贾蓉年长宝玉九岁，此时宝玉八岁，贾蓉的年龄的确有十七岁。凤姐年长贾蓉约两三岁，年长宝玉约十一二岁。

至此，我们可以把第五回至第十五回的文字做叙事时间线表如下。

表 2.2　第五回至第十五回叙事时间线表

<table>
<tr><th>宝玉年龄</th><th>叙事年份</th><th>叙事时间</th><th>叙事情节</th></tr>
<tr><td rowspan="2">宝玉八岁</td><td rowspan="2">第 8 年</td><td>初冬</td><td>宝玉梦游太虚幻境。
刘姥姥一进荣国府。</td></tr>
<tr><td>冬季</td><td>凤姐与王夫人商量年下的礼。
宝玉宁府会秦钟，同上贾府家塾读书。</td></tr>
<tr><td rowspan="3">宝玉九岁</td><td rowspan="3">第 9 年</td><td>八月二十日</td><td>秦可卿蹊跷病了。</td></tr>
<tr><td>九月</td><td>顽童闹学堂。
贾敬生日。
张友士给秦氏诊病。
凤姐偶遇贾瑞。</td></tr>
<tr><td>十二月</td><td>贾瑞骚扰凤姐。
凤姐使计策作弄贾瑞。
贾瑞生病。</td></tr>
<tr><td rowspan="2">宝玉十岁</td><td rowspan="2">第 10 年</td><td>春季</td><td>贾瑞病逝。</td></tr>
<tr><td>冬底</td><td>林如海染重疾，贾琏送林黛玉回扬州。</td></tr>
<tr><td rowspan="4">宝玉十一岁</td><td rowspan="4">第 11 年</td><td>—</td><td>贾蓉二十岁。</td></tr>
<tr><td>约八月中下旬</td><td>秦可卿突然离世。</td></tr>
<tr><td>九月初三日</td><td>林如海病逝。</td></tr>
<tr><td>约十月</td><td>宁府送殡，北静王见宝玉。</td></tr>
</table>

第四节　未改好的薛家叙事时间线

书中第十回文字,“闹学堂”事件中的当事人之一金荣,因与宝玉、秦钟打架落败而回家抱怨置气。此处,金荣的母亲胡氏有一篇话:

“你又要争什么闲气?好容易我望你姑妈说了,你姑妈千方百计的才向他们西府里的琏二奶奶跟前说了,你才得了这个念书的地方。若不是仗着人家,咱们家里还有力量请的起先生?况且人家学里,茶也是现成的,饭也是现成的。你这二年在那里念书,家里也省好大的嚼用呢。省出来的,你又爱穿件鲜明衣服。再者,不是因你在那里念书,你就认得什么薛大爷了?那薛大爷一年不给不给,这二年也帮了咱们有七八十两银子。你如今要闹出了这个学房,再要找这么个地方,我告诉你说罢,比登天还难呢!你给我老老实实的顽一会子睡你的觉去,好多着呢。”(P81-82)

胡氏说“薛大爷一年不给不给,这二年也帮了咱们有七八十两银子”,显然胡氏说这话时,薛蟠已经来到贾府至少“二年”了。如果宝钗进贾府时是十四岁,胡氏说话的这会儿,宝钗应该已是十六岁了。但是,闹书堂事件发生时,贾元春还没有入选贤德妃、宝钗也还没有过正月里将笄十五岁(虚岁)的生日。显然,从第五回至第十回文字,作者奉畸笏叟之命对秦可卿故事做删改,基本改顺了秦可卿生病及蹊跷死亡的这条主线的叙事时间线,但还没有把支线的薛家这条叙事时间线处理好。

四大家族之一薛家的故事线是依附于贾家的叙事支线,从第五回至十五回,作者基本改顺了贾家的叙事情节与叙事时间线,但不知何故,对于薛家这条支线尚未安排妥当。作者在将薛家故事与贾府秦氏姐弟故事相联结时，贾宝玉成了转场工具人物。学者马瑞芳发现书中第七回出现了宝玉两个“上学”叙事情节相矛盾的情况：

> 在五次增删过程中，《石头记》个别章节也留下处理不够圆转的地方。如第5回“送宫花贾琏戏熙凤”，宝玉听说宝钗“身上不大好”，打发丫头探望，说“论理我该亲自来的，就说才从学里来，也着了些凉。”第二天宝玉却既不上学，也不告假，跟了凤姐去宁府，他周围的人对他不上学也不说什么。宝玉见到秦钟后又说：“我因业师上年回家去了，也现荒废着呢。”不到一天时间，出来两种贾宝玉“上学”说法。头一天贾宝玉以从学里回来着凉为由不去探望宝钗是借口，但他在上学却是事实，否则就不成其为借口。仅隔一个晚上，贾宝玉又好久没上学了。①

在薛家叙事时间线上，作者未能圆满解决的最大的一个问题是宝钗的入贾府年龄。第二十二回中，“谁想贾母自见宝钗来了，喜他稳重和平，正值他才过第一个生辰，便自己蠲资二十两，唤了凤姐来，交与他置酒戏”(P173)，前文分析过此时贾母出面要给宝钗过生日，缘由是“正值他才过第一个生辰”，此时宝钗将过的是十五岁虚岁生日，宝钗是在上一年来贾府的，即宝钗上一年从南京到贾府的年龄是虚岁十四岁。宝钗与香菱同龄，年长宝玉两岁，即宝玉十二岁时，宝钗方来贾府，而此前宝玉已经与黛玉相处五年了。但是，从目前的第五回至第十五回这共十一回目的叙事时间线中，我们会发现，宝钗竟然在宝玉八岁时就已经在贾府了。

第五回宝玉梦游太虚幻境的情节中，宝玉见到了警幻仙姑的妹妹“乳名兼美字可卿者”：

---

① 马瑞芳.《红楼梦》成书过程推测[J].红楼梦学刊,2004(2):245-275.

> 警幻见宝玉甚无趣味，因叹："痴儿竟尚未悟！"那宝玉忙止歌姬不必再唱，自觉朦胧恍惚，告醉求卧。警幻便命撤去残席，送宝玉至一香闺绣阁之中，其间铺陈之盛，乃素所未见之物。更可骇者，早有一位女子在内，其鲜艳妩媚，有似乎宝钗，风流袅娜，则又如黛玉。(P47)

宝玉的心理活动是"可骇"，因为该女子的容貌身形既像宝钗，又像黛玉。显然，在梦游太虚幻境前，宝玉、宝钗已经相见过了。

再看第六回，周瑞家的送走刘姥姥后，便去回王夫人话，而王夫人正在贾府的梨香院薛姨妈处。周瑞家的又受薛姨妈委托，给迎春、探春、惜春、凤姐、黛玉等各处送宫花。后文又有宝玉到梨香院探恙宝钗等内容。从前面的分析可知，刘姥姥一入荣国府时的这个冬天，作者设定的宝玉年龄是八岁。宝钗年长宝玉两岁，即此时宝钗应是十岁。

作者行文至第十三回时，薛蟠出现了。秦氏亡后，薛蟠也来吊问：

> 因见贾珍寻好板，便说道："我们木店里有一副板，叫做什么樯木，樯者，舟具也。所谓"人生若泛舟"而已，宁不可叹！出在潢海铁网山上，作了棺材，万年不坏。这还是当年先父带来，原系义忠亲王老千岁要的，因他坏了事，就不曾拿去。现今还封在店里，也没人出价敢买。你若要，就抬来罢了。"贾珍听了，喜之不尽，即命人抬来。
>
> 大家看时，只见帮底皆厚八寸，纹若槟榔，味若檀麝，以手扣之，玎珰如金玉。大家都奇异称赏。贾珍笑问："价值几何？"薛蟠笑道："拿一千两银子来，只怕也没处买去。什么价不价，赏他们几两工钱就是了。"的是阿呆兄口气。
>
> 贾珍听说，忙谢不尽，即命解锯糊漆。贾政因劝道："此物恐非常人可享者，政老有深意存焉。殓以上等杉木也就是了。"

夹写贾政。【眉批】写个个皆到，全无安逸之笔，深得《金瓶》壸奥！此时贾珍恨不能代秦氏之死，这话如何肯听。(P100)

从这些文字可知，秦氏下葬的樯木棺板来自皇商薛家的木店。秦氏蹊跷亡逝这一年，贾蓉二十岁，宝玉十一岁。宝钗年长宝玉两岁，薛蟠年长宝钗两岁，即这一年宝钗十三岁、薛蟠十五岁。

依据第五回至第十五回书中文本，可将薛家的叙事情节也补充到叙事时间线表中。

表 2.3　薛家故事叙事时间线表

宝玉年龄	叙事年份	叙事时间	贾家叙事情节	薛家叙事情节
宝玉八岁	第 8 年	初冬	宝玉梦游太虚幻境。 刘姥姥一进荣国府。	宝钗十岁。 梨香院里王夫人与薛姨妈叙旧。 薛宝钗小恙。 宝玉探恙薛宝钗。 薛蟠在贾家学堂结交契弟。
		冬季	凤姐与王夫人商量年下的礼。 宝玉宁府会秦钟，同上贾府家塾读书。	
宝玉九岁	第 9 年	八月二十日	秦可卿蹊跷病了。	宝钗十一岁。 薛蟠十三岁。 薛蟠“一年不给不给，这二年也帮了”金荣七八十两银子。
		九月	顽童闹学堂。 贾敬生日。 张友士给秦氏诊病。 凤姐偶遇贾瑞。	
		十二月	贾瑞骚扰凤姐。 凤姐使计策作弄贾瑞。 贾瑞生病。	
宝玉十岁	第 10 年	春季	贾瑞病逝。	—
		冬底	林如海染重疾，林黛玉回扬州。	
宝玉十一岁	第 11 年	—	贾蓉二十岁。	宝钗十三岁。 薛蟠十五岁。 贾珍用薛家木店的一副“樯木”板为秦氏下葬。
		约八月中下旬	秦可卿突然离世。	
		九月初三日	林如海病逝。	
		约十月	宁府送殡，北静王见宝玉。	

依据前文的分析，我们可知，宝玉七岁时的冬底，黛玉从扬州来到京都的贾府，再依据第五回至第十五回的文本，又有结论：宝玉八岁时，宝钗也在贾府。这样一比较，黛玉、宝钗来京都进贾府的时间是非常接近的，二人一前一后来京仅有数月的间隔而已，难道作者设定的宝钗、宝玉之间的关系亦如黛玉与宝玉一样是青梅竹马的关系吗？

书内宝玉、黛玉之间的爱情缠绵悱恻，书外的读者亦深深感念动容，《石头记》的早期读者之一孝贤纯皇后之侄、傅清之子富察·明义曾作《题红楼梦》绝句二十首。这二十首诗中，至少有八首，即“其三”“其五”“其十”“其十一”“其十四”“其十八”“其十九”“其二十”，都是在写宝黛的爱情，如“其三”：“潇湘别院晚沉沉，闻道多情复病心。悄向花阴寻侍女，问他曾否泪沾襟”[①]，即在“写黛玉的易伤感、多病和宝玉的体贴、关心”[②]。宝玉七岁时，黛玉入贾府，作者对宝玉、黛玉的情感叙事设定的确是青梅竹马，宝玉“因与黛玉同随贾母一处坐卧，故略与别个姊妹熟惯些”(P40)，即使后面宝钗也来了贾府，可宝玉对黛玉的心一直没有改变过，例如二十八回中有言：

> 宝玉在身后面叹道：“既有今日，何必当初！”自言自语，真是一句话。林黛玉听见这话，由不得站住，回头道：“当初怎么样？今日怎么样？”宝玉叹道：以下乃答言，非一句话也。“当初姑娘来了，那不是我陪着顽笑？我阿颦之恼，玉兄实摸不着，不得不将自幼之苦心实事一诉，方可明心以白今日之故，勿作闲文看。凭我心爱的，姑娘要，就拿去；我爱吃的，听见姑娘也爱吃，连忙干干净净收着等姑娘吃。一桌子吃饭，一床上睡觉。丫头们想不到的，我怕姑娘生气，我替丫头们想到了。我心里想着：姊妹们从小儿长大，亲也罢，热也罢，和气到了儿，才见得比人好。要紧语。如今谁承望姑娘人

---

① 富察·明义，爱新觉罗·裕瑞.绿烟琐窗集 枣窗闲笔[M].上海：上海古籍出版社，1984：106.

② 蔡义江.明义《题红楼梦》诗的史料价值[J].曹雪芹研究，2013(1)：1-9.

大心大，反派不是。不把我放在眼睛里，倒把外四路的什么宝姐姐心事。凤姐姐用此人瞒看官也，瞒颦儿也。心动阿颦在此数句也。一节颇似说辞，玉兄口中却是衷肠话。的放在心坎儿上，倒把我三日不理四日不见的。我又没个亲兄弟亲姊妹。——虽然有两个，你难道不知道是和我隔母的？我也和你似的独出，只怕同我的心一样。谁知我是白操了这个心，弄的有冤无处诉！"说着不觉滴下眼泪来。玉兄泪非容易有的。(P226)

显然，对于贾宝玉而言，黛玉妹妹是"心坎儿上"的，而宝钗姐姐却是"外四路的"。在情感上，黛玉、宝钗有亲疏之分，书中贾宝玉自己就对黛玉明言表白过，如第二十回中，当黛玉又与宝玉生气而哭个不住时，作者明写：

宝玉见了这样，知难挽回，打叠起千百样的款语温言来劝慰。不料自己未张口，石头惯用如此笔仗。只见黛玉先说道："你又来作什么？横竖如今有人和你顽，比我又会念，又会作，又会写，又会说笑，又怕你生气拉了你去，你又作什么来？死活凭我去罢了！"宝玉听了忙上来悄悄的说道："你这么个明白人，难道连'亲不间疏，先不僭后'八字足可消气。也不知道？我虽糊涂，却明白这两句话。头一件，咱们是姑舅姊妹，宝姐姐是两姨姊妹，论亲戚，他比你疏。第二件，你先来，咱们两个一桌吃，一床睡，长的这么大了，他是才来的，岂有个为他疏你的？"林黛玉啐道："我难道为叫你疏他？我成了个什么人了呢！我为的是我的心。"宝玉道："我也为的是我的心。难道你就知你的心，不知我的心不成？"(P161)

宝玉、黛玉"从小儿一处长大"，二人之间感情非他人可比，书中薛宝

钗也是了然的,如第二十七回有文字:

> 忽然抬头见宝玉进去了,宝钗便站住低头想了想:宝玉和林黛玉是从小儿一处长大,他兄妹间多有不避嫌疑之处,嘲笑喜怒无常;道尽二玉连日事。况且林黛玉素习猜忌,好弄小性儿的。此刻自己也跟了进去,一则宝玉不便,二则黛玉嫌疑。道尽黛玉每每小性,全不在宝钗心上。罢了,倒是回来的妙。想毕抽身回来。(P218)

显然,在作者的叙事设定中,宝玉、黛玉、宝钗三人之间并不是一同长大的青梅竹马关系,而是宝玉、黛玉一个七岁、一个六岁时便相会,“两个一桌吃,一床睡,长的这么大了”后,到宝玉长到十二岁时,宝钗“才来的”。可以想见,作者奉畸笏叟之命对秦可卿、秦钟的故事进行大量删改时,薛家这一支线的故事也连带着受到了影响,而作者逝前并未来得及改顺薛家入京的叙事时间线。

第三章　宝玉十二岁至十四岁：第十六回至第三十六回文字

第一节　三年的故事

从第十六回至第三十六回文字是书中的第三个叙事单元，我们可先将这共二十一个回目的文本列大致的叙事时间及情节线于下：

贾政生辰——贾元春“晋封为凤藻宫尚书，加封贤德妃”——秦业病逝，秦钟生病——贾琏、林黛玉回贾府——贾家预备元妃省亲——贾家盖省亲园子——秦钟病亡——（春季）贾府省亲园内工程告竣，宝玉受命题对额——妙玉进贾府——（十月将尽）贾政题本，得朱批准奏贾妃省亲——（正月十五）元妃省亲——宝玉去袭人家里，见到袭人表妹——黛玉房内宝玉讲林子洞耗子精的故事——湘云来贾府——凤姐之女大姐出痘——（正月二十一日）宝钗过生日——（正月二十二日）众人猜灯谜——（二月二十二日）宝玉、宝钗、黛玉等入住大观园——（三月中浣）宝玉、黛玉读《会真记》——宝玉遇贾芸——贾芸向舅舅赊欠不成，倪二仗义相助——贾芸给凤姐送礼，领到种树种花的活——小红失意怡红院——王子腾夫人寿诞——宝玉被烫——宝玉、凤姐被施魇魔，一僧一道来救——宝玉叫贾芸到怡红院闲谈,贾芸遇小红——(四月二十五日)薛蟠请宝玉、冯紫英等吃四样礼——(四月二十六日)宝钗扑蝶,黛玉葬花,冯紫英宴请宝玉、薛蟠、蒋玉菡等——(四月二十七日)宝钗羞笼红麝串——(五月初一日)荣国府打醮,张道士提亲——(五月初二日)宝玉、黛玉口角,宝玉砸玉——(五月初三日)薛蟠生日——(五月初四日)宝玉、黛玉和好,金钏儿被逐,龄官画“蔷”——(五月初五日)王夫人治席赏午,晴雯撕扇——(五月初六日)湘云来贾府,拾到金麒麟,金钏儿投井,宝玉挨打,晴雯代送旧帕传情——(五月初七日)玉钏儿尝羹,金莺打络——王夫人给袭人二两银子一吊钱的份例,宝钗代袭人绣鸳鸯兜肚——宝玉梨香院寻龄官唱曲被拒,湘云辞行回史家。

我们如果将上面的叙事情节线再依据文本中大致的月份及季节信息做一下时间线分割,便可发现作者其实写了三年的故事:

第1年:贾政生辰——贾元春“晋封为凤藻宫尚书,加封贤德妃”——秦业病逝,秦钟生病——贾琏、林黛玉回贾府——贾家预备元妃省亲——贾家盖省亲园子——秦钟病亡。

第2年:(春季)贾府省亲园内工程告竣,宝玉受命题对额——妙玉进贾府——(十月将尽)贾政题本,得朱批准奏贾妃省亲。

第3年:(正月十五)元妃省亲——宝玉去袭人家里,见到袭人表妹——黛玉房内宝玉讲林子洞耗子精的故事——湘云来贾府——凤姐之女大姐出痘——(正月二十一日)宝钗过生日——(正月二十二日)众人猜灯谜——(二月二十二日)宝玉、宝钗、黛玉等入住大观园——(三月中浣)宝玉、黛玉读《会真记》——宝玉叫贾芸到怡红院闲谈,贾芸遇小红——贾芸向舅舅赊欠不成,倪二仗义相助——贾芸给凤姐送礼,领到种树种花的活——小红失意怡红院——王子腾夫人寿诞——宝玉被烫——宝玉、凤姐被施魇魔,一僧一道来救——贾芸到怡红院遇小红——(四月二十五日)薛蟠请宝玉、冯紫英等吃四样礼——(四月二十六日)宝钗扑蝶,黛玉葬花,冯紫英宴请宝玉、薛蟠、蒋玉菡等——(四月二十七日)宝钗羞笼红麝串——（五月初一日）荣国府打醮，张道士提亲——（五月初二日）宝玉、黛玉口角，宝玉砸玉——（五月初三日）薛蟠生日——（五月初四日）宝玉、黛玉和好，金钏儿被逐，龄官画“蔷”——（五月初五日）王夫人治席赏午，晴雯撕扇——（五月初六日）湘云来贾府，拾到金麒麟，金钏儿投井，宝玉挨打，晴雯代送旧帕传情——（五月初七日）玉钏儿尝羹，金莺打络——王夫人给袭人二两银子一吊钱的份例，宝钗代袭人绣鸳鸯兜肚——宝玉梨香院寻龄官唱曲被拒，湘云辞行回史家。

那么，这三年又是书中的第几年呢？作者仍是以贾宝玉的年龄作为关键叙事时间线的线索来写的。

第二十五回，宝玉、凤姐因马道婆施恶法被魇魔，二人陷入昏迷中，贾府众人都以为二人无救时，来了一个癞头和尚、一个跛足道人，文中写：

> 贾政听说，便向宝玉项上取下那玉来递与他二人。那和尚接了过来，擎在掌上，长叹一声道：“青埂峰一别，展眼已过十三载矣！正点题，大荒山手捧时语。人世光阴，如此迅速，尘缘满日，若似弹指！见此一句，令人可叹可惊，不忍往后再看矣！可羡你当时的那段好处：
>
> 天不拘兮地不羁，心头无喜亦无悲；所谓越不聪明越快活。
>
> 却因锻炼通灵后，便向人间觅是非。
>
> 可叹你今日这番经历：
>
> 粉渍脂痕污宝光，绮栊昼夜困鸳鸯。
>
> 沉酣一梦终须醒，无百年的筵席。冤孽偿清好散场！”又是一番锻炼，焉得不成佛作祖？
>
> 念毕，又摩弄一回，说了些疯话，递与贾政道：“此物已灵，不可亵渎，悬于卧室上槛，将他二人安在一室之内，除亲身妻母外，不可使阴人冲犯。是要紧语，是不可不写之套语。三十三日之后，包管身安病退，复旧如初。”说着回头便走了。[P206]

从大荒山的顽石随神瑛侍者下世后，到贾宝玉此时被魇魔时，癞头和尚说“青埂峰一别，展眼已过十三载矣”，宝玉落地为一岁，“过十三载”时的宝玉年龄是十四岁，即宝玉、凤姐被魇魔的这一年为书中第 14 年。从此年往前推一年，即省亲园内工程告竣，宝玉受贾政之命题园中对额的这一年是书中第 13 年，宝玉当时十三岁，从此年再往前推一年，即贾元春被封贤德妃的这一年是书中第 12 年，宝玉当时十二岁。

表 3.1　宝玉十二至十四岁叙事时间线表

宝玉年龄	叙事年份	叙事时间	叙事情节
宝玉十二岁	第 12 年	—	贾政生辰。同日，贾元春“晋封为凤藻宫尚书，加封贤德妃”。
		—	秦业病逝，秦钟生病。
		—	贾琏、林黛玉回贾府。
		—	贾家预备元妃省亲，盖省亲园子。
		—	秦钟病亡。
宝玉十三岁	第 13 年	春季	贾府园内工程告竣，宝玉受命题对额。
		—	贾蔷从姑苏采买了十二个女孩子学习女戏。妙玉进贾府。妙玉十八岁。
		十月将尽	贾政题本，得朱批准奏贾妃省亲。
宝玉十四岁	第 14 年	正月十五日	元妃省亲。
		正月十六日至二十日	宝玉去袭人家里。宝玉讲耗子精故事。湘云来贾府。凤姐之女大姐出痘。
		正月二十一日	宝钗过生日。
		正月二十二日	众人猜灯谜。
		二月二十二日	宝玉、宝钗、黛玉等入住大观园。
		三月中下旬	宝玉、黛玉读《会真记》。 贾芸向舅舅赊欠不成，倪二仗义相助。 宝玉被烫。 宝玉、凤姐被施魇魔。
		四月二十五日	贾母给黛玉送钱。贾芸到怡红院。贾兰演习骑射。宝玉探视黛玉。薛蟠请宝玉、冯紫英等吃四样礼。黛玉在怡红院外吃闭门羹。

续表

宝玉年龄	叙事年份	叙事时间	叙事情节
宝玉十四岁	第 14 年	四月二十六日	芒种节饯花神。宝钗扑蝶。黛玉葬花。冯紫英宴请宝玉、薛蟠、蒋玉菡等。
		四月二十七日	宝钗羞笼红麝串。
		五月初一日	荣国府打醮,张道士提亲。
		五月初二日	宝玉、黛玉口角,宝玉砸玉。
		五月初三日	薛蟠生日。
		五月初四日	宝玉、黛玉和好。金钏儿被逐。龄官画“蔷”。
		五月初五日	王夫人治席赏午。晴雯撕扇。
		五月初六日	湘云来贾府,拾到金麒麟。金钏儿投井。宝玉挨打。晴雯代送旧帕传情。
		五月初七日	玉钏儿尝羹。金莺打络。
		—	王夫人给袭人二两银子一吊钱的份例。宝钗代袭人绣鸳鸯兜肚。
		—	宝玉梨香院寻龄官唱曲被拒。湘云辞行回史家。

第二节　宝玉被魇魔的时间

遭遇魇魔法险些丢掉性命,这是神瑛侍者转世为贾宝玉后在人世间遇到的第一次大劫。宝玉遭遇魇魔法的时间信息,作者也隐写了。

先看宝玉获救的时间。第二十五回中,癞头和尚救了宝玉后,将通灵宝玉递给贾政,并说“此物已灵,不可亵渎,悬于卧室上槛,将他二人安在一室之内,除亲身妻母外,不可使阴人冲犯。三十三日之后,包管身安病退,复旧如初”(P206)。第二十六回开篇也写了“话说宝玉养过了三十三天之后,不但身体强壮,亦且连脸上疮痕平服,仍回大观园内去。这也不在话下”(P208),一僧一道离去后,宝玉醒来,又休养了三十三日仍回大观园内。回到怡红院的宝玉突然想起了贾芸,让奶娘李嬷嬷去叫,贾芸来了怡红院,宝玉和他说些没要紧的散话,又打发他走了。贾芸离开后,宝玉去黛玉房里,正和黛玉说笑间,又被薛蟠使唤小厮焙茗骗了出去和冯紫英等吃酒。这一日的次日便是四月二十六日,则这一日是四月二十五日。四月二十五日这日,宝玉院里的小丫头佳蕙和红玉感慨地说:“你这话说的却是。昨儿宝玉还说,明儿怎么样收拾房子,怎么样做衣裳,倒象有几百年的熬煎。”(P209)话里提到“昨儿”,显然“昨儿”宝玉就已经回来怡红院了,“昨儿”这一日若是四月二十四日,从四月二十四日向前推“三十三日”,日期是三月二十一日。当然,宝玉搬回怡红院也可能是在佳蕙话里的“昨儿”之前,不过,我们也可以得出结论:宝玉被魇魔后,一僧一道来救的这一日至晚是三月二十一日。

再看宝玉被害的时间。宝玉、凤姐被施魇魔法是在第二十五回,作者没有明写这一日的日期,不过从这一日往前,在第二十三回,作者写了一个非常明确的时间——“三月中浣”。从“三月中浣”这一日到宝玉、凤姐被暗害这一日,作者的叙事时间线非常清晰,从“三月中浣”起交代了连续六日的事。

第1日:三月中浣某日,桃花树下,宝玉与黛玉读《会真记》,袭人找来,让宝玉回去换衣服去给贾赦请安。同日,凤姐给黛玉、宝钗等送来茶叶。同日,宝玉出门遇到来向贾琏打听差事的贾芸,“贾芸是一个聪明伶俐、能说会道,且又是一个能做实事、会做事的草字辈后生”①。同日,贾芸因未讨着差事想到主意去舅舅家借钱,未借到,街上遇到倪二,倪二仗义相助。

第2日:贾芸先到大香铺买了香料,再到贾琏家里把香料送给王熙凤,王熙凤收了礼走了。贾芸又到外书房等宝玉,宝玉不在,贾芸见到丫头小红。

第3日:贾芸遇到王熙凤,王熙凤给了他种树种花的差事,要他午错的时候来领银子。贾芸等凤姐的空档又去打听宝玉,因宝玉去了北静王

---

① 胡文斌.读遍红楼:不随黄叶舞秋风[M].太原:山西人民出版社,2006:58.

府未见到，贾芸回到凤姐处领了银两、对牌回家。同日，宝玉从北静王府回来，怡红院里只有小红在，小红给宝玉倒茶并回了贾芸曾来过的话。

第4日：红玉见到贾芸带着匠人在园子里掘土种树。

第5日：王子腾夫人寿诞，薛姨妈、凤姐、贾家三个姊妹、宝钗、宝玉一齐去王府。当日晚间，王夫人房里，贾环使坏推蜡灯烫伤了宝玉。

第6日：被烫伤的宝玉见了贾母，宝玉寄名的干娘马道婆来给贾母请安。同日，赵姨娘行贿马道婆，托马道婆暗里算计宝玉和凤姐。马道婆要用什么法子暗害宝玉和凤姐呢？作者写道：

> 马道婆看看白花花的一堆银子，又有欠契，并不顾青红皂白，有道婆作干娘者来看此句。"并不顾"三字怕杀人。千万件恶事皆从三字生出来。可怕可畏可警，可长存戒之。满口里应着，伸手先去抓了银子掖起来，然后收了欠契。又向裤腰里掏了半晌，掏出十个纸铰的青面白发的鬼来，并两个纸人，如此现成，更可怕。如此现成，想贼婆所害之人岂止宝玉、阿凤二人哉？大家太君夫人诫之慎之。递与赵姨娘，又悄悄的教他道："把他两个的年庚八字写在这两个纸人身上，一并五个鬼都掖在他们各人的床上就完了。我只在家里作法，自有效验。千万小心，不要害怕！"宝玉乃贼婆之寄名干儿，一样下此毒手，况阿凤乎？三姑六婆之害如此，即贾母之神明，在所不免。其他只知吃斋念佛之夫人太君，岂能防范的来？此系老太君一大病。作者一片婆心，不避嫌疑，特为写出，使看官再四着眼，吾家儿孙慎之戒之！正才说着，只见王夫人的丫鬟进来找道："奶奶可在这里，太太等你呢。"二人方散了，不在话下。(P203)

马道婆施法需要赵姨娘提前设法把纸铰的鬼和写有年庚八字的纸人掖在宝玉和凤姐的床上。作者没有继续写赵姨娘如何谋划、如何实施，而是笔锋一转，转到"这日饭后"(P203)，黛玉去怡红院看视被烫伤不能出门的宝玉，结果李纨、凤姐、宝钗也都在，大家正说笑着，“只见赵姨娘和周姨娘两个人进来瞧宝玉”(P204)，因王子腾夫人来了贾府，李纨、凤姐过去王夫人处，“赵、周两个忙辞了宝玉出去”(P204)。后文便是宝玉、凤姐犯病了，“宝玉益发拿刀弄杖，寻死觅活的，闹得天翻地覆”“凤姐手持一把明晃晃刚刀砍进园来，见鸡杀鸡，见狗杀狗，见人就要杀人”，宝玉、凤姐闹了一会儿便“愈发糊涂，不省人事，睡在床上，浑身火炭一般，口内无般不说”，过了“三日光阴”后，两人“一发连气都将没了”。(P204-205)由此可见，宝玉、凤姐从发病这日到一僧一道来救之日，中间隔了三日。据前文分析，宝玉、凤姐被救之日至晚是三月二十一日，往前推三日便是三月十八日，即宝玉、凤姐被害发病这日至晚是三月十八日。

“中浣”即中旬之意，是每个月的十一日至二十日这段日子。宝玉、凤姐被害发病这日至晚是三月十八日，而作者又写了中间六日的事，那么“三月中浣”这一日只能是“三月十一日”或“三月十二日”。若宝玉、黛玉读《会真记》的这一日为三月十一日，那么马道婆来贾府与赵姨娘合谋谋害宝玉与凤姐的这一日便是三月十六日，凤姐、宝玉发病的这一日至早便是三月十七日。据此，我们可以将宝玉遭遇魇魔法发病这一事件列出两个“三月中浣”日叙事时间线表。

表 3.2　假定“三月中浣”日为三月十一日的叙事时间线表

宝玉年龄	叙事年份	叙事时间	叙事情节
宝玉十四岁	第 14 年	三月十一日	宝玉、黛玉读《会真记》。 贾芸去舅舅家借钱未借到，街上遇到倪二，倪二仗义相助。
		三月十二日	贾芸送香料给王熙凤，在外书房见到小红。
		三月十三日	贾芸领到种树种花的差事。 怡红院里，宝玉注意到小红。
		三月十四日	贾芸带着匠人在园子里掘土种树。
		三月十五日	王子腾夫人寿诞。宝玉被贾环使坏烫伤。
		三月十六日	马道婆来贾府。赵姨娘托马道婆暗害宝玉、凤姐。

续表

宝玉年龄	叙事年份	叙事时间	叙事情节
宝玉十四岁	第 14 年	三月十七或十八日	宝玉与凤姐遭魇魔发病。
		三月二十或二十一日	一僧一道来贾府救活宝玉与凤姐。
		四月二十三或二十四日	宝玉休养好搬回怡红院。
		四月二十五日	宝玉叫贾芸来怡红院闲谈。 薛蟠请宝玉、冯紫英等吃酒。
		四月二十六日	芒种节。

表 3.3　假定“三月中浣”日为三月十二日的叙事时间线表

宝玉年龄	叙事年份	叙事时间	叙事情节
宝玉十四岁	第 14 年	三月十二日	宝玉、黛玉读《会真记》。 贾芸去舅舅家借钱未借到，街上遇到倪二，倪二仗义相助。
		三月十三日	贾芸送香料给王熙凤，在外书房见到小红。
		三月十四日	贾芸领到种树种花的差事。 怡红院里，宝玉注意到小红。
		三月十五日	贾芸带着匠人在园子里掘土种树。
		三月十六日	王子腾夫人寿诞。宝玉被烫伤。
		三月十七日	马道婆来贾府。赵姨娘托马道婆暗害宝玉、凤姐。
		三月十八日	宝玉与凤姐遭魇魔发病。
		三月二十一日	一僧一道来贾府救活宝玉与凤姐。
		四月二十四日	宝玉休养好搬回怡红院。
		四月二十五日	宝玉叫贾芸来怡红院闲谈。 薛蟠请宝玉、冯紫英等吃酒。
		四月二十六日	芒种节。

宝玉携《会真记》到园中桃花树下阅读的这一日，作者写“正当三月中浣”，由“正当”二字推测此日为“中浣”的首日概率更大些，即这一日为三月十一日，而宝玉、凤姐发病的日子，作者写“却说林黛玉因见宝玉近日烫了脸，总不出门，倒时常在一处说说话儿。这日饭后看了两篇书，自觉无趣，便同紫鹃雪雁做了一回针线，更觉烦闷。便倚着房门出了一回神”(P203)，时间的写法是“这日”而非“次日”，“这日”为三月十八日的概率更大些，即宝玉、凤姐发病这一日与赵姨娘、马道婆谋划害人这一日中间隔了一日，毕竟，书中赵姨娘要寻觅机会分别去宝玉房里、凤姐房里塞纸铰的鬼和写有年庚八字的纸人，并要把消息传递给马道婆，让马道婆准备施法，于情于理也是需要一天的准备时间的，因此，可再列时间表如下。

表 3.4 “三月中浣”日为三月十一日，宝玉、凤姐发病日为三月十八日

宝玉年龄	叙事年份	叙事时间	叙事情节
宝玉十四岁	第 14 年	三月十一日	宝玉、黛玉读《会真记》。 贾芸去舅舅家借钱未借到，街上遇到倪二，倪二仗义相助。
		三月十二日	贾芸送香料给王熙凤，在外书房见到小红。
		三月十三日	贾芸领到种树种花的差事。 怡红院里，宝玉注意到小红。
		三月十四日	贾芸带着匠人在园子里掘土种树。
		三月十五日	王子腾夫人寿诞。宝玉被贾环使坏烫伤。
		三月十六日	马道婆来贾府。赵姨娘托马道婆暗害宝玉、凤姐。
		三月十八日	宝玉与凤姐遭魇魔发病。
		三月二十一日	一僧一道来贾府救活宝玉与凤姐。
		四月二十四日	宝玉休养好搬回怡红院。
		四月二十五日	宝玉叫贾芸来怡红院闲谈。 薛蟠请宝玉、冯紫英等吃酒。
		四月二十六日	芒种节。

第三节　未及改顺的宝钗、袭人、红玉的年龄

从第十六回至第三十六回，作者共写了三年的故事，即写宝玉十二岁、十三岁、十四岁这三年贾府发生的事件。作者对这三年的叙事并非平均着墨，对宝玉十二岁、十三岁时的叙事极为简省，只用了约三回文字，即从第十六回至第十八回，而对宝玉十四岁这一年的叙事极为详尽，用了共二十回文字，即从第十七、十八回一直写到第三十六回。作者非常重视宝玉十四岁时的这个年份，叙事从正月一直写到五月后。这二十回中，人物虽多，事件虽杂，却也都沿着作者设定的叙事时间线错落有致、有章有法地展开，足见作者对书中人物、事件、时间的设置布局之巧妙，而读者分析书中叙事文本的时间线，也可揣度推测作者的构思，这共二十回文字中，有三位人物的年龄信息或可透露作者的前后删改变动痕迹。一位人物是宝钗，另两位人物是袭人、红玉。在作者逝前最后的叙事时间设定中，三人是同龄。其中，从袭人、红玉的年龄信息来看，作者是将上一版本中宝玉十五岁时的情节挪移到了当下版本中宝玉十四岁的这一年，而从宝钗的年龄信息来看，文本版本改动的情况又更复杂些。

一、袭人及其“两姨妹子”的年龄

袭人的年龄，作者早在第六回开篇处就做了说明：

> 袭人本是个聪明女子，年纪本又比宝玉大两岁，近来也渐通人事，今见宝玉如此光景，心中便觉察一半了，不觉也羞的红涨了脸面，不敢再问。(P49)

袭人"年纪本又比宝玉大两岁",此处交代袭人的年龄比宝玉大两岁。

第十九回,在贾妃省亲回宫后的正月里,作者插叙了一篇宝玉先到宁国府看戏,感觉无趣,偷偷让茗烟带着去袭人家里看望袭人一事。在袭人家里,宝玉见到了花家几个外甥女儿和几个侄女儿来家吃果茶。宝玉留意到其中一个女孩,待袭人回到贾府后,便想着打听,作者写道:

> 宝玉听了信以为真,方把酥酪丢开,取栗子来,自向灯前检剥。一面见众人不在房中,乃笑问袭人道:"今儿那个穿红的是你什么人?"若是见过女儿之后没有一段文字便不是宝玉,亦非《石头记》矣。袭人道:"那是我两姨妹子。"宝玉听了,赞叹了两声。
>
> ……
>
> 袭人道:"他虽没这造化,倒也是娇生惯养的呢,我姨爹姨娘的宝贝。如今十七岁,各样的嫁妆都齐备了,明年就出嫁。"(P149-150)

宝玉见到的着红衣的女孩是袭人的姨妹,"如今十七岁",袭人若与红衣女孩同龄,出生月份大些,此时至少也得是十七岁了。袭人若是十七岁,宝玉便是十五岁。显然,在作者删改的上一版本中,宝玉偷偷去袭人家里这件事发生在宝玉十五岁时或宝玉年龄更大些时,而到了作者最后删改的这一版本中,作者将原宝玉十五岁或年龄更大时的情节挪移到了他十四岁这一年。

二、红玉的两个年龄

林红玉,即小红,聪明伶俐,敢爱敢恨,是全书前八十回中出现次数虽少却给书外读者留下深刻印象的女孩。红玉第一次出场是在第二十四回,在宝玉十四岁这一年的三月份,贾芸照宝玉前日的吩咐,到外书房等着，即到绮霰斋书房里来见宝玉，结果宝玉并不在。贾芸正等着时，红玉出现了：

> 这里贾芸便看字画古玩，有一顿饭工夫还不见来，再看看别的小厮，都顽去了。正是烦闷，只听门前娇声嫩语的叫了一声“哥哥”。贾芸往外瞧时，看是一个十六七岁的丫头，生的倒也细巧干净。(P195)

红玉听说了贾芸的事，立刻便给他出主意，让贾芸“不如家去，明儿来是正经”。到了次日，平时本没机会到宝玉跟前伺候的红玉，碰到了宝玉独自在屋子里叫人来倒茶，她连忙现身给宝玉倒了茶，并回了昨日贾芸来访一事。宝玉也因此留意到这位“机括志量”的女孩。作者此时特别介绍了红玉的身世来历：

> 原来这小红本姓林，又是个林。小名红玉，“红”字切“绛珠”，“玉”字则直通矣。只因“玉”字犯了林黛玉、宝玉，妙文。便都把这个字隐起来，便都叫他“小红”。原是荣国府中世代的旧仆，他父母现在收管各处房田事务。这红玉年方十六岁，因分人在大观园的时节，把他便分在怡红院中，倒也清幽雅静。不想后来命人进来居住，偏生这一所儿又被宝玉占了。这红玉虽然是个不谙事的丫头，却因他有三分容貌，有三分容貌尚且不肯受屈，况黛玉等一干才貌者乎？心内着实妄想痴心的往上攀高，争夺者同来一看。每每的要在宝玉面前现弄现弄。只是宝玉身边一干人，都是伶牙利爪的，“难说”的原故在此。那里插的下手去。(P197)

此处，作者写“这红玉年方十六岁”。然而照书中叙事，仅一个多月后，到了第二十六回，作者写四月二十六日这一天，凤姐在园子里偶然派小红去给平儿传个话，小红传过话后又返回来给凤姐回话。凤姐欣赏小红说话利落、办事简断，当下便开口要调小红到自己房里。作者写道：

> 凤姐道："谁是你妈？"晴雯说过。李宫裁笑道："你原来不认得他？他是林之孝之女。"管家之女，而晴卿辈挤之，招祸之媒也。凤姐听了十分诧异，说道："哦！原来是他的丫头。"传神。又笑道："林之孝两口子都是锥子扎不出一声儿来的。我成日家说，他们倒是配就了的一对夫妻，一对天聋地哑。用的是阿凤口角。那里承望养出这么个伶俐丫头来！你十几岁了？"红玉道："十七岁了。"又问名字，真真不知名，可叹！红玉道："原叫红玉的，因为重了宝二爷，如今只叫红儿了。"(P221)

在凤姐与小红的对话里，小红说自己"十七岁了"。这与前文作者写的"这红玉年方十六岁"是矛盾的。显然，在作者的删改版本中，关于贾芸与小红的爱情故事有一个版本是发生在宝玉十五岁时，作者把二人故事的发生时间往前挪移到了宝玉十四岁这一年。

三、宝钗的三个年龄

前文分析过，作者逝前没有改顺薛家入京的叙事时间线，并连宝钗的过生日叙事情节也未来得及做年龄上的修改。

前文提及宝钗的过生日叙事情节是发生在书中第二十二回。宝钗生日是《石头记》书中第一位女性人物的生日，在金陵十二正钗中，作者写了宝钗、元春、探春过生日的情节。对贾家元春、探春的生日，作者写得简之又简，没有像写宝钗生日那么下笔浓重，这可看出作者对宝钗生日叙事、对宝钗这个人物的重视程度。然而，虽然作者极为重视宝钗的生日，但目前我们能看到的宝钗生日情节仍是书中待完善的版本，理由是，宝钗的年龄存在文本上的矛盾，出现了三个年龄。

（一）宝钗虚岁十五岁

第二十二回中，宝钗的表姐凤姐与贾琏谈起宝钗的生日及年龄：

> 话说贾琏听凤姐儿说有话商量，因止步问是何话。凤姐道："二十一是薛妹妹的生日，好！你到底怎么样呢？"贾琏道："我知道怎么样！你连多少大生日都料理过了，这会子倒没了主意？"凤姐道："大生日料理，不过是有一定的则例在那里。如今他这生日，大又不是，小又不是，所以和你商量。"有心机人在此。
>
> 贾琏听了，低头想了半日道："你今儿糊涂了。现有比例，那林妹妹就是例。往年怎么给林妹妹过的，如今也照依给薛妹妹过就是了。"比例引的极是。无怪贾政委以家务也。凤姐听了，冷笑道："我难道连这个也不知道？我原也这么想定了。但昨儿听见老太太说，问起大家的年纪生日来，听见薛大妹妹今年十五岁，虽不是整生日，也算得将笄之年。老太太说要替他作生日。想来若果真替他作，自然比往年与林妹妹的不同了。"
>
> ……
>
> 谁想贾母自见宝钗来了，喜他稳重和平，四字评倒黛玉，是以特从贾母眼中写出。正值他才过第一个生辰，便自己蠲资二十两，写出太君高兴，世家之常事耳。【眉批】前看凤姐问作生日数语甚泛泛，至此见贾母蠲资，方知作者写阿凤心机无丝毫漏笔。己卯冬夜。唤了凤姐来，交与他置酒戏。(P172-173)

显然，凤姐言宝钗是"将笄之年"，宝钗的年龄应是十四周岁、十五虚岁。

(二)宝钗虚岁十四岁

同回文字中,凤姐奉贾母命给宝钗办生日,特在贾母内院中搭了家常小巧戏台,“定了一班新出小戏,昆弋两腔皆有”,正是因为这里有一个模样像黛玉的小戏子,黛玉与宝玉便又拌了嘴。作者写:

> 至晚散时,贾母深爱那作小旦的与一个作小丑的,因命人带进来,细看时益发可怜见。是贾母眼中之见、心内之想。因问年纪,那小旦才十一岁,小丑才九岁,大家叹息一回。贾母令人另拿些肉果与他两个,又另外赏钱两串。凤姐笑道:“这个孩子扮上活象一个人,明明不叫人说出。你们再看不出来。”宝钗心里也知道,便只一笑,不肯说。宝钗如此。宝玉也猜着了,亦不敢说。不可少。史湘云接着笑道:“倒象林妹妹的模样儿。”事无不可对人言。口直心快,无有不可说之事。【眉批】湘云探春二卿,正“事无不可对人言”芳性。丁亥夏。笏叟。宝玉听了,忙把湘云瞅了一眼,使个眼色。众人却都听了这话,留神细看,都笑起来了,说果然不错。一时散了。(P174)

贾母极为喜爱的“小旦才十一岁,小丑才九岁”,凤姐又言这小旦“扮上活象一个人”,湘云心直口快说了出来“倒象林妹妹的模样儿”。像黛玉的小旦是龄官,后文第三十回中,宝玉看见蔷薇花架下一位女孩,“只见这女孩子眉蹙春山,眼颦秋水,面薄腰纤,袅袅婷婷,大有林黛玉之态”(P247),便是画“蔷”的龄官。龄官模样、性格都极像黛玉,自又是书中黛玉的一“影”,而名字中有“龄”,自是暗示与黛玉同龄。宝钗生日时,龄官是“十一岁”,即为黛玉“十一岁”,宝钗年长黛玉三岁,自应该是过十四岁的生日。

（三）宝钗虚岁十六岁

宝钗与袭人、晴雯同龄。后文第六十三回中写道：

> 大家算来，香菱、晴雯、宝钗三人皆与他同庚，黛玉与他同辰，只无同姓者。芳官忙道："我也姓花，我也陪他一钟。"于是大家斟了酒，黛玉因向探春笑道："命中该着招贵婿的，你是杏花，快喝了，我们好喝。"探春笑道："这是个什么，大嫂子顺手给他一下子。"李纨笑道："人家不得贵婿反挨打，我也不忍的。"说的众人都笑了。(P496)

前文分析过，袭人年长宝玉两岁，因此，宝钗也年长宝玉两岁。而书中写宝钗过生日的这一年，宝玉的年龄是十四岁，那么，同年过生日的宝钗应该是十六虚岁、十五周岁，是"及笄之年"，而非"将笄之年"。

值得注意的是，书中同年还有一位人物也标识了年龄信息，那就是宝钗的贴身丫鬟莺儿，后文第三十五回中写道：

> 宝玉一面看莺儿打络子，一面说闲话，因问他："十几岁了？"莺儿手里打着，一面答话说："十六岁了。"宝玉道："你本姓什么？"莺儿道："姓黄。"宝玉笑道："这个名姓倒对了，果然是个黄莺儿。"莺儿笑道："我的名字本来是两个字，叫作金莺。姑娘嫌拗口，就单叫莺儿，如今就叫开了。"(P280)

莺儿的年龄是十六岁，比宝玉正好大两岁。

综上，一个生日，引出了宝钗三个互相矛盾的文本年龄，作者的构思究竟是怎样的呢？笔者推测：作者分别写了宝钗的"将笄之年"生日、众人注意到小旦龄官与黛玉模样相似的情节，前者叙事的时间设定是宝玉十二岁、宝钗十四周岁即十五虚岁时，后者叙事的时间设定是黛玉十一岁、宝玉十二岁、宝钗十四岁时，即当初贾蔷到姑苏采买的十二个女孩子刚到贾府学戏的这一年，作者后将宝玉十二岁时、十四岁时的这两处叙事情节都挪移整合到了宝玉十四岁的这年正月里，因此便有了宝钗在同一年中会出现三个年龄这个问题。而莺儿的年龄是“十六岁”，说明作者对宝钗与宝玉的年龄差处理得是明确统一的，即宝钗与莺儿同龄，都长宝玉两岁。

第四章　宝玉十六岁:第三十七回至第五十三回

第一节　黛玉“今年十五岁”

经过多次删改,作者对全书的叙事时间线胸有成竹,然常故意狡猾用笔,“欺瞒”读者。比如,作者在第三十七回开篇写了一个日期:

> 这年贾政又点了学差,择于八月二十日起身。是日拜过宗祠及贾母起身,宝玉诸子弟等送至洒泪亭。(P289)

此处贾政外任离家的时间是“八月二十日”,季节是秋天,而上回即第三十六回的回末文字还是黛玉问起宝玉要不要去给薛姨妈过生日。宝玉回答:“上回连大老爷的生日我也没去,这会子我又去,倘或碰见了人呢?我一概都不去。这么怪热的,又穿衣裳,我不去姨妈也未必恼。”(P288)袭人忙劝他要去,黛玉在一旁打趣说宝钗“赶蚊子”的话,三人正说着,湘云来辞行。这段情节的季节信息显然还是在暑期。从第三十六回的暑期连到第三十七回的秋季,很容易让读者以为作者还在写同一年的故事,即宝玉十四岁这一年的故事。然而,细读下来,我们发现贾政的外任离京实际上发生在宝玉十六岁时。

判断第三十七回叙事情节的时间信息依据是后文第四十五回中出现了黛玉的年龄：

这日宝钗来望他，因说起这病症来。……宝钗道："昨儿我看你那药方上，人参肉桂觉得太多了。虽说益气补神，也不宜太热。依我说，先以平肝健胃为要，肝火一平，不能克土，胃气无病，饮食就可以养人了。每日早起拿上等燕窝一两，冰糖五钱，用银铫子熬出粥来，若吃惯了，比药还强，最是滋阴补气的。"

黛玉叹道："你素日待人，固然是极好的，然我最是个多心的人，只当你心里藏奸。从前日你说看杂书不好，又劝我那些好话，竟大感激你。往日竟是我错了，实在误到如今。细细算来，我母亲去世的早，又无姊妹兄弟，我长了今年十五岁，黛玉才十五岁，记清。竟没一个人象你前日的话教导我。怨不得云丫头说你好，我往日见他赞你，我还不受用，昨儿我亲自经过，才知道了。比如若是你说了那个，我再不轻放过你的；你竟不介意，反劝我那些话，可知我竟自误了。若不是从前日看出来，今日这话，再不对你说。你方才说叫我吃燕窝粥的话，虽然燕窝易得，但只我因身上不好了，每年犯这个病，也没什么要紧的去处。请大夫，熬药，人参肉桂，已经闹了个天翻地覆，这会子我又兴出新文来熬什么燕窝粥，老太太、太太、凤姐姐这三个人便没话说，那些底下的婆子丫头们，未免不嫌我太多事了。你看这里这些人，因见老太太多疼了宝玉和凤丫头两个，他们尚虎视眈眈，背地里言三语四的，何况于我？况我又不是他们这里正经主子，原是无依无靠投奔了来的，他们已经多嫌着我了。如今我还不知进退，何苦叫他们咒我？"(P354)

此处黛玉自言“我长了今年十五岁”，旁边有批语“黛玉才十五岁，记清”，笔者认为这条批语是全书中罕见的作者自批的批语，作者意在提醒自己，也提醒批者、读者留意。宝玉长黛玉一岁，此时应是十六岁。显然，从第三十六回至第三十七回，作者的叙事时间线从宝玉十四岁时直接就跳到了宝玉十六岁时，并没有写宝玉十四岁那一年的秋冬季以及宝玉十五岁时贾府及四大家族的故事。

从第三十七回开篇到第五十三回中“至次日五鼓，贾母等又按品大妆，摆全副执事进宫朝贺，兼祝元春千秋”(P417) 这段文字之前，近十七回文字，是书中的第四个叙事单元，可列大致的叙事情节线如下：

（八月二十日）贾政点了学差——（秋季）探春起诗社，贾芸送宝玉两盆白海棠，众人咏海棠诗，袭人打发人给湘云送东西——湘云来贾府，与宝钗商量邀社、命诗题事——众人吃蟹，咏菊花诗——（八月）刘姥姥二进荣国府，贾母与大姐着了风寒——宝钗兰言教导黛玉，惜春奉贾母命要画大观园图——贾母风寒好了，出面要大家凑份子给凤姐过生日——（九月初二日）凤姐生日，宝玉出门祭奠金钏儿，贾琏和鲍二家的偷情被凤姐撞破，凤姐迁怒于平儿打了平儿，宝玉请平儿到怡红院理妆——贾琏给凤姐、平儿赔不是，鲍二家的吊死，众姐妹请凤姐入诗社，赖嬷嬷来请贾府上下看戏吃席——宝钗看望黛玉，黛玉作词《秋窗风雨夕》，宝玉着蓑衣看视黛玉，宝钗差婆子来潇湘馆送燕窝——贾赦要纳妾鸳鸯，鸳鸯剪发誓绝——（九月十四日）贾母等到赖大家花园吃席，薛蟠调戏柳湘莲，柳湘莲怒打薛蟠——（十月十四日）薛蟠南下做生意——香菱随宝钗住进大观园——贾雨村讹诈石呆子的古扇送给贾赦——黛玉教香菱学诗，香菱梦得月夜诗——王仁、李纨寡婶一家、薛蝌兄妹、邢大舅一家来京投亲——史鼐外任，湘云来贾府——（“十月里头场雪”）众人芦雪广联诗——众人作灯谜，薛宝琴作古迹灯谜——袭人母亲病重，接袭人家去——晴雯患风寒——凤姐提议大观园里设厨房——坠儿偷金镯事败露被逐，黛玉房里宝琴念真真国女子的诗——晴雯病补雀金裘——袭人送母殡后回贾府——(腊月)乌进孝送年供。

作者用了近十七回的文字,只写了宝玉十六岁这一年中从八月到腊月的故事,我们可对这五个月的大致月份信息再进一步做叙事时间线的分割:

八月:(八月二十日)贾政点了学差——(秋季)探春起诗社,贾芸送宝玉两盆白海棠,众人咏海棠诗,袭人打发人给湘云送东西——湘云来贾府,与宝钗商量邀社、命诗题事——众人吃蟹,咏菊花诗——(八月)刘姥姥二进荣国府,贾母与大姐着了风寒——宝钗兰言教导黛玉,惜春奉贾母命要画大观园图——贾母风寒好了,出面要大家凑份子给凤姐过生日。

九月:(九月初二日)凤姐生日,宝玉出门祭奠金钏儿,贾琏和鲍二家的偷情被凤姐撞破,凤姐迁怒于平儿打了平儿,宝玉请平儿到怡红院理妆——贾琏给凤姐、平儿赔不是,鲍二家的吊死,众姐妹请凤姐入诗社,赖嬷嬷来请贾府上下看戏吃席——宝钗看望黛玉,黛玉作词《秋窗风雨夕》,宝玉着蓑衣看视黛玉,宝钗差婆子来潇湘馆送燕窝——贾赦要纳妾鸳鸯,鸳鸯剪发誓绝——(九月十四日)贾母等到赖大家花园吃席,薛蟠调戏柳湘莲,柳湘莲怒打薛蟠。

十月、十一月:(十月十四日)薛蟠南下做生意——香菱随宝钗住进大观园——贾雨村讹诈石呆子的古扇送给贾赦——黛玉教香菱学诗,香菱梦得月夜诗——王仁、李纨寡婶一家、薛蝌兄妹、邢大舅一家来京投亲——史鼐外任,湘云来贾府——("十月里头场雪")众人芦雪广联诗——众人作灯谜,薛宝琴作古迹灯谜——袭人母亲病重,接袭人家去——晴雯患风寒——凤姐提议大观园里设厨房——坠儿偷金镯事败露被逐,黛玉房里宝琴念真真国女子的诗——晴雯病补雀金裘——袭人送母殡后回贾府。

十二月:(腊月)乌进孝送年供。

第二节　八月份叙事时间线

先看作者如何呈现这一年八月份的叙事时间线，从第三十七回至第四十三回：

八月二十日，贾政“又点了学差”，拜过宗祠及贾母起身外任。

某日，探春病愈，邀宝玉、李纨、宝钗、黛玉、迎春、惜春等起诗社，当日贾芸送给宝玉两盆白海棠，众人咏海棠诗，宝钗拔得头筹，另一边袭人打发老宋妈妈给湘云送东西。

次日，宝玉催贾母派人接了湘云来贾府，湘云补和海棠诗，晚上受宝钗相邀住在蘅芜苑，湘云、宝钗商议请席并出诗题的事情。

次日，湘云请贾母等赏桂花吃蟹，宝玉与众姐妹咏菊花诗，黛玉作诗夺魁。同日，刘姥姥和板儿又来了，周瑞家的去给凤姐回话，让贾母听见了，贾母叫人领刘姥姥来见，请刘姥姥住下，刘姥姥讲一十七八岁的小姑娘茗玉“雪下抽柴”的故事，故事未讲完，贾府东南方向突然火起被救下。

次日，宝玉打发茗烟去找刘姥姥所讲的祠堂，茗烟未找到。宝玉回至贾母处，众人商量如何给湘云还席。

次日，天气晴朗，贾母带刘姥姥游大观园。黛玉房里，贾母命凤姐给黛玉窗户换上“软烟罗”。缀锦阁下，贾母等听曲吃酒说酒令。栊翠庵里，妙玉独请宝钗、黛玉吃茶。鸳鸯带着刘姥姥园内各处去逛，因刘姥姥如厕出来迷路误入怡红院。当日，贾母游园后觉懒懒的，被风吹病了，凤姐之女大姐儿也着了凉。刘姥姥提醒凤姐说让找“祟书本子，仔细撞客着了”(P330)。我国古代社会有“通书”“祟书”之常用历书，“通书”载有吉凶宜忌、祛祟镇邪等方面的知识，为古人从事“择吉”“祛祟”等民俗活动提供指南，是民间常备常用之工具书，而“在普遍迷信的古代，人们多以为害病系鬼神作祟所致，某日起病，系由某鬼某神作祟，又有相应的禳解方法,民间相应即有按日记载病人所遇神祟名目及禳解方法以供检查的书,称为'祟书'"①。凤姐听了刘姥姥的话,着彩明来念《玉匣记》,此处,作者借彩明之口写道:"八月二十五日,病者在东南方得遇花神。用五色纸钱四十张,向东南方四十步送之,大吉。"(P330)读者由此而知,当日为八月二十五日。往前推算四日,探春邀众人起诗社的这一日为八月二十一日,是贾政起身外任后的第二日。八月二十五日同日,刘姥姥给大姐儿取名"巧姐"。

次日,即八月二十六日,刘姥姥一早告辞要走。贾母身体欠安,请王太医来诊病。刘姥姥带上了平儿、鸳鸯、宝玉等送的东西及王夫人给的银两离开贾府。同日,宝钗教导黛玉前面说错了酒令失了检点,黛玉深感宝钗的情。稻香村里,众人商量给惜春放假,让她去画大观园图。

次日,即八月二十七日,众人来给贾母请安,贾母提议上上下下凑份子给凤姐操办个生日,具体事情交给尤氏来办。

次日,即八月二十八日,尤氏到荣国府与凤姐、鸳鸯等商量办生日的事,把平儿、鸳鸯、彩云、周姨娘、赵姨娘的礼钱退还了。

综上,可列八月份叙事时间线表如下。

表 4.1　八月份叙事时间线表

宝玉年龄	叙事年份	叙事时间	叙事情节
宝玉十六岁	第 16 年	八月二十日	贾政外任离家。
		八月二十一日	探春起诗社,众人咏海棠诗。
		八月二十二日	湘云来贾府。 湘云、宝钗商量诗题。
		八月二十三日	宝玉与众姐妹咏菊花诗。 刘姥姥二进荣国府。
		八月二十四日	宝玉派茗烟去找刘姥姥所言茗玉所在的祠堂未果。 贾母等商量给湘云还席。

① 赵毓龙,胡胜.明清小说中的"通书"与"祟书":以《玉匣记》为例[J].社会科学辑刊,2013(1):180-183.

续表

宝玉年龄	叙事年份	叙事时间	叙事情节
宝玉十六岁	第16年	八月二十五日	贾母带刘姥姥游大观园。
		八月二十六日	刘姥姥辞行离开贾府。 宝钗兰言教导黛玉。
		八月二十七日	贾母提议大家给凤姐凑份子过生日。
		八月二十八日	尤氏与凤姐、鸳鸯商量办生日的事。

第三节　九月份叙事时间线

再看作者写的此年九月份发生的事，从第四十三回至第四十七回：

九月初二日，凤姐生日，同日也是金钏儿生日，宝玉一早便出门到水仙庵焚香祭奠金钏儿，宝玉回荣府，众人问他出门缘故，宝玉借口说："北静王的一个爱妾昨日没了，给他道恼去。"(P342) 当日演戏《荆钗记》。贾琏和鲍二家的偷情，被凤姐撞破，凤姐迁怒于平儿，打了平儿两下。凤姐、贾琏闹到贾母房里。平儿被李纨带到大观园，宝玉请平儿到怡红院理妆。

九月初三日，贾琏到贾母处，给凤姐、平儿赔不是。鲍二家的上吊死了。李纨、探春等到凤姐房里，请凤姐也入社。赖家孙子三十岁上被选上了州官，赖嬷嬷来凤姐处请众人十四日去赖家看戏吃席。

九月某日，宝钗看望黛玉，与黛玉谈心，并说要送黛玉一些燕窝吃。黛玉作诗《秋窗风雨夕》。宝玉穿了北静王送的蓑衣、斗笠来看视黛玉。宝钗派婆子给黛玉送来一大包上等燕窝。

九月某日，邢夫人叫来凤姐，商议贾赦欲讨鸳鸯为妾的事。邢夫人到贾母处找到鸳鸯，劝鸳鸯答应做贾赦的妾，鸳鸯在邢夫人离去后躲去了大观园，遇到平儿、袭人，又有鸳鸯的嫂子找来，鸳鸯骂走了她。

次日，贾赦找来鸳鸯的哥哥，说了逼迫的话。鸳鸯哥哥将话转述给鸳鸯。鸳鸯忍气拉了嫂子到贾母面前跪下哭诉并发誓不嫁人，剪了头发。

贾母怒极，先是迁怒于王夫人，被探春劝转回来，又待邢夫人来时教训了邢夫人并贾赦糊涂不孝。

九月十四日，贾母带了王夫人、薛姨妈及宝玉和众姊妹等到赖大家花园坐了半日。赖家外面厅上的席上，薛蟠调戏柳湘莲，柳湘莲故意约薛蟠外出，将薛蟠怒打了一番。

综上，可列九月份叙事时间线表如下。

表 4.2　九月份叙事时间线表

宝玉年龄	叙事年份	叙事时间	叙事情节
宝玉十六岁	第 16 年	九月初二日	凤姐生日。 宝玉外出私祭金钏儿。 贾琏和鲍二家的偷情。 平儿在怡红院理妆。
		九月初三日	贾琏给凤姐赔不是。 李纨等请凤姐入社。 赖嬷嬷来请吃酒席。
		某日	潇湘馆里，宝钗与黛玉谈心。 宝钗遣人送黛玉燕窝。 黛玉作诗《秋窗风雨夕》。 宝玉着蓑衣来看视黛玉。
		某日	邢夫人找凤姐商议贾赦欲讨鸳鸯为妾一事。
		次日	贾赦胁迫鸳鸯的哥哥。 鸳鸯向贾母求救，发誓永不嫁人。
		九月十四日	贾母等到赖家吃席。 柳湘莲怒打薛蟠。

第四节　十月至十二月叙事时间线

再看作者对此年十月、十一月、十二月的叙事，从第四十八回至第五十三回：

作者先略写薛蟠离家南下的叙事时间线。

十月某日，薛蟠因挨了打，羞见外人，打算和家里的老伙计南下做生意，与薛姨妈商量，薛姨妈又与宝钗商议。

次日，薛姨妈命薛蟠款待老伙计张德辉，嘱咐张德辉照管薛蟠。

十月十三日，薛蟠向贾家诸人辞行。十月十四日，薛蟠南行。

作者再详写香菱住进大观园的叙事时间线。

某日，宝钗邀请香菱到大观园与自己同住。平儿来宝钗处寻药，说起贾赦打贾琏的事，补叙当年春天，贾赦看上了石呆子的古扇，先是让贾琏设法弄来，未果，贾雨村最近听说了这事，便滥用职权，讹石呆子拖欠官银，将石呆子的古扇抄了来送给贾赦，贾赦责骂贾琏无用，贾琏回了句嘴便被贾赦暴打了。同日，香菱到潇湘馆，央求黛玉教自己作诗。黛玉先将王维的诗集拿给香菱去读。

"一日"，香菱到黛玉处还书，要换杜甫的诗集并讲"诗的好处"，宝玉、探春也来黛玉处，听香菱讲诗，邀她也入诗社。黛玉出诗题"月夜"让香菱作去。香菱接连作了两首，黛玉、宝钗感觉都不尚好，香菱苦志学诗，梦中得了八句。

次日，香菱将梦中所得之诗写下来拿给黛玉、李纨等众人看，众人赞叹不绝。李纨的寡婶带着两个女儿、邢夫人的兄嫂一家、薛蟠堂弟薛蝌带着妹妹都来了贾府投亲。贾母喜欢，邀众人留下住着。众人投亲的这日，作者写宝玉笑道："这倒不妨，原该多疼女儿些才是正理。明儿十六，咱们可该起社了。"[(P382)]"明儿十六"说明今日是"十五"，即十月十五日。倒推一下，黛玉给香菱出诗题"月夜"的这一日就是十月十四日，而黛玉开始教香菱作诗的这一日为十月十三日，即在薛蟠出发南下的前一天，香菱就同宝钗一起住进大观园了。

某日，史鼐外任，湘云留下来，与宝钗同住。

某日，宝钗房里，宝琴穿了贾母赏的凫靥裘过来，宝玉、黛玉也都过来，几人说笑，琥珀过来传贾母的话，让宝钗对宝琴不要"管紧了"，湘云、琥珀笑着调侃宝玉或黛玉会吃醋，宝玉本也疑心黛玉会有想法，结果发现黛玉如宝钗一般对宝琴好，与宝钗关系也非常亲密，感觉诧异，追问黛玉，黛玉告诉了他缘由。李纨派人来请，众人在稻香村商量“明日”作诗。

次日，众人在大观园芦雪广烤鹿肉、联诗。平儿的金镯丢失了一只。当日，贾母房里，作者写了一个时间信息：

> 忽见薛姨妈也来了，说：“好大雪，一日也没过来望候老太太。今日老太太倒不高兴？正该赏雪才是。”贾母笑道：“何曾不高兴！我找了他们姊妹们去顽了一会子。”薛姨妈笑道：“昨日晚上，我原想着今日要和我们姨太太借一日园子，摆两桌粗酒，请老太太赏雪的，又见老太太安息的早。我闻得女儿说，老太太心下不大爽，因此今日也没敢惊动。早知如此，我正该请。”贾母笑道：“这才是十月里头场雪，往后下雪的日子多呢，再破费不迟。”(P394)

贾母口说“十月里”，说明众人联诗的这一日仍是在十月份。

次日，贾母叮嘱惜春要把昨日宝琴雪下折梅的样子也画在画上。李纨等人互出灯谜，宝琴以十处古迹为题也出了十个灯谜。同日，袭人母亲病重，求接袭人回家，王夫人命凤姐办理，凤姐要送袭人衣裳，平儿拿出一件大红猩猩毡的给袭人，一件大红羽纱的要给邢岫烟送去。晚间，晴雯伤了风。

次日，晴雯病重，先是一位新太医来诊，宝玉看出用药不好，又请王太医来医治。凤姐回说贾母建议天冷了在大观园里设小厨房，宝玉、黛玉等可在园子里用饭。宝玉房里，平儿悄悄和麝月说前日丢的金镯子找到了，查出是宝玉房里的坠儿偷的。宝玉偷听到平儿与麝月的话，又转述给了晴雯。宝玉来黛玉房里，宝琴转送了一盆水仙给黛玉，念真真国一女孩子的诗。麝月来传王夫人的话，要宝玉第二天去王子腾家里拜寿。

次日，贾母赏给宝玉雀金裘，宝玉穿去舅舅家。宝玉房里，晴雯寻故将坠儿逐出。晚间，宝玉回来，叹气新衣服被烧了一块，怕被贾母、王夫人知道，晴雯病中挣扎着将衣服补好。

次日，宝玉又请王太医来给晴雯诊病。

某日，袭人送母殡后回来怡红院。作者在后文中写道：

只因李纨亦因时气感冒；邢夫人又正害火眼，迎春岫烟皆过去朝夕侍药；妙在一人不落，事事皆到。李婶之弟又接了李婶和李纹李绮家去住几日；来得也有理，去得也有情。宝玉又见袭人常常思母含悲，晴雯犹未大愈。因此诗社之日，皆未有人作兴，便空了几社。(P413)

李纨等定的诗社日子是每月的初二、十六，“空了几社”，作者便将叙事时间从十月直接跳到了腊月，宝琴等来贾府投亲的日子是十月十五日，本是十月十六日的诗社日被向后挪移了几天，“空了几社”空下来的应该是十一月初二、十一月十六日、十二月初二日这三个社日，或许十二月十六日也在其中，而李纨患感冒、邢夫人害火眼、李氏母女家去住几日等情节便都是发生在“空了几社”的十月底至十二月中下旬前这段时间内。

腊月，宁荣二府准备春祭之事。黑山村的乌进孝来送年供。

腊月二十九日，宁荣二府更换门神、联对、挂牌等，焕然一新。

腊月三十，贾母等进宫朝贺行礼。贾府拜祭宗祠。

至此，可将宝玉十六岁这一年的十月至十二月叙事列时间表如下。

表 4.3　十月至十二月叙事时间线表

宝玉年龄	叙事年份	叙事时间	叙事情节
宝玉十六岁	第 16 年	十月某日	薛蟠打算南下做生意。
		次日	薛姨妈款待张德辉，叮嘱他照顾薛蟠。

续表

宝玉年龄	叙事年份	叙事时间	叙事情节
宝玉十六岁	第16年	十月十三日	薛蟠向贾府辞行。 香菱同宝钗住进大观园。 黛玉教香菱作诗。
		十月十四日	薛蟠出发南下。 黛玉给香菱出诗题“月夜”。 香菱梦中得诗。
		十月十五日	薛家、邢家、李家等来贾府投亲。
		某日	史鼐外任,湘云与宝钗同住蘅芜苑。
		某日	贾母赏宝琴凫靥裘。 宝玉得知黛玉与宝钗和好。
		次日	众人在芦雪广烤鹿肉、联诗。 平儿丢失金镯。
		次日	宝琴作十首灯谜。 袭人因母亲病重回家。 晴雯夜间伤风。
		次日	两位太医先后给晴雯诊病。 晴雯得知是坠儿偷了金镯。 宝琴念真真国女孩子的诗。
		次日	贾母赏宝玉雀金裘,宝玉穿去舅舅家。 晴雯寻故逐出坠儿。 宝玉新衣不慎烧了洞,晴雯病补雀金裘。
		次日	宝玉又请王太医来给晴雯诊病。
		某日	袭人送母殡后回到怡红院。
		十月底至十二月中下旬	诗社因故“空了几社”。
		腊月	宁荣二府准备春祭之事。 黑山村的乌进孝来送年供。
		腊月二十九日	宁荣二府更换门神、联对、挂牌等,焕然一新。
		腊月三十日	贾母等进宫朝贺行礼。 贾府拜祭宗祠。

第五节　“宝玉十六岁”全年叙事时间线表

最后，宝玉十六岁这一年的叙事时间线总表如下所示。

表 4.4　宝玉十六岁时全年叙事时间线表

宝玉年龄	叙事年份	叙事时间	叙事情节
宝玉十六岁	第16年	八月二十日	贾政外任离家。
		八月二十一日	探春起诗社，众人咏海棠诗。
		八月二十二日	湘云来贾府。 湘云、宝钗商量诗题。
		八月二十三日	宝玉与众姐妹咏菊花诗。 刘姥姥二进荣国府。
		八月二十四日	宝玉派茗烟去找茗玉所在的祠堂未果。 贾母等商量给湘云还席。
		八月二十五日	贾母带刘姥姥游大观园。
		八月二十六日	刘姥姥辞行离开贾府。 宝钗兰言教导黛玉。
		八月二十七日	贾母提议大家给凤姐凑份子过生日。
		八月二十八日	尤氏与凤姐、鸳鸯商量办生日的事。
		九月初二日	凤姐生日。 宝玉外出私祭金钏儿。 贾琏和鲍二家的偷情。 平儿怡红院理妆。
		九月初三日	贾琏给凤姐赔不是。 李纨等请凤姐入社。 赖嬷嬷来请吃酒席。
		某日	潇湘馆里，宝钗与黛玉谈心。 宝钗遣人送黛玉燕窝。 黛玉作诗《秋窗风雨夕》。 宝玉着蓑衣来看视黛玉。
		某日	邢夫人找凤姐商议贾赦欲讨鸳鸯为妾一事。

续表

宝玉年龄	叙事年份	叙事时间	叙事情节
宝玉十六岁	第 16 年	次日	贾赦胁迫鸳鸯的哥哥。 鸳鸯向贾母哭诉,发誓永不嫁人。
		九月十四日	贾母等到赖大家吃席。 柳湘莲怒打薛蟠。
		十月某日	薛蟠打算南下做生意。
		次日	薛姨妈款待张德辉,叮嘱他照顾薛蟠。
		十月十三日	薛蟠向贾府辞行。 香菱同宝钗住进大观园。 黛玉教香菱作诗。
		十月十四日	薛蟠出发南下。 黛玉给香菱出诗题“月夜”。 香菱梦中得诗。
		十月十五日	薛家、邢家、李家等来贾府投亲。
		某日	史鼐外任,湘云与宝钗同住蘅芜苑。
		某日	贾母赏宝琴凫靥裘。 宝玉得知黛玉与宝钗和好。
		次日	众人在芦雪广烤鹿肉、联诗。 平儿丢失金镯。
		次日	宝琴作十首灯谜。 袭人因母亲病重回家。 晴雯夜间伤风。
		次日	两位太医先后给晴雯诊病。 晴雯得知是坠儿偷了金镯。 宝琴念真真国女孩子的诗。
		次日	贾母赏宝玉雀金裘,宝玉穿去舅舅家。 晴雯寻故逐出坠儿。 宝玉新衣不慎烧了洞,晴雯病补雀金裘。
		次日	宝玉又请王太医来给晴雯诊病。
		某日	袭人送母殡后回到怡红院。
		十月底至十二月中下旬	诗社因故“空了几社”。

续表

宝玉年龄	叙事年份	叙事时间	叙事情节
宝玉十六岁	第16年	腊月	宁荣二府准备春祭之事。 黑山村的乌进孝来送年供。
		腊月二十九日	宁荣二府更换门神、联对、挂牌等，焕然一新。
		腊月三十日	贾母等进宫朝贺行礼。 贾府拜祭宗祠。

第五章　宝玉十七岁：第五十三回至第七十回

第一节　春、夏、秋、冬四季

第五十三回，从“至次日五鼓，贾母等又按品大妆，摆全副执事进宫朝贺，兼祝元春千秋。领宴回来，又至宁府祭过列祖，方回来受礼毕，便换衣歇息”(P417)一段文字起，作者开始了书中新一年的叙事。作者从这一年的正月初一一直写到了十二月，到第七十回的开篇处“凤姐看了，先来问贾母和王夫人。大家商议，虽有几个应该发配的，奈各人皆有原故：第一个鸳鸯发誓不去。自那日之后，一向未和宝玉说话，也不盛妆浓饰。众人见他志坚，也不好相强。第二个琥珀，又有病，这次不能了。彩云因近日和贾环分崩，也染了无医之症。只有凤姐儿和李纨房中粗使的大丫鬟出去了，其余年纪未足。令他们外头自娶去了”(P547)止，是书中的第五个叙事单元。新的这一年，宝玉十七岁。

近十八回的文字中，作者对该年正月的叙事时间线呈现如下：

正月初一，贾母等进宫朝贺。

正月十一日，贾赦请贾母。

正月十二日，贾珍请贾母。

正月十五日，贾府家宴。女先儿说书《凤求鸾》。凤姐讲笑话儿。

正月十七日，贾敬“祀祖已完”，出城休养。薛姨妈家请吃年酒。

正月十八日，赖大家请吃年酒。

正月十九日，宁府赖升家请吃年酒。

正月二十日，林之孝家请吃年酒。

正月二十一日，单大良家请吃年酒。

正月二十二日，吴新登家请吃年酒。

元宵已过，宫中一太妃欠安。

“年事忙过”，凤姐小月，不能理事，王夫人命李纨、探春、宝钗三人代为管家。此后，作者的行文叙事情节线如下：

孟春，赵姨娘的兄弟赵国基亡，赵姨娘因赏例与探春争执吵闹——探春与宝钗等商量“除宿弊”——江南甄府家眷到京，派人来贾府送礼请安，说起甄家也有个宝玉——贾宝玉梦到甄宝玉——紫鹃哄宝玉说黛玉即将南下回苏州，宝玉“急痛迷心”昏迷说胡话——薛姨妈生日——薛姨妈代薛蝌求娶邢岫烟——邢岫烟当衣垫补生活费——黛玉房里，薛姨妈说出要将黛玉定与宝玉的话——老太妃已薨，贾母等每日入朝随祭——王夫人遣发十二优伶，“不愿去者，分散在园中使唤”——清明之日，杏花已落，宝玉遇藕官烧纸私祭药官——贾母等去送灵——莺儿折柳，藕官采花，夏婆子打春燕——因蔷薇硝被换了茉莉粉，赵姨娘到怡红院吵闹——柳家的欲将女儿五儿送去怡红院，芳官送五儿玫瑰露，柳家的将玫瑰露半盏送与哥嫂家，又得茯苓霜——司棋大闹厨房——柳五儿欲将茯苓霜回赠芳官，进园被林之孝家的碰到被怀疑偷露——知彩云偷露，宝玉代为领下偷拿了王夫人屋里的露一事——宝玉、宝琴、平儿等过生日，众人行酒令，湘云酒醉，睡在芍药花下石凳上，香菱等斗草弄脏新衣，换上了袭人的一模一样的衣服，夜里怡红院众人玩占花儿名——宝玉给芳官改名唤“耶律雄奴”——湘云等也给分给自己的伶人改名——平儿还席——贾敬宾天,尤氏姐妹来宁府——初四日贾敬灵柩进城——黛玉七月秋祭,做《五美吟》——贾母等回贾府——给贾敬送殡至铁槛寺——贾琏到宁府见到尤二姐——初三日贾琏偷娶尤二姐——“已是两个月光景”,贾珍私往尤二姐处,尤三姐戏弄贾珍——尤三姐誓要嫁给柳湘莲——贾琏动身去平安州,路上偶遇薛蟠、柳湘莲,与柳湘莲说下亲事,柳湘莲留下鸳鸯剑——贾琏返回贾府,凤姐已大愈——八月内柳湘莲进京,见到宝玉打听尤三姐,对亲事反悔,尤三姐自刎,柳湘莲出家——宝钗将薛蟠带回来的玩意儿分送给贾府众人——十月前后,贾琏又往平安州——夏末秋初,袭人打听贾琏不在家去看望凤姐,凤姐知道贾琏偷娶之事(笔者注:“夏末秋初”叙事时间存疑,见后文“第二节”内容)——十五日,凤姐带平儿到尤二姐处,接二姐入贾府大观园中——凤姐打听尤二姐底细,故意让张华去告状,大闹宁国府——凤姐带尤二姐见贾母,让二姐在厢房住下——贾琏返京,贾赦赏给他秋桐——腊月十二日,贾珍送贾敬灵柩南下——凤姐虐待尤二姐,二姐吞金自杀——贾琏给尤二姐停灵在梨香院,七日后出殡——年岁逼近,凤姐等发配到年龄的小厮、丫头。

对上述叙事情节线再作大致的季节分割,我们可以发现作者的叙事时间线构思是:

春季:孟春,赵姨娘的兄弟赵国基亡,赵姨娘因赏例与探春争执吵闹——探春与宝钗等商量“除宿弊”——江南甄府家眷到京,派人来贾府送礼请安,说起甄家也有个宝玉——贾宝玉梦到甄宝玉——紫鹃哄宝玉说黛玉即将南下回苏州,宝玉“急痛迷心”昏迷说胡话——薛姨妈生日——薛姨妈代薛蝌求娶邢岫烟——邢岫烟当衣垫补生活费——黛玉房里,薛姨妈说出要将黛玉定与宝玉的话——老太妃已薨,贾母等每日入朝随祭——王夫人遣发十二优伶,“不愿去者,分散在园中使唤”——清明之日,杏花已落,宝玉遇藕官烧纸私祭药官——贾母等去送灵——莺儿折柳,藕官采花,夏婆子打春燕——因蔷薇硝被换了茉莉粉,赵姨娘到怡红院吵闹——柳家的欲将女儿五儿送去怡红院,芳官送五儿玫瑰露,柳家的将玫瑰露半盏送与哥嫂家，又得茯苓霜——司棋大闹厨房——柳五儿欲将茯苓霜回赠芳官，进园被林之孝家的碰到被怀疑偷露——知彩云偷露，宝玉代为领下偷拿了王夫人屋里的露一事。

夏秋季：宝玉、宝琴、平儿等过生日，众人行酒令；湘云酒醉，睡在芍药花下石凳上；香菱与其他女孩斗草弄脏新衣，香菱换上了袭人的一模一样的衣服；夜里怡红院众人玩占花儿名——宝玉给芳官改名唤“耶律雄奴”——湘云等也给分给自己的伶人改名——平儿还席——贾敬宾天；尤氏姐妹来宁府——初四日贾敬灵柩进城——黛玉七月秋祭，做《五美吟》——贾母等回贾府——给贾敬送殡至铁槛寺——贾琏到宁府见到尤二姐——初三日贾琏偷娶尤二姐——“已是两个月光景”，贾珍私往尤二姐处，尤三姐戏弄贾珍——尤三姐誓要嫁给柳湘莲——贾琏动身去平安州，路上偶遇薛蟠、柳湘莲，与柳湘莲说下亲事，柳湘莲留下鸳鸯剑——贾琏返回贾府，凤姐已大愈——八月内柳湘莲进京，见到宝玉打听尤三姐，对亲事反悔；尤三姐自刎；柳湘莲出家；尤老娘亡——宝钗将薛蟠带回来的玩意儿分送给贾府众人。

冬季：十月前后，贾琏又往平安州——夏末秋初，袭人打听贾琏不在家去看望凤姐，凤姐知道贾琏偷娶之事——十五日，凤姐带平儿到尤二姐处，接二姐入贾府大观园中——凤姐打听尤二姐底细，故意让张华去告状，大闹宁国府——凤姐带尤二姐见贾母，让二姐在厢房住下——贾琏返京，贾赦赏给他秋桐——腊月十二日，贾珍送贾敬灵柩南下——凤姐虐待尤二姐，二姐吞金自杀——贾琏给尤二姐停灵在梨香院，七日后出殡——年岁逼近，凤姐等发配到年龄的小厮、丫头。

可依据季节信息对该年作叙事时间线表于下。

表 5.1 宝玉十七岁时全年叙事时间线表

宝玉年龄	叙事年份	叙事时间	叙事情节
宝玉十七岁	第 17 年	正月初一	贾母等进宫朝贺。
		正月十一日	贾赦请贾母。
		正月十二日	贾珍请贾母。
		正月十五日	贾府家宴。女先儿说书《凤求鸾》。凤姐讲笑话儿。
		正月十七日	贾敬“祀祖已完”，出城休养。薛姨妈家请吃年酒。
		正月十八日	赖大家请吃年酒。
		正月十九日	宁府赖升家请吃年酒。
		正月二十日	林之孝家请吃年酒。
		正月二十一日	单大良家请吃年酒。
		正月二十二日	吴新登家请吃年酒。
		“元宵已过”	宫中一太妃欠安。
		“年事忙过”	凤姐小月，不能理事。 王夫人命李纨、探春、宝钗三人代为管家
		春季清明节前	赵姨娘兄弟赵国基亡。 探春“除宿弊”。 江南甄府家眷到京，贾宝玉梦见甄宝玉。 紫鹃假辞试宝玉。 薛姨妈生日。 薛姨妈代薛蝌求娶邢岫烟。 邢岫烟当衣。 老太妃已薨。
		春季清明节	藕官烧纸私祭药官。
		春季清明节后	贾母等去送灵。 莺儿折柳，藕官采花，夏婆子打春燕。 因蔷薇硝被换茉莉粉，赵姨娘到怡红院吵闹。 芳官送柳五儿玫瑰露，五儿又得茯苓霜。 司棋大闹厨房。 柳五儿被怀疑偷露。

续表

宝玉年龄	叙事年份	叙事时间	叙事情节
宝玉十七岁	第 17 年	夏秋季	宝玉、宝琴、平儿等过生日，湘云醉卧石凳，香菱等斗草，怡红院里占花名儿。 芳官改名“耶律雄奴”。 平儿还席。 贾敬宾天。 初四日贾敬灵柩进城。 黛玉七月秋祭，做《五美吟》。 贾母等回贾府。 送殡至铁槛寺。 贾琏偷娶尤二姐。 尤三姐自刎，柳湘莲出家。
		冬季腊月十二日前	贾琏又往平安州。 凤姐哄骗接尤二姐进贾府。 凤姐大闹宁国府。 贾琏返京，贾赦赏给他秋桐。
		冬季腊月十二日	贾珍送贾敬灵柩南下。
		冬季腊月十二日后	尤二姐遇庸医滑胎，不堪虐待，吞金自杀。 凤姐等发配府中到年龄的小厮、丫头。

第二节　四条未及理顺的叙事时间线

对于《红楼梦》，鲁迅先生在 1927 年曾言：“在我的眼下的宝玉，却看见他看见许多死亡；证成多所爱者，当大苦恼，因为世上，不幸人多。”[①]宝玉十七岁时这一年是贾府由盛转衰的一年，也是书中前八十回中死亡人数最多的一年。作者先后安排六个人物的死亡作为后文四大家族灭亡的先兆：春季，贾府家奴赵国基亡、宫中老太妃薨；夏秋季，贾敬、尤三姐、尤老娘亡；冬季，尤二姐殁。若再算上王熙凤、尤二姐肚中的孩儿，这一整年

① 鲁迅.集外集拾遗补编[M].北京：人民文学出版社，2006：177.

中,作者共写了八个人物死亡。死亡阴影悄悄笼罩了贾府,不过,作者用笔却不显悲凉,而是将众人的死亡夹杂在贾府大大小小的各项杂事中,其中的叙事情节修改痕迹也尤为耐人寻味,叙事时间线在事件与事件中交缠。由前文的图表可知,这一年的事件依据季节时间大体是相合的,然而仍留有四处未完全理顺的叙事时间线痕迹,一是关于甄宝玉的年龄,二是关于黛玉作《五美吟》诗的时间,三是贾敬的死期与丧事,四是贾琏与尤二姐的故事发生的时间。

一、甄宝玉的年龄

第五十六回,作者写甄家家眷进京,先是派了四个男家人到贾府送礼请安,贾母听说了,和李纨等说:“这甄家又不与别家相同,上等赏封赏男人,只怕展眼又打发女人来请安,预备下尺头。”(P442)果然,如贾母所料,甄家又派四个女人来请安,贾母等接见了,后文中叙起了甄家的事情:

> 贾母问道:“家眷都来了?”四人回说:“老太太和哥儿、两位小姐并别位太太都没来,就只太太带了三姑娘来了。”贾母道:“有人家没有?”四人道:“尚没有。”贾母笑道:“你们大姑娘和二姑娘这两家,都和我们家甚好。”四人笑道:“正是。每年姑娘们有信回去说,全亏府上照看。”贾母笑道:“什么照看,原是世交,又是老亲,原应当的。你们二姑娘更好,更不自尊自大,所以我们才走的亲密。”四人笑道:“这是老太太过谦了。”
>
> 贾母又问:“你这哥儿也跟着你们老太太?”四人回说:“也是跟着老太太。”贾母道:“几岁了?”又问:“上学不曾?”四人笑说:“今年十三岁。因长得齐整,老太太很疼。自幼淘气异常,天天逃学,老爷太太也不便十分管教。”贾母笑道:“也不成了我们家的了!你这哥儿叫什么名字?”四人道:“因老太太当作宝

贝一样，他又生的白，老太太便叫作宝玉。”(P442)

贾母听说甄家也有个宝玉，忙派人把贾宝玉叫了来给甄家的人看。后文是：

四人一见，忙起身笑道：“唬了我们一跳。若是我们不进府来，倘若别处遇见，还只道我们的宝玉后赶着也进了京了呢。”一面说，一面都上来拉他的手，问长问短。宝玉忙也笑问好。(P442)

甄宝玉与贾宝玉同名，从甄家家人眼里来看，模样长相也一样，只是性情方面贾宝玉似比甄宝玉要好些。此时，贾宝玉已是十七岁，而甄家家人言甄宝玉“今年十三岁”，贾宝玉与甄宝玉年龄若相差了四岁，二人固然模样长相可能相似，但十七岁的青少年与十三岁的少年在身量上必然大有区别，甄家家人怎么会说差点错认了宝玉呢？

再看第二回中，贾雨村对冷子兴说自己在来扬州前曾做过甄宝玉的老师：

雨村笑道：“去岁我在金陵，也曾有人荐我到甄府处馆。我进去看其光景，谁知他家那等显贵，却是个富而好礼之家，如闻其声。【眉批】只一句便是一篇世家传，与子兴口中是两样。倒是个难得之馆。但这一个学生，虽是启蒙，却比一个举业的还劳神。说起来更可笑，他说：‘必得两个女儿伴着我读书，我方能认得字，心里也明白，不然我自己心里糊涂。’甄家之宝玉乃上半部不写者，故此处极力表明，以遥照贾家之宝玉，凡写贾家之宝玉，则正为真宝玉传影。又常对跟他的小厮们说：‘这女儿两个字，极尊贵，极清净的，比那阿弥陀佛，元始天尊的这两个宝号还更尊荣无对的呢！【眉批】如何

> 只以释、老二号为譬,略不敢及我先师儒圣等人?余则不敢以顽劣目之。你们这浊口臭舌,万不可唐突了这两个字,要紧。但凡要说时,必须先用清水香茶恭敬。漱了口才可,设若失错,罪过。便要凿牙穿腮等事。'其暴虐浮躁,顽劣憨痴,种种异常。只一放了学,进去见了那些女儿们,其温厚和平,聪敏文雅,与前八个字嫡对。竟又变了一个。因此,他令尊也曾下死笞楚过几次,无奈竟不能改。每打的吃疼不过时,他便'姐姐''妹妹'乱叫起来。【眉批】以自古未闻之奇语,故写成自古未有之奇文。此是一部书中大调侃寓意处。盖作者实因鹡鸰之悲、棠棣之威,故撰此闺阁庭帏之传。后来听得里面女儿们拿他取笑:'因何打急了只管叫姐妹做甚?莫不是求姐妹去说情讨饶?你岂不愧些!'他回答的最妙。他说:'急疼之时,只叫"姐姐""妹妹"字样,或可解疼也未可知,因叫了一声,便果觉不疼了,遂得了秘法。每疼痛之极,便连叫姐妹起来了。'你说可笑不可笑?也因祖母溺爱不明,每因孙辱师责子,因此我就辞了馆出来。如今在这巡盐御史林家做馆了。你看,这等子弟,必不能守祖父之根基,从师长之规谏的。只可惜他家几个姊妹都是少有的。"实点一笔,余谓作者必有。(P18-19)

贾雨村与冷子兴说这篇话时,贾宝玉是七岁,林黛玉是六岁。若贾宝玉年长甄宝玉四岁,那么贾雨村"去岁"时教授的学生甄宝玉只有两岁。两岁是甄宝玉的虚岁,周岁其实只有一岁。一两岁的孩子就会被安排启蒙且有能力说出上面贾雨村所转述的那么大一篇话吗?

脂批直言"凡写贾家之宝玉,则正为甄宝玉传影",贾宝玉即为不写之"甄家之宝玉",甄、贾宝玉必是同龄人,不可能年龄差上四岁之多。因此,从甄宝玉"今年十三岁"来看,甄家家眷入京以及贾宝玉梦见甄宝玉等情节在作者先前的叙事版本中,应发生在贾宝玉十三岁时,即作者在做最后的修改时,将贾宝玉十三岁时的这些情节挪移到了贾宝玉十七岁这一年，却没有随之调整甄宝玉的年龄信息。

二、黛玉作《五美吟》诗的时间

林黛玉在书中一众人物中所作诗词数量最多、质量最高，其中《五美吟》虽不如《葬花词》出名，但也是她的代表作之一。《五美吟》的文字除了显示黛玉的极高才情，也借用或处末世或居乱世中的五位才貌双全的女子——西施、虞姬、昭君、绿珠、红拂的悲惨命运来隐喻黛玉及众姐妹的人生，进一步烘托四大家族即将走向衰亡的悲戚氛围。

《五美吟》出现在第六十四回“幽淑女悲题五美吟　浪荡子情遗九龙珮”中，因贾宝玉从宁府守完灵回到大观园去看望林黛玉，雪雁告诉宝玉，不知何故黛玉传瓜果熏香。宝玉猜度“大约必是七月因为瓜果之节，家家都上秋祭的坟，林妹妹有感于心，所以在私室自己奠祭，取《礼记》‘春秋荐其时食’之意，也未可定”(P505)。难道黛玉作此诗时是七月份吗？

显然，林黛玉作《五美吟》一事，是在贾敬的灵柩回城后，因此贾宝玉才需要去宁府守灵，此时也是在贾母、王夫人等从皇陵送灵回来的前一天，因为宝玉与宝钗正谈论黛玉的《五美吟》时，贾琏回来了，言及贾母、王夫人等第二天就回来，大家需要一早去迎接。后面的情节便是过了几日就到了贾敬的“送殡之期”，贾珍需要在铁槛寺守灵百日“方扶柩回籍”，贾珍在铁槛寺守灵期间，贾蓉把尤二姐介绍给贾琏，贾琏再偷娶二姐，而偷娶的日子是六月初三，那么，林黛玉作《五美吟》时怎么可能是七月份呢？黛玉作《五美吟》只应该在六月之前，而非六月之后。

实际上，林黛玉作《五美吟》的时间的确是错乱矛盾的。宝玉的心理猜度是“必是七月因为瓜果之节”，而宝玉在探望黛玉之前，还在怡红院歇了歇，看到晴雯、芳官在玩闹而袭人在打结子做女工，就劝袭人说：“怪热的，打这个那里使？”袭人则回答：“我见你带的扇套还是那年东府里蓉大奶奶的事情上作的。那个青东西除族中或亲友家夏天有丧事方带得着,一年遇着带一两遭,平常又不犯做。如今那府里有事,这是要过去天天带的,所以我赶着另作一个。等打完了结子,给你换下那旧的来。”(P504)显然,二人对话中的季节信息是“怪热的”“夏天”,而非初秋的“七月”。

黛玉“秋祭”和作诗《五美吟》的叙事文字非常自然流畅,可以独立成篇,或许作者是分别写好一个个故事,再把这些故事穿插串联起来,而这一次的穿插还未来得及考虑时间顺序的合理性,或还没来得及修改。当然,也有可能是传阅者在传抄的过程中抄串了,即不考虑“秋祭”,黛玉的确是此时作了《五美吟》的,那么,时间应该是在五月初四贾敬灵柩回城后到六月初三贾琏偷娶尤二姐之间的某日。

三、贾敬的四个死期

贾敬宾天叙事情节的前文是接宝玉等人过生日、宫中老太妃薨逝,后文是接贾琏偷娶尤二姐、尤三姐自刎、贾赦赏贾琏秋桐、尤二姐吞金自杀等文,即贾敬的死亡发生在宫中老太妃治丧期间,而贾琏偷娶、尤三姐自刎、尤二姐吞金等情节又发生在贾敬治丧期间。

(一)从宫中老太妃治丧之期分析贾敬死亡的时间

第五十三回,作者写太妃身体欠安:

> 且说元宵已过,只因当今以孝治天下,目下宫中有一位太妃欠安,故各嫔妃皆为之减膳谢妆,不独不能省亲,亦且将宴乐俱免。故荣府今岁元宵亦无灯谜之集。(P429)

第五十八回,作者写老太妃薨逝:

> 谁知上回所表的那位老太妃已薨,凡诰命等皆入朝随班按

爵守制。敕谕天下：凡有爵之家，一年内不得筵宴音乐，庶民皆三月不得婚嫁。贾母、邢、王、尤、许婆媳祖孙等皆每日入朝随祭，至未正以后方回。在大内偏宫二十一日后，方请灵入先陵，地名曰孝慈县。随事命名。这陵离都来往得十来日之功，如今请灵至此，还要停放数日，方入地宫，故得一月光景。(P455)

朝祭与送灵的情况，在同回文字中，作者又写：

一日正是朝中大祭，贾母等五更便去了，先到下处用些点心小食，然后入朝。早膳已毕，方退至下处，用过早饭，略歇片刻，复入朝待中晚二祭完毕，方出至下处歇息，用过晚饭方回家。可巧这下处乃是一个大官的家庙，乃比丘尼焚修，房舍极多极净。东西二院，荣府便赁了东院，北静王府便赁了西院。太妃少妃每日宴息，见贾母等在东院，彼此同出同入，都有照应。外面细事不消细述。

且说大观园中因贾母王夫人天天不在家内，又送灵去一月方回，各丫鬟婆子皆有闲空，多在园内游玩。更又将梨香院内伏侍的众婆子一概撤回，并散在园内听使，更觉园内人多了几十个。(P457)

后文便是“清明之日”，贾琏等进行年例祭祀之事，宝玉遇到藕官烧纸祭奠亡友，“这两段文字，前者写的是祭祀宗亲，后者写的是小戏子藕官祭祀亡友药官，人们通过清明节的祭祀活动表达心中对死者的缅怀之情”①。显然，书中老太妃在该年的正月十五日后生病，并于清明节前病逝。清明节后，作者又在第五十九回的开篇处写：

---

① 胡文斌.传统节日的文化内涵[J].前进论坛，2008(5)：34-36.

> 话说宝玉听说贾母等回来，随多添了一件衣服，拄杖前边来，都见过了。贾母等因每日辛苦，都要早些歇息，一宿无话，次日五鼓，又往朝中去。
>
> 离送灵日不远，鸳鸯、琥珀、翡翠、玻璃四人都忙着打点贾母之物，玉钏、彩云、彩霞等皆打叠王夫人之物，当面查点与跟随的管事媳妇们。跟随的一共大小六个丫鬟，十个老婆子媳妇子，男人不算。连日收拾驮轿器械。鸳鸯与玉钏儿皆不随去，只看屋子。一面先几日预发帐幔铺陈之物，先有四五个媳妇并几个男人领了出来，坐了几辆车绕道先至下处，铺陈安插等候。
>
> 临日，贾母带着蓉妻坐一乘驮轿，王夫人在后亦坐一乘驮轿，贾珍骑马率了众家丁护卫。又有几辆大车与婆子丫鬟等坐，并放些随换的衣包等件。是日薛姨妈尤氏率领诸人直送至大门外方回。贾琏恐路上不便，一面打发了他父母起身赶上贾母王夫人驮轿，自己也随后带领家丁押后跟来。(P462)

至此，我们可将宫中老太妃的死亡与治丧之期加以分析：正月十五日后、清明节前某日，老太妃病逝，老太妃病逝后先在“大内偏宫二十一日后，方请灵入先陵”，停灵在大内偏宫时，贾母、邢夫人、王夫人等都要每日入朝随祭。清明节后某日，停灵二十一日满，贾母、邢夫人、王夫人等参加送灵活动，送灵来回需“一月光景”。

这样算下来，从老太妃薨逝再到老太妃治丧送灵结束最长是近两个月时间。清明节节期在仲春与暮春之交，即二月或三月。假定从一个最晚的日子即三月十日算起，加上两个月时间，至晚在五月十日前，贾母等应该送灵回到贾府了。老太妃薨逝后，皇家的旨意是“凡有爵之家，一年内不得筵宴音乐，庶民皆三月不得婚嫁”。民间“不得婚嫁”的期限是三个月，假定从三月十日算起，至晚到六月十日前，民间须跟着皇帝守孝，不得操办婚嫁之事。当然，老太妃是薨逝在清明节之前，而当年的清明节又未必是三月十日这么晚，因此，贾母等送灵回贾府时间还得在五月十日之前，而民间恢复婚嫁也应在六月十日之前。

贾敬宾天时，贾母等人还未送灵归来，从宫中老太妃的薨逝即治丧来看，贾敬的死亡时间至晚是在五月十日之前。

（二）从贾琏偷娶尤二姐之日分析贾敬死亡的时间

贾琏与尤二姐的故事发生在贾府给贾敬治丧期间。

第六十八回，王熙凤闯进宁国府大闹时，哭骂贾蓉："出去请大哥哥来。我对面问他，亲大爷的孝才五七，侄儿娶亲，这个礼我竟不知道。我问问，也好学着日后教导子侄的。"(P538)由这一句可知，贾琏偷娶的日子是贾敬的"五七"时。

贾琏偷娶尤二姐的日子，书中明言"这里贾琏等见诸事已妥，遂择了初三黄道吉日，以便迎娶二姐过门"(P511)，第六十五回的开篇也写的是贾琏是在"初二日"的次日，即"初三日"，迎娶尤二姐。那么，这是几月份的"初三日"呢？

贾琏偷娶尤二姐后，两次出差去平安州。我们先看他第一次出发的时间。贾琏"出了月"从尤二姐处出发，出发才三日便在途中遇到了柳湘莲和薛蟠，说定亲事后继续往平安州去，而柳湘莲"进了京"的时间是"八月内"。(P522)显然，贾琏这次出发的时间也在八月内，应是八月初。贾琏出发前，贾珍从铁槛寺来探望尤二姐姐妹，书中写贾琏娶亲"眼见已是两个月光景"(P513)，而贾珍的这次探望和贾琏的出发日期相距不久，那么若从"八月内"倒推两个月去，正是六月。因此，贾琏偷娶尤二姐的时间应该是六月初三。

贾琏偷娶的时间是六月初三，而此时贾敬的孝"才五七"，由此再倒推回去，贾敬的宾天时间应该在四月份，具体日期是四月二十一日至四月二十八日之间。这个日期区间与前文对宫中老太妃的薨逝及治丧时间，即至晚在五月十日前的推断是相符合的。

(三)从黛玉秋祭分析贾敬死亡的时间

第六十三回,作者写平儿还席这一日,宝玉正同贾珍的两个侍妾玩闹时,下文是:

> 正顽笑不绝,忽见东府中几个人慌慌张张跑来说:"老爷宾天了。"众人听了,唬了一大跳,忙都说:"好好的并无疾病,怎么就没了?"家下人说:"老爷天天修炼,定是功行圆满,升仙去了。"
>
> 尤氏一闻此言,又见贾珍父子并贾琏等皆不在家,一时竟没个着己的男子来,未免忙了。只得忙卸了妆饰,命人先到玄真观将所有的道士都锁了起来,等大爷来家审问。一面忙忙坐车带了赖升一干家人媳妇出城。又请太医看视到底系何病。
>
> 大夫们见人已死,何处诊脉来,素知贾敬导气之术总属虚诞,更至参星礼斗,守庚申,服灵砂,妄作虚为,过于劳神费力,反因此伤了性命的。如今虽死,肚中坚硬似铁,面皮嘴唇烧的紫绛皱裂。便向媳妇回说:"系玄教中吞金服砂,烧胀而殁。"众道士慌的回说:"原是老爷秘法新制的丹砂吃坏事,小道们也曾劝说'功行未到且服不得',不承望老爷于今夜守庚申时悄悄的服了下去,便升仙了。这恐是虔心得道,已出苦海,脱去皮囊,自了去也。"(P500)

贾敬是在平儿还席的这一日凌晨守庚申时服丹砂而殁。贾敬修炼守庚申,是由于道教中有"三尸"之说,如《太上感应篇》言"又有三尸神,在人身中,每刻庚申日,辄上诣天曹,言人罪过"①,要求修炼者"这天要不睡觉,防止睡眠之后,三尸出窍,上报天帝。不但不能睡觉,而且按道教的法

① 太上感应篇集释[M].李昌龄,郑清之,注.北京:中央编译出版社,2016:18.

规来作法，战胜‘三尸’”①。贾敬殁时，贾珍等都不在家，尤氏做了紧急处理：

> 尤氏也不听，只命锁着，等贾珍来发放，且命人去飞马报信。一面看视这里窄狭，不能停放，横竖也不能进城的，忙装裹好了，用软轿抬至铁槛寺来停放，掐指算来，至早也得半月的工夫，贾珍方能来到。目今天气炎热，实不得相待，遂自行主持，命天文生择了日期入殓。寿木已系早年备下寄在此庙的，甚是便宜。三日后便开丧破孝。一面且做起道场来等贾珍。(P500)

尤氏在贾敬殁后三日将贾敬入殓，同时做起祭奠道场。约半月后，“贾珍父子星夜驰回”(P501)，又“择于初四日卯时请灵柩进城，一面使人知会诸位亲友”(P503)，后文七月“瓜果之节”，黛玉秋祭。黛玉秋祭的这一日为七月初七或七月十五，学界尚无一致意见，不过联系前文，“初四日”这一日与黛玉秋祭之日必不太远，应该是七月初四日，贾珍等赶回京城之日是在七月初四日之前，从七月初四日倒推半个月至一个月左右，贾敬的死亡时间应是在六月份。

(四)从贾珍扶柩回籍之日分析贾敬死亡的时间

七月“瓜果之节”黛玉秋祭的次日，贾母、王夫人等回到贾府，后文是：

> 又过了数日，乃贾敬送殡之期，贾母犹未大愈，遂留宝玉在家侍奉。凤姐因未曾甚好，亦未去。其余贾赦、贾琏、邢夫人、王夫人等率领家人仆妇，都送至铁槛寺，至晚方回。贾珍尤氏并贾

① 邓云乡.红楼风俗谭[M].北京：中华书局，1986：231.

蓉仍在寺中守灵，等过百日后，方扶柩回籍。家中仍托尤老娘并二姐三姐照管。(P507)

第六十九回，作者交代了贾敬灵柩回籍的时间：

那日已是腊月十二日，贾珍起身，先拜了宗祠，然后过来辞拜贾母等人。和族中人直送到洒泪亭方回，独贾琏贾蓉二人送出三日三夜方回。一路上贾珍命他好生收心治家等语，二人口内答应，也说些大礼套话，不必烦叙。(P542)

“腊月十二日”，贾珍扶贾敬灵柩回金陵，从次日倒推“百日”是九月初一日，即“贾敬送殡之期”是九月初一日。贾母归期与贾敬送殡之日只“过了数日”，显然，贾母回贾府这一日不可能是接在黛玉秋祭的次日之后，而前文的“初四日卯时请灵柩进城”的“初四日”应该是八月初四日，再倒推半个月至一个月，贾敬的死亡时间应是在七月份。

四、贾琏偷娶尤二姐一事的叙事时间线

作者在最后版本的修改中将贾琏偷娶尤二姐的故事夹在贾府给贾敬治丧的叙事情节线中，用贾珍、贾蓉、贾琏这样的大家族晚辈如何荒唐、如何淫乱，尤二姐这样的浮萍女子如何悲苦又如何受因果报应，王熙凤这样的为人正妻者如何悍妒、如何狠辣这样的内容，突出封建社会“三纲五常”儒家伦理道德的虚伪与不堪一击，立意非常深刻。不过遗憾的是，作者在挪移贾琏偷娶尤二姐这个故事时，并未来得及将两条叙事时间线完全理顺。

第六十九回，尤二姐被气病后，作者写二姐向贾琏泣说：“我这病便不能好了。我来了半年，腹中已有身孕，但不能预知男女。倘天见怜，生

了下来还可，若不然，我这命就不保，何况于他。”(P544)二姐说自己“来了半年”，这个时间一是可能从自己被凤姐接到贾府之日算起，二是可能从自己嫁给贾琏之日算起。

贾敬死在某月的庚申日，因贾珍等不在家，先是贾珍之妻尤氏来处理入殓、发丧之事，约半个月后，贾珍等回京，某月初四日，贾敬灵柩进城，多少日后，贾敬灵柩被送往铁槛寺，又于一百天后“腊月十二日”由贾珍护送南下葬入祖坟。粗略计算贾敬从死亡到贾珍扶柩南归，最多是五六个月时间。贾琏在宁国府初见尤二姐的这一日是在贾敬亡故半个多月之后，贾琏偷娶尤二姐又是在两人初见后的次月“初三”日，再到“腊月十二日”后、新年前的腊月某日，尤二姐吞金亡逝。这样看来，二姐所说的“来了半年”是从自己嫁给贾琏之日算起的。显然，作者的最后计划是将贾敬丧事、尤二姐吞金故事的这两条叙事线的时间跨度都安排在半年左右。不过细读第六十五回至第七十回文本，我们仍能发现叙事时间线不能相合的痕迹。

(一)凤姐何时知晓贾琏偷娶尤二姐

凤姐获知贾琏偷娶的事情，是在第六十七回“见土仪颦卿思故里　闻秘事凤姐讯家童”，作者没有直接写凤姐如何得知此事，而是由两个不相干的人引出，其中一个便是宝钗的丫头莺儿。由于薛蟠从江南回来给宝钗带了两大箱的土特产，宝钗便把这些“土物”分送给贾府众人，其中一份是给凤姐的，由莺儿带着老婆子们去送，结果，莺儿回来和宝钗悄悄说道：“刚才我到琏二奶奶那边，看见二奶奶一脸的怒气。我送下东西出来时，悄悄的问小红，说刚才二奶奶从老太太屋里回来，不似往日欢天喜地的，叫了平儿去，唧唧咕咕的不知说了些什么。看那个光景，倒象有什么大事的似的。姑娘没听见那边老太太有什么事？”(P528)

莺儿在凤姐处看见凤姐不知何故“一脸的怒气”，字里行间留下悬念，作者却并不急于解答，而是又带出了另一个不相干的人，这次是宝玉的丫头袭人。“却说袭人因宝玉出门，自己作了回活计，忽想起凤姐身上不好，这几日也没有过去看看，况闻贾琏出门，正好大家说说话儿”(P528)，袭人来到凤姐处，发现凤姐正在发脾气，懂事晓分寸的她“知他们有事，又说了两句话，便起身要走”(P529)，凤姐客气留了留她，也就让她走了，然后才跟出凤姐审问旺儿、兴儿获知贾琏偷娶尤二姐一事的叙事文字，兴儿还告诉凤姐：“昨儿他妹子各人抹了脖子了。”(P531)

从这些叙事情节可知，凤姐审问旺儿、兴儿，是在宝钗送薛蟠带回来的“土物”给贾府各个主子之后，也是在柳湘莲退婚、尤三姐自杀之后，当时贾琏不在家，又出门了。从前面的分析来看，这些事情应该发生在八月底九月初，但是作者却在袭人来探望凤姐时给了一个时间，“刚来到沁芳桥畔，那时正是夏末秋初，池中莲藕新残相间，红绿离披”(P529)。时间是“夏末秋初”，而八月底九月初已是过了“中秋”，不是“秋初”。“秋初”，是在七月，当时薛蟠还没有从江南回来，也不可能带回来江南的“土物”，而贾琏正和尤二姐新婚燕尔没出门，尤三姐也好好地待在她姐姐家里没自杀。显然，凤姐知情的时间不可能在“夏末秋初”。

“夏末秋初”是作者的笔误吗？抑或袭人“夏末秋初”一段的文字也是传抄中被放错地方了？这一段的文字主要写袭人和婆子祝妈之间关于如何治理葡萄架上马蜂的对话，虽然袭人也讲了自己是要去“琏二奶奶家瞧瞧去”，但袭人看望凤姐是比较平常的事，或许此时是另一次的探望？当然也有可能作者多次修改事件发生的时间线，而这次的“夏末秋初”是未修改好的漏网之鱼。

(二)尤二姐何时死亡

上文分析过，根据第六十九回和第七十回文字，我们可以判断尤二姐是死于这第一年的岁末，即十二月十二日之后。然而，在第七十二回“王熙凤恃强羞说病　来旺妇倚势霸成亲”中也出现了关于尤二姐死亡时间的信息。在贾琏同鸳鸯提出借当，鸳鸯离开后，贾琏与凤姐发生了一点口角，凤姐说："不是我着急，你说的话戳人的心。我因为我想着后日是尤二姐的周年，我们好了一场，虽不能别的，到底给他上个坟烧张纸，也是姊妹一场。他虽没留下个男女，也要'前人撒土迷了后人的眼'才是。"(P566)

这里的"后日是尤二姐的周年"一语，暗示尤二姐的死亡年份是在凤姐说话时的上一年，这与笔者的叙事时间线分析相矛盾。笔者的分析是，此时距离尤二姐死亡已经隔了一年，即为尤二姐死亡后的第三年了。当然，如果这里的"周年"仅指"周年"，即某一"周年"，而非"一周年"，那么也能说得通。但"后日"显然不是十二月的某日，根据凤姐与贾琏这段对话出现的背景，当日应该是八月初十日，难道尤二姐的死亡日期是某年的八月初十？

从尤二姐嫁给贾琏当年的故事来看，八月初十日二人结婚才两个多月，当时正是贾琏第一次出差往返平安州的前后，尤三姐还没有自杀，尤老娘也没有死，尤二姐距离被凤姐骗进贾府的日子也还有一个多月呢，秋桐也还没给贾琏做妾，尤二姐当然也绝无可能被凤姐、秋桐逼死。难道凤姐的这段话是凤姐自己记错了日子，抑或作者曾经给尤二姐设定的死亡时间是八月而非腊月，只是作者在最后的版本中做了修改而没完全修改过来，留下了痕迹？

(三)贾琏偷娶尤二姐一事完整的叙事时间线

从当下版本中，贾琏偷娶尤二姐的故事发生在第六十五回至第七十回，我们为这个故事单列一个叙事月份时间线，便能发现，贾琏与尤二姐的故事从俩人相见、贾琏偷娶、三姐自刎、二姐进贾府，再到二姐被凤姐、秋桐折磨致死，前前后后至少有九个月的时间跨度。

第一个月：

某月某日，贾琏在宁国府中见到尤二姐，想纳为二房，贾蓉将此事说与贾珍，贾珍同意了。

次日，贾蓉将贾珍、贾琏之意讲给尤老娘听，尤老娘、尤二姐点头应允。

"不多几日"后，贾珍、贾琏在贾府外买房张罗婚事。

第二个月：

某月初三，贾琏娶二姐过门。

第四个月：

"两个月光景"后，贾珍打听到贾琏不在二姐处，故意过去探望二姐。尤三姐与贾珍吃酒，尤二姐与母亲躲回自己房中。贾琏回来，到贾珍与三姐处，本想调笑一番，反被尤三姐拿住戏弄。

此后，尤三姐日日在家中对贾珍、贾琏兄弟嘲笑取乐。

某日，贾琏与二姐商量要将三姐嫁出去。

次日，贾琏心腹小厮兴儿过来，向二姐、三姐讲贾府中的众奶奶、小姐们的情况。大家正说话，贾琏的另一个小厮隆儿过来，传贾琏的话说："老爷有事，是件机密大事，要遣二爷往平安州去。不过三五日就起身，来回也得半月工夫。今日不能来了。请老奶奶早和二姨定了那事，明日爷来，好作定夺。"(P520)夜里，二姐问出三姐的心事。

次日，贾琏过来，和二姐说自己"偏偏的又出来了一件远差。出了月就起身，得半月工夫才来"(P520)，二姐也告诉贾琏说妹妹看中了五年前曾见过的柳湘莲。贾琏往返平安州需要"半月"，单程时间约是七天。

第五个月：

"出了月"某日，贾琏出城，去平安州。

"方走了三日"，贾琏遇到薛蟠和柳湘莲。大家叙谈时，贾琏向柳湘莲提亲，湘莲留下鸳鸯剑作为定礼。

某日，贾琏到了平安州，"见了节度，完了公事。因又嘱他十月前后务要还来一次，贾琏领命"(P522)。

次日，贾琏启程回家。

某日，贾琏到京后先到尤二姐处探望，将柳湘莲的鸳鸯剑交与尤三姐。

两天后，贾琏回到贾府，回复父命。

第六、七个月：

八月内某日，柳湘莲进了京，拜见薛姨妈。

次日，柳湘莲见宝玉，向宝玉打听尤三姐的事情，知晓三姐品行有失，后悔答应下亲事。柳湘莲到贾琏新房，借口退亲，尤三姐刚烈自刎。柳湘莲随瘸腿道士而去。

“夏末秋初”某日，袭人“闻贾琏出门”，想起凤姐身上不好，过去凤姐处探望，发现凤姐与平儿及下面小厮有事情，便和凤姐说了会儿话后起身走了。凤姐唤了兴儿来问话，知晓了贾琏偷娶尤二姐之事。（笔者注：此处“夏末秋初”与前文中“八月”相矛盾，暂仍依原文标注时间以区分月份。）

某日，贾琏又往平安州。后文中作者补叙：“话说贾琏起身去后，偏值平安节度巡边在外，约一个月方回。贾琏未得确信，只得住在下处等候。及至回来相见，将事办妥，回程已是将两个月的限了。”(P533)

某日，凤姐“待贾琏前脚走了，回来便传各色匠役，收拾东厢房三间，照依自己正室一样装饰陈设”(P533)。

十四日，凤姐“回明贾母王夫人，说十五日一早要到姑子庙进香去”(P533)。

十五日，凤姐带丫头、婆子到尤二姐处，骗取二姐信任，将二姐安置在大观园中。凤姐和二姐说：“前于十日之先奴已风闻，恐二爷不乐，遂不敢先说。今可巧远行在外，故奴家亲自拜见过，还求姐姐下体奴心，起动大驾，挪至家中。你我姊妹同居同处，彼此合心谏劝二爷，慎重世务，保养身体，方是大礼。”(P534)此日是“十五日”，“前于十日”便是“五日”，贾琏第二次去往平安州的时间是当月的“五日”后、“十四日前”的某一日。

二姐在园中住了至少“五日八日”。凤姐打听清楚尤二姐的底细，暗使已退亲的张家出状子告贾琏“国孝家孝之中，背旨瞒亲，仗财依势，强逼退亲，停妻再娶”(P536)。

某日，凤姐到宁国府大闹，痛骂贾珍、贾蓉并尤氏。凤姐带了尤二姐去见贾母，贾母应允。尤二姐搬到凤姐处厢房居住。

凤姐这边继续挑唆张华告状，让他要回原妻，贾蓉这边不希望张华告赢了把尤二姐领回，便给张华父子银两，让他们离京。张华父子得了银两回原籍。凤姐怕事情败露，派旺儿去杀人灭口。旺儿在外躲了几天，回来复命凤姐只说张华回原籍路上被“截路人”打死了。

第八个月：

某日，贾琏事毕回京。贾赦赏给贾琏秋桐为妾。

贾琏既得了秋桐为妾，“在二姐身上之心也渐渐淡了，只有秋桐一人是命”(P543)。凤姐“借剑杀人”，唆使秋桐去百般折磨尤二姐。

第九个月：

“受了一个月的暗气”后，尤二姐“便恹恹得了一病，四肢懒动，茶饭不进，渐次黄瘦下去”。(P543)

某夜，尤二姐梦见三姐“手捧鸳鸯宝剑前来”，三姐劝二姐杀了凤姐再“归至警幻案下，听其发落”(P543)，二姐不应。

次日，尤二姐和贾琏泣说：“我这病便不能好了。我来了半年，腹中已有身孕，但不能预知男女。倘天见怜，生了下来还可，若不然，我这命就不保，何况于他。”结果，来给尤二姐诊病的是胡庸医，“竟将一个已成形的男胎打了下来”。(P544)

凤姐故意让人传话说秋桐“冲了”尤二姐，惹怒秋桐，秋桐转而向邢夫人哭诉告状，邢夫人听信了秋桐的话又数落凤姐、贾琏。秋桐越发得意，越性到尤二姐“窗户根底下大哭大骂起来”。“更添烦恼”的尤二姐起寻死之心，“扎挣起来，打开箱子，找出一块生金，也不知多重，恨命含泪便吞入口中，几次狠命直脖，方咽了下去。于是赶忙将衣服首饰穿戴齐整，上炕躺下了”(P545)。

次日，众人发现尤二姐已死。贾琏将二姐挪至梨香院，停放七日，本打算“等到外头，还放五七，做大道场才掩灵。明年往南去下葬”，不想贾母不允许，“贾琏无法，只得又和时觉说了，就在尤三姐之上点了一个穴，破土埋葬”。(P546-547)

对尤二姐、尤三姐的故事，作者若要叙事完整，至少需要安排九个月的叙事时间，而贾赦丧事的叙事至多是五六个月的时间长度。要将至少需九个月份的故事放置在至多五六个月的叙事情节中，作者的叙事处理方式是先刻意“拉长”了贾敬丧事的时间线，即“寻故”让贾敬的灵柩先是在铁槛寺停放并开丧做道场，再安排贾敬灵柩进城至宁国府正堂停放并做道场，又将贾敬灵柩送殡出城依旧到铁槛寺停放并做道场，最后安排“百日后”才由贾珍扶柩南归。虽说书中这样写显得贾家办丧事隆重而奢靡，但也让书外读者感觉贾敬死后还被如此来回“折腾”着实有些可怜。作者再是刻意“缩短”了贾琏偷娶尤二姐这条叙事时间线，将月份信息模糊化。然而，这两条叙事时间线相互交缠下还是留下了未完全理顺的痕迹，而这些痕迹也让读者得以一窥作者的删改路径、谋篇构思。

第六章　贾宝玉十八岁至二十岁：第七十回至第八十回文字

书中第七十回，作者补叙了在宝玉十七岁时这一整年中，大观园的众姐妹没有办诗社的缘由："原来这一向因凤姐病了，李纨探春料理家务不得闲暇，接着过年过节，出来许多杂事，竟将诗社搁起。"(P548)后文便开始了对新一年的叙事，直到第八十回结束，是书中的第六个叙事单元，通过这十一个回目文字，作者共写了三年，即从宝玉十八岁到二十岁的故事。

第一节　一飘絮之春

对宝玉十八岁时这年的叙事，作者用笔简约，只用了一回文字来写，即第七十回，重点是春季发生之事。全年叙事时间线如下：

"仲春天气"，贾宝玉"染怔忡之疾"。(P548)

三月初一日：贾宝玉和湘云等姐妹赏鉴林黛玉的《桃花行》诗，约定在次日重起诗社。

三月初二日：宝玉和姐妹们齐集潇湘馆，黛玉重起诗社，商议作诗。

三月初三日：探春寿日。

三月初四日至三月底：主要有两件大事。第一件是关于贾政的归期信息，先是贾政来书信，言明“六月中准进京等语”(P549)。听说父亲要回来，贾宝玉赶紧理书写字，姐妹们也帮他写字凑数，然而当宝玉正“天天用功着”，贾政归期又有了变化，“可巧近海一带海啸，又遭蹋了几处生民。地方官题本奏闻，奉旨就着贾政顺路查看账济回来。如此算去，至冬底方回”；(P550)第二件是在“暮春之际”，湘云、黛玉、宝钗、探春、宝玉等题咏柳絮、放风筝，作者以咏絮诗词和风筝隐喻各人及贾府未来命运。

冬底：贾政回京。第七十一回“嫌隙人有心生嫌隙　鸳鸯女无意遇鸳鸯”在首段交代贾政回贾府一事：“话说贾政回京之后，诸事完毕，赐假一月在家歇息。因年景渐老，事重身衰，又近因在外几年，骨肉离异，今得晏然复聚于庭室，自觉喜幸不尽。一应大小事务一概益发付于度外，只是看书，闷了便与清客们下棋吃酒，或日间在里面母子夫妻共叙天伦庭闱之乐。”(P554)此段没有说明贾政回京的时间，前文出现了贾政归期有变化的信息后并无新的消息，显然，贾政确实是在“冬底”回京了。

表 6.1　宝玉十八岁时全年叙事时间线表

宝玉年龄	叙事年份	叙事时间	叙事情节
宝玉十八岁	第 18 年	“仲春天气”	贾宝玉“染怔忡之疾”。
		三月初一日	众人赏鉴林黛玉诗《桃花行》，商议次日起社。
		三月初二日	众人齐集潇湘馆，重起诗社，商议诗题。
		三月初三日	探春生日。
		三月初四日至三月底	贾府收到贾政归期信息，先是“六月中准进京”，后是“至冬底方回”。 湘云、黛玉、宝钗、探春、宝玉等题咏柳絮、放风筝。

第二节　一多事之秋

对宝玉十九岁时这年的叙事，作者用笔繁复，从第七十一回一直写到第七十九回。主要叙事情节有：贾母过寿、绣春囊事件、抄检大观园、黛玉湘云联诗、晴雯被撵及离世、宝玉作《姽婳词》和《芙蓉女儿诔》、薛蟠娶妻、迎春出嫁等。除了薛蟠娶妻、迎春出嫁这两件大事外，作者把其他大事都集中安排在该年的秋季七月底及八月份发生，使得这一个多月内贾府围绕着大观园，大事小事千端万绪，事情一件接着一件，令人应接不暇。作者还特别安排把发生了众多事件的"同一日"用相邻回目分割开来写，这大大增加了读者厘清叙事情节线、叙事时间线的困惑程度和判断难度，不过我们若细细去读去理，仍能发现这些叙事情节的时间脉络实则非常清晰。

一、第七十一回文字：写七月二十八日至八月初四日间事

此回中文字主要写了从七月二十八日至八月初四日间的事。

七月二十八日：荣府贾母宴请南安太妃北静王妃并几位世交公侯诰命，宝钗、宝琴、黛玉、湘云、探春五位姑娘被请入席见客。

八月初三日晚间：宁府的小丫头和荣府的老婆子吵架，引起一场纠纷。对这场小小纠纷，读者往往不大留意，但作者实则用心良苦，巧妙运用了"蝴蝶效应"原理，使其牵涉邢夫人和王熙凤之间的婆媳矛盾，又勾勒出了荣府太多上下人等的利益纠缠，因此，笔者特别帮读者梳理一下这一次的贾府底下人吵架事件的大概脉络：

当日晚，留宿荣府帮忙邢夫人、王夫人管待客人的尤氏发现大观园的正门与各处角门未关，各色彩灯也未收，管事的婆子也不在，尤氏便命小丫头去传管家的女人。小丫头找到了管事的女人"议事取齐之所"(P556)，结果那里只有两个婆子在，这两个婆子见是东府的小丫头，势利心起，便不愿意再给小丫头去传人，小丫头也气盛，于是双方争吵了起来。被气坏的小丫头回来怡红院，便把这两个婆子的恶言恶话转述给主子尤氏听。此时，懂事的袭人赶紧派另一个小丫头再去传人，结果这个小丫头途中碰到了王夫人的陪房周瑞家的，周瑞家的一向喜欢多事，她听说了这件事之后，一面赶来怡红院向尤氏卖好讨乖，一面又把这事回了凤姐，并趁机向

凤姐告那两个和尤氏的小丫头吵架的管事婆子的状，因为素日里她们本就不睦。凤姐听后的处理方案是“等过了这几日，捆了送到那府里凭大嫂子开发，或是打几下子，或是开恩饶了他们，随他去就是了，什么大事”(P557)，没想到周瑞家的没“等过了这几日”，而是当晚便实施报仇行动，她一面派人去管家林之孝家，支使林之孝家的去见尤氏，一面派人把和尤氏的小丫头吵架的两个婆子给捆了关起来。这两个婆子七八岁的女儿便赶来向林之孝家的哭诉求情，而此时林之孝家的方从住在大观园稻香村的尤氏那里回来，便给她们出主意，让其中一个去托情邢夫人的陪房费大娘，再由费大娘去托情邢夫人摆平此事。费大娘见了邢夫人又是一番添油加醋，把火往凤姐处扇，邢夫人闻言自然更加厌恶凤姐。其实这件事情，凤姐的确冤枉，本来宁府的小丫头和大观园的婆子吵架，和她没什么关系，结果在邢夫人看来，黑锅得凤姐来背。

八月初四日：白天是贾府中合族长幼大小共凑的家宴。晚间则主要有两件大事：第一件是由于前一天晚上的事，邢夫人故意给凤姐没脸。待家宴散时，邢夫人当着许多人面“赔笑”，为那两个婆子向凤姐求情，并用大道理压制凤姐，说：“论理我不该讨情，我想老太太好日子，发狠的还舍钱舍米，周贫济老，咱们家先倒折磨起人家来了。不看我的脸，权且看老太太，竟放了他们罢。”(P559)这让凤姐当众下不来台。凤姐放了两个婆子后，心中委屈，被气哭，鸳鸯发现凤姐神色有异，打听到事情原委后又把事情汇报给贾母，贾母的态度是支持凤姐，评价凤姐“知礼”。第二件便是司棋和表弟潘又安在大观园私会，被鸳鸯发现。事情经过是：贾母知晓凤姐受委屈的事情后，又命鸳鸯去大观园传话给众人，要善待留宿的两个穷亲戚家的姑娘。鸳鸯传过话回贾母处，正要出园门时，发现了司棋与潘又安的私情。

二、第七十二回文字：写八月初五日至八月初十日间事

此回中文字写了从八月初五日至八月初十日之间的事情。

八月初五日：司棋见到鸳鸯羞愧难安。

八月初六、初七两日：司棋听见没动静，方安心下来。

八月初九日：司棋获知潘又安逃走了。

八月初十日：司棋心内不快，气病。

中午，鸳鸯探望生病的司棋，安慰一番后，又去望候凤姐。此时凤姐在午睡，鸳鸯于是与平儿聊凤姐的病情，正聊着，贾琏回家来看见鸳鸯，趁机向鸳鸯借当。鸳鸯走后，旺儿家媳妇来求凤姐、贾琏要为儿子和王夫人房里放出去的丫头彩霞说亲，凤姐和旺儿媳妇说放账的事，接着便是夏太监派小太监来“借钱”，贾琏躲起来由凤姐接待。小太监走后，贾琏来外书房听林之孝说起贾雨村被降职以及旺儿的儿子不成器的事。

晚间，凤姐命人唤了彩霞之母过来把媒说定。彩霞派妹妹小霞去求赵姨娘，赵姨娘“是晚得空，便先求了贾政”，告诉贾政贾宝玉已有了“屋里人”“二年了”(P569)。

三、第七十三回文字：写八月初十日晚间至八月十二日下午间事

此回主要续写八月初十日晚间的事情，直写到八月十二日下午的事。具体是：

仍是八月初十日晚间：赵姨娘与贾政的话被屋外的丫头小鹊听见，小鹊便跑去怡红院告密，并说“你仔细明儿老爷问你话”(P570)，然而宝玉的反应是赶紧“理熟了书，预备明儿盘考”(P571)。显然，小鹊并没有将贾政和赵姨娘的对话听得很真切。机灵的晴雯见宝玉熬夜温习功课太辛苦，趁房外响起一声动静，献计宝玉让他装病，只说被吓病了。结果王夫人派人在大观园里搜查，直闹了一夜。

八月十二日：

上午，贾母知道宝玉被吓病发怒，立命要纠风整顿、查酒搜赌，于是查出聚赌者二十多人并供出三个大头家，其中一个大头家便是迎春的乳母。

中午，贾母午睡时，邢夫人因见贾母生气不敢回家，来大观园散心，结果刚到园门前，便碰到贾母的丫头呆大姐拾到了绣春囊。邢夫人携了绣春囊，继续走到迎春房里，把迎春教训一番后，再回贾母处。

下午，迎春处，邢夫人刚离开，便有宝钗、黛玉、宝琴、探春等来看望安慰，她们正碰到迎春房里的丫头绣桔、司棋和乳母的媳妇王住儿在因攒珠累丝金凤被乳母拿走一事争吵。探春悄悄遣人传了平儿来处理，帮迎春出头平息了这场奶娘等下人“忘主”的风波。

四、第七十四回文字：写八月十二日下午至八月十三日上午间事

此回续写八月十二日下午及晚上和八月十三日上午这段时间发生的事情。

接八月十二日下午，平儿处理完迎春处的风波回到凤姐处，贾琏也回房来，拍手叹气说：“好好的，又生事。前儿我和鸳鸯借当，那边太太怎么知道了？才刚太太叫过我去，叫我不管那里先迁挪二百银子，做八月十五日节间使用。”(P579)此处的“前儿”，正是指八月初十日。

贾琏离开，王夫人又来了，拿出邢夫人派其陪房王善保家的送来的绣春囊来审问凤姐。凤姐一番解释，解除了嫌疑。“贾府最后之所以败落，是各种矛盾长期积累总爆发的结果。在前八十回中这个爆发主要表现为抄检大观园”①，当王夫人与凤姐商量要“快快暗地访拿这事”(P581)时，王善保家的又过来了，于是与大观园内丫头素有嫌隙的王善保家的被王夫人也纳入了这支“访拿”队伍中。王善保家的趁机告晴雯的状。王夫人叫来晴雯训斥。王善保家的又挑唆王夫人晚上便搜检大观园。

晚上，王善保家的请了凤姐一并进大观园进行搜检。搜检路线是：上夜的婆子处——怡红院——潇湘馆——探春院内——稻香村李纨处——暖香坞惜春处——迎春处。搜检成果有两项：一是惜春的丫头入画替哥

---

① 周思源.红楼梦创作方法论[M].北京：文化艺术出版社，1998：69-70.

哥私自保管财物;二是王善保家的外孙女儿司棋竟与其表弟有私情。

八月十三日,即搜检次日:凤姐病倒,惜春派人来请尤氏,要撵走丫头入画,入画由尤氏带走。

五、第七十五回文字:写八月十三日至八月十五日间事

此回续写八月十三日直到八月十五日夜间过节的事。

仍是八月十三日:尤氏从惜春处出来后又到李纨处,宝钗来向李纨辞行说要离开大观园回家去。尤氏离开李纨处来见贾母,得知甄家获罪被抄没家产回京治罪的消息,贾母、王夫人商议夜里去大观园赏月的事。晚间,尤氏告辞回到宁府,带出贾珍在府里聚赌的事。

八月十四日:

早上,尤氏"次日起来","一时佩凤又来说:爷问奶奶,今儿出门不出?说咱们是孝家,明儿十五过不得节,今儿晚上倒好,可以大家应个景儿,吃些瓜饼酒"。(P594)从话里可知,这一日是八月十五日的前一天,即八月十四日。

晚间,贾珍命人煮猪烧羊,在会芳园里带领妻妾猜枚划拳,痛饮玩笑,毫无居丧之家的规矩。饮乐之间,众人突然听见祠堂附近发出"长叹之声",贾珍的酒被吓醒一半,"大没兴头起来","归房安歇去了"。(P595)

八月十五日:

早上,贾珍"带领众子侄,开祠堂,行朔望之礼"(P595)。

晚间,贾母带领众人在大观园赏月,宝玉、贾环、贾兰作诗,贾赦讲笑话。

六、第七十六回文字:写八月十五日夜间事

此回续写八月十五日夜间的事:贾赦、贾政等男人们撤了后,贾母继

续同邢夫人、王夫人、尤氏等女眷赏月聊天，吃酒闻笛；黛玉和湘云在凹晶馆联诗，又遇妙玉。

七、第七十七回至第七十九回文字：写八月十五日后至年底间事

书中第七十七回，作者接上回继续写八月中秋之后的事件：司棋、晴雯、芳官、四儿等被逐出大观园，芳官、蕊官、藕官出家。

“中秋已过”某日，王夫人唤周瑞家的来问“前日”园中搜检的事情，作者写：

> 周瑞家的回道：“前日那边太太嗔着王善保家的多事，打了几个嘴巴子，如今他也装病在家，不肯出头了。况且又是他外孙女儿，自己打了嘴，他只好装个忘了，日久平服了再说。如今我们过去回时，恐怕又多心，倒象似咱们多事似的。不如直把司棋带过去，一并连赃证与那边太太瞧了，不过打一顿配了人，再指个丫头来，岂不省事。如今白告诉去，那边太太再推三阻四的，又说‘既这样你太太就该料理，又来说什么’，岂不反耽搁了。倘那丫头瞅空寻了死，反不好了。如今看了两三天，人都有个偷懒的时候，倘一时不到，岂不倒弄出事来。”王夫人想了一想，说：“这也倒是。快办了这一件，再办咱们家的那些妖精。”(P608)

王夫人与周瑞家的话中都是说大观园搜检一事是发生在“前日”的，周瑞家的又说司棋被“看了两三天”。从前文的分析可知，搜检大观园发生在中秋之前的八月十二日，若是过了“两三天”，便是八月十四日或八月十五日，而八月十四日、十五日，王夫人还在忙着过节，根本无暇处理这件事情，且作者的叙事时间意图非常明显，在第七十七回开篇便写“话说王夫人见中秋已过”(P607)，即作者是要把晴雯等被逐出大观园以及晴雯之死都安排

在此年中秋节之后发生。因此，王夫人、周瑞家的口中的“前日”，要么是作者未来得及修改调整，要么是“前几日”之意，而非昨天的前一天。

后文，便是周瑞家的会齐几个媳妇去迎春房里拿司棋。此处，司棋事情败露后的叙事情节线与叙事时间线都出现了矛盾。

前文第七十四回中，凤姐搜到了司棋与其表弟私相授受之物，凤姐的处理手段是：

> 凤姐见司棋低头不语，也并无畏惧惭愧之意，倒觉可异。料此时夜深，且不必盘问，只怕他夜间自愧去寻拙志，遂唤两个婆子监守起他来。带了人，拿了赃证回来，且自安歇，等待明日料理。谁知到夜里又连起来几次，下面淋血不止。(P586)

显然，凤姐是命人将司棋带到一处“监守”起来。而在第七十七回，作者似乎忘记了司棋在前文中已被“监守”起来：

> 周瑞家的听说，会齐了那几个媳妇，先到迎春房里，回迎春道：“太太们说了，司棋大了，连日他娘求了太太，太太已赏了他娘配人，今日叫他出去，另挑好的与姑娘使。”说着，便命司棋打点走路。迎春听了，含泪似有不舍之意，因前夜已闻得别的丫鬟悄悄的说了原故，虽数年之情难舍，但事关风化，亦无可如何了。
>
> 那司棋也曾求了迎春，实指望迎春能死保赦下的，只是迎春语言迟慢，耳软心活，是不能作主的。司棋见了这般，知不能免，因哭道：“姑娘好狠心！哄了我这两日，如今怎么连一句话也没有？”周瑞家的等说道：“你还要姑娘留你不成？便留下，你也难见园里的人了。依我们的好话，快快收了这样子，倒是人不知鬼不觉的去罢，大家体面些。”(P609)

周瑞家的到了迎春房里，“命司棋打点走路”，司棋又自言“姑娘好狠心！哄了我这两日，如今怎么连一句话也没有？”显然，从这两段文字看，八月十二日凤姐等搜检大观园后，司棋并没有被带走“监守”，而是一直还在迎春房里，迎春安慰司棋，“哄了”司棋“两日”。若“两日”为实指，司棋被逐出大观园的日子应该是八月十四日。

司棋被逐出大观园的同日，怡红院里，王夫人狠言厉色当着宝玉的面，将晴雯、芳官、四儿也逐出大观园。关于晴雯的身体状态，作者写道：

> 宝玉及到了怡红院，只见一群人在那里，王夫人在屋里坐着，一脸怒色，见宝玉也不理。晴雯四五日水米不曾沾牙，恹恹弱息，如今现从炕上拉了下来，蓬头垢面，两个女人才架起来去了。王夫人吩咐，只许把他贴身衣服撂出去，余者好衣服留下给好丫头们穿。又命把这里所有的丫头们都叫来一一过目。(P610)

“晴雯四五日水米不曾沾牙”，文中出现了一个时间“四五日”。若是从搜检大观园当日八月十二日算起，到了晴雯被逐之日，应该是八月十六日或八月十七日了。

在“司棋被逐”与“晴雯被逐”这两段叙事中间，作者用宝玉来作为转场叙事工具，意在说明二人被逐发生在同一日，但从二人被逐的各自叙事时间来看，又应不在同一日，一个约是八月十四日，另一个约是八月十七日。当然，从第七十七回的开篇“话说王夫人见中秋已过”，我们还是能确定，不管作者先前有怎样的叙事版本，在最后的修改版本中，作者是将“司棋被逐”“晴雯被逐”，以及后文的“晴雯之死”“宝玉作《姽婳词》”“宝玉作《芙蓉女儿诔》”都放在该年八月份的后半月了。

八月份的后半月，我们试着排一下叙事情节日期：

“中秋已过”某日，因要给王熙凤配药，王夫人家中四处找好人参不得，“宝钗因在座”，听见此事，便和王夫人说自己家去让薛家铺子找来好的人参二两。王夫人应允,宝钗家去半日后回来,果然把事情办好了,说"明日一早去配"(P608)。

同日,周瑞家的带人将司棋逐出大观园。

同日,王夫人将晴雯、芳官、四儿逐出大观园。

同日晚间,宝玉偷偷去探望晴雯,被多浑虫家的灯姑娘撞见,宝玉回来一夜不得安眠,梦见晴雯来别过。

次日,贾政带宝玉、贾环、贾兰外出见客。此处又出现一个"前儿":

> 及至天亮时,就有王夫人房里小丫头立等叫开前角门传王夫人的话:"即时叫起宝玉,快洗脸,换了衣裳快来,因今儿有人请老爷寻秋赏桂花,老爷因喜欢他前儿作得诗好,故此要带他们去。这都是太太的话,一句别错了。你们快飞跑告诉他去,立刻叫他快来,老爷在上屋里还等他吃面茶呢。环哥儿已来了。快跑,快跑。再着一个人去叫兰哥儿,也要这等说。"(P615)

"前儿"若是实指,宝玉等作诗的行为发生时间最近的一次便是在八月十五中秋夜,那么"今儿"便是八月十七日了,但此处的"前儿"大概率仍是虚指"前几日"。

紧接后文,便是芳官等出家的叙事情节。芳官的干娘来回王夫人:"芳官自前日蒙太太的恩典赏了出去,他就疯了似的,茶也不吃,饭也不用,勾引上藕官蕊官,三个人寻死觅活,只要剪了头发做尼姑去。我只当是小孩子家一时出去不惯也是有的,不过隔两日就好了。谁知越闹越凶,打骂着也不怕。实在没法,所以来求太太,或者就依他们做尼姑去,或教导他们一顿,赏给别人作女儿去罢,我们也没这福。"(P616)芳官干娘话里是"芳官自前日蒙太太的恩典赏了出去",又言"不过隔两日就好了",说明芳官的干娘来回话这一日应该是芳官等被逐后的第三、四日,但前文中,作者又写"一时候他父子二人等去了,方欲过贾母这边来时,就有芳官等三个的干娘走来”(P615)，即宝玉梦见晴雯别过、宝玉随贾政外出做客、芳官等的干娘来回话都发生在晴雯、芳官等被逐的次日。显然，作者对王夫人同意芳官等出家这一日的叙事时间至少有两个版本，一个版本是被逐后的次日，一个版本是被逐后的第三、四日。

第七十八回，整个回目都在继续写上一回中芳官等出家这一日的其余大小事。

这一日的事情非常繁杂：王夫人向贾母回说逐出晴雯及芳官等几个学戏的女孩子之事，又说起就“今日”贾政带宝玉等出门的事。王夫人正说着，迎春来贾母处辞行。贾母“歇晌”后，王夫人问凤姐宝钗从大观园搬出去的事，又请宝钗过来，宝钗正式请辞。宝玉先行回来，见过贾母。宝玉回大观园，听到秋纹、麝月讲“物在人亡”，待二人离去，宝玉问跟随的两个小丫头晴雯的事，一小丫头哄骗宝玉说晴雯死了是去做芙蓉花神。作者写小丫头编话胡诌时，交代了此时的月份时间信息：“恰好这是八月时节，园中池上芙蓉正开。”(P620)宝玉去晴雯哥嫂处，想在晴雯灵前拜一拜，结果扑了空，晴雯哥嫂早把晴雯“抬往城外化人厂上去了”(P621)。宝玉回到家中，又被王夫人的丫头找去到贾政书房作《姽婳词》。宝玉再次返回大观园，在芙蓉池边作长诗《芙蓉女儿诔》祭吊晴雯。

第七十九回开篇，作者继续写上回回末宝玉作《芙蓉女儿诔》时林黛玉出现及次日事，后文的叙事情节便一直写到了同年年底。具体叙事情节与叙事时间是：

接上回宝玉作《芙蓉女儿诔》后，林黛玉出现，因黛玉建议改“红绡帐里”为“茜纱窗下”，宝玉改句：“茜纱窗下，我本无缘；双关句，意妥极。黄土垄中，卿何薄命。”(P630)脂砚斋作批：“一篇诔文总因此二句而有，又当知虽诔晴雯而又实诔黛玉也。”(P630)二人对话中，黛玉提及迎春已有了人家，“明日一早”宝玉须过去大舅舅贾赦那里。

次日，宝玉奉王夫人之命到贾赦处，“从未会过这孙绍祖一面”，“只得过去聊以塞责”。(P630)

后文的叙事时间信息便转到秋季。

因邢夫人将迎春从大观园接出备嫁,宝玉日日感伤,一日在迎春曾居住过的紫菱洲一带遇到香菱,香菱告知宝玉薛蟠将娶"桂花夏家"小姐一事。此时的季节时间信息呈现,一是在环境描写中,"再看那岸上的蓼花苇叶,池内的翠荇香菱,也都觉摇摇落落,似有追忆故人之态,迥非素常逞妍斗色之可比"(P631),"蓼花苇叶""翠荇香菱"都是典型的秋景;二是在宝玉吟的诗中,"池塘一夜秋风冷,吹散芰荷红玉影。蓼花菱叶不胜愁,重露繁霜压纤梗。不闻永昼敲棋声,燕泥点点污棋枰。古人惜别怜朋友,况我今当手足情"(P631),宝玉此诗中直接点明"秋"字。

遇到香菱后,宝玉"一夜不曾安稳,睡梦之中犹唤晴雯,或魇魔惊怖,种种不宁。次日便懒进饮食,身体作热"(P632),宝玉生病了。宝玉这一病连带休养,便是四个多月。

年底之前,迎春出嫁。书中写:"宝玉却从未会过这孙绍祖一面的,次日只得过去聊以塞责。只听见说娶亲的日子甚急,不过今年就要过门的,又见邢夫人等回了贾母将迎春接出大观园去等事,越发扫去了兴头,每日痴痴呆呆的,不知作何消遣。"(P630)

迎春出嫁之前,薛蟠娶亲。书中写:"贾母命好生保养,过百日方许动荤腥油面等物,方可出门行走。这一百日内,连院门前皆不许到,只在房中顽笑。四五十日后,就把他拘约的火星乱迸,那里忍耐得住。虽百般设法,无奈贾母王夫人执意不从,也只得罢了。因此和那些丫鬟们无所不至,恣意耍笑作戏。""又听得薛蟠摆酒唱戏,热闹非常,已娶亲入门,闻得这夏家小姐十分俊俏,也略通文翰,宝玉恨不得就过去一见才好。""再过些时,又闻得迎春出了阁。"(P632)

因此,年底之前,在宝玉病中休养期间,先是薛蟠迎娶夏金桂,再是迎春嫁给孙绍祖。

宝玉十九岁时这一年的叙事时间线表如下。

表 6.2　宝玉十九岁时全年叙事时间线表

<table>
<tr><th>宝玉年龄</th><th>叙事年份</th><th colspan="2">叙事时间</th><th>叙事情节</th></tr>
<tr><td rowspan="14">宝玉十九岁</td><td rowspan="14">第 19 年</td><td colspan="2">七月二十八日</td><td>贾府办贾母的八十寿辰。贾母宴请南安太妃等世交公侯诰命，宝钗、宝琴、黛玉、湘云、探春被请入席见客。</td></tr>
<tr><td colspan="2">八月初三日晚</td><td>尤氏的小丫头与大观园的老婆子吵架，周瑞家的把老婆子捆了关起来，费大娘向邢夫人告状。</td></tr>
<tr><td rowspan="2">八月初四日</td><td>白天</td><td>贾府中合族长幼大小家宴。
贾母喜欢喜鸾、四姐儿，命玩两日再去。</td></tr>
<tr><td>晚间</td><td>邢夫人给凤姐没脸。
鸳鸯撞见司棋与其表弟潘又安的私情。
凤姐言甄家来送头等贺礼。</td></tr>
<tr><td colspan="2">八月初五日</td><td>司棋见到鸳鸯羞愧难安。</td></tr>
<tr><td colspan="2">八月初九日</td><td>司棋获知潘又安逃走。</td></tr>
<tr><td rowspan="2">八月初十日</td><td>中午</td><td>鸳鸯探望司棋。
贾琏向鸳鸯借当。
旺儿家媳妇求娶彩霞。
夏太监向贾府打秋风。
贾琏听说贾雨村被降职。</td></tr>
<tr><td>晚间</td><td>凤姐出面把彩霞配给来旺家儿子。
赵姨娘告诉贾政贾宝玉已有“屋里人”两年。
小鹊向宝玉告密，宝玉熬夜理书预备被贾政盘考。
晴雯献计让宝玉假称被房外动静吓病。</td></tr>
<tr><td rowspan="4">八月十二日</td><td>上午</td><td>贾母知道宝玉被吓病发怒，立命纠风查赌。</td></tr>
<tr><td>中午</td><td>呆大姐拾到绣春囊，被邢夫人撞见。
邢夫人教训贾迎春管教奶娘下人不力。</td></tr>
<tr><td>下午</td><td>迎春下人欺主，丫头婆子吵架，探春帮迎春处理“攒珠累丝金凤”一案。
贾琏和凤姐说向鸳鸯借当的事已被邢夫人知晓。
王夫人携绣春囊来审凤姐，王善保家的告状。
晴雯被王夫人训斥，王善保家的献计搜检大观园。</td></tr>
<tr><td>晚间</td><td>王善保家的与凤姐一行人搜检大观园，入画藏金与司棋私情被发现。
探春谈及甄家被抄。</td></tr>
</table>

续表

宝玉年龄	叙事年份	叙事时间		叙事情节
宝玉十九岁	第19年	八月十三日	白天	凤姐病倒。 惜春撵走入画。 甄家来人并有东西来。 宝钗向李纨辞行，离开大观园。
			晚间	尤氏偷看到宁府聚赌。
		八月十四日晚间		贾珍不顾有孝在身，在会芳园里带领妻妾猜枚划拳，痛饮玩笑，宗祠发出“长叹之声”。
		八月十五日	早上	贾珍带领众子侄开祠堂行朔望之礼。
			晚间	贾母等大观园赏月过节。 宝玉、贾环、贾兰作诗，贾赦讲笑话尴尬冷场。 黛玉、湘云凹晶馆联诗又遇妙玉。
		八月十五日后某日	白天	司棋被赶出大观园。 王夫人撵走晴雯、芳官、四儿等人。 王夫人言柳五儿短命死了。
			晚间	宝玉偷偷去探望晴雯，回来一夜不得安眠，梦见晴雯来别过。
		次日或第三、四日	凌晨	晴雯病逝。
			白天	宝玉被贾政叫去出门会客作诗。 芳官、藕官、蕊官出家。 迎春离开大观园，回邢夫人处。 宝钗向王夫人说明回家理由，正式搬出大观园。 宝玉回园，小丫头骗宝玉说晴雯做了芙蓉花神。 宝玉去晴雯哥嫂处想拜祭晴雯扑了空。宝玉又被贾政叫去书房，作《姽婳词》。
			晚间	宝玉回园作《芙蓉女儿诔》祭吊晴雯，遇到黛玉。
		次日		宝玉听闻迎春被许给孙家。
		秋天某日		宝玉遇见香菱，得知薛蟠要娶亲，为香菱担忧。 宝玉回房后便病了，“一月之后，方才渐渐的痊愈”，又“百日”后方可出门行走。
		十二月		薛蟠迎娶夏金桂。 贾迎春嫁给孙绍祖。

第三节　贾母变大、晴雯变小的年龄

在宝玉十九岁时这一年的叙事中，作者写到了贾母与晴雯的年龄，值得注意的是，二人的年龄都与书中的叙事时间线不相符合。

一、贾母的年龄变大了

第七十一回，作者写此年贾母乃过“八旬之庆”：

因今岁八月初三日乃贾母八旬之庆，又因亲友全来，恐筵宴排设不开，便早同贾赦及贾珍贾琏等商议，议定于七月二十八日起至八月初五日止荣宁两处齐开筵宴，宁国府中单请官客，荣国府中单请堂客，大观园中收拾出缀锦阁并嘉荫堂等几处大地方来作退居。二十八日请皇亲驸马王公诸公主郡主王妃国君太君夫人等，二十九日便是阁下都府督镇及诰命等，三十日便是诸官长及诰命并远近亲友及堂客。初一日是贾赦的家宴，初二日是贾政，初三日是贾珍贾琏，初四日是贾府中合族长幼大小共凑的家宴。初五日是赖大林之孝等家下管事人等共凑一日。(P554)

关于贾母的年龄，书中另有两处提及。一处是在第三十九回，刘姥姥二进荣国府时，作者写贾母与刘姥姥的对话：

贾母道：“老亲家，你今年多大年纪了？”刘姥姥忙立身答道：“我今年七十五了。”贾母向众人道：“这么大年纪了，还这么健朗。比我大好几岁呢。我要到这么大年纪，还不知怎么动不得呢。”(P309)

刘姥姥第二次来荣国府的这一年，贾宝玉是十六岁，刘姥姥说自己“七十五岁”，贾母对刘姥姥话的反应是刘姥姥比自己“大好几岁呢”。显然，在作者原先的叙事时间设定中，刘姥姥年长贾母“好几岁”。刘姥姥二进荣国府时，贾母当时还不到七十五岁，约七十岁。从第三十九回文字至第七十一回文字，作者的叙事时间跨度为三年，即到了宝玉十九岁这年，贾母的实际年龄若依原先的叙事时间设定应该还是不到七十五岁，结果到了第七十一回，书中却写贾府为贾母大事操办的寿日为“八旬之庆”，贾母一下子增加了好几岁。

关于贾母的年龄，另一处文字是在第四十七回。仍是在宝玉十六岁的这一年，处理完鸳鸯被逼婚一事后，贾母、薛姨妈、凤姐正玩牌，贾琏来贾母处请示贾母要不要九月十四日出门去赖大家里，作者写贾母又想起了前几日贾琏与鲍二家的偷情之荒唐事：

> 贾母也笑道：“可是，我那里记得什么抱着背着的，提起这些事来，不由我不生气！我进了这门子作重孙子媳妇起，到如今我也有了重孙子媳妇了，连头带尾五十四年，凭着大惊大险千奇百怪的事，也经了些，从没经过这些事。还不离了我这里呢！”(P368-369)

这段文字中，贾母说自己嫁进贾府有“五十四年”了。古代社会，女性结婚多在及笄之年，即十五周岁、十六虚岁左右，若贾母于及笄之年即十五周岁、十六虚岁时嫁入贾家，到宝玉十六岁这年便是周岁六十九岁、虚岁七十岁，与前文贾母向刘姥姥说的“大好几岁”是相符合的，再过了三年，到宝玉十九岁时，贾母过的寿辰应该是周岁七十二岁、虚岁七十三岁左右，不可能是八十岁。设若贾母在宝玉十九岁这年真的已有八十岁，而宝玉十六岁时贾母已嫁进贾府“五十四年”，到宝玉十九岁时，贾母便嫁进贾府五十七年，那么，贾母出嫁时的年龄应该是二十三岁，在封建社会是妥妥的“老姑娘”了，这于出身世家的史小姐身份而言是很不符常情的。再以贾母在宝玉十九岁时过“八旬之庆”计算，宝玉十六岁时，贾母的年龄应该是七十七岁，当时的刘姥姥“七十五岁”，如此算来就不是刘姥姥大贾母“好几岁”，而是贾母大了刘姥姥两岁，与前文第四十七回的文字也相矛盾。作者不知何故在第七十一回将贾母的寿辰“变大”，改写成了“八旬之庆”，却未对前文中出现的贾母年龄信息做相应的调整。

二、晴雯的年龄变小了

晴雯与袭人、宝钗、香菱同龄，这在第六十三回，作者有交代：“大家算来，香菱、晴雯、宝钗三人皆与他同庚，黛玉与他同辰，只无同姓者。”(P496)香菱、袭人、宝钗比宝玉年长两岁，因此，晴雯也比宝玉要大两岁。

书中第七十七回，作者正写晴雯的身世来历：

> 这晴雯当日系赖大家用银子买的，那时晴雯才得十岁，尚未留头。因常跟赖嬷嬷进来，贾母见他生得伶俐标致，十分喜爱。故此赖嬷嬷就孝敬了贾母使唤，后来所以到了宝玉房里。这晴雯进来时，也不记得家乡父母。只知有个姑舅哥哥，专能庖宰，也沦落在外，故又求了赖家的收买进来吃工食。赖家的见晴雯虽到贾母跟前，千伶百俐，嘴尖性大，却倒还不忘旧，只此一句便是晴雯正传。可知晴雯为聪明风流所害也。一篇为晴雯写传，是哭晴雯也。非哭晴雯，乃哭风流也。故又将他姑舅哥哥收买进来，把家里一个女孩子配了他。(P613)

宝玉十九岁时的这一年，在贾府给贾母过寿之后的八月份，王夫人带人来怡红院,撵走了晴雯、芳官、四儿等人。很快,晴雯便香消玉殒。宝玉在得知晴雯已逝的消息后,在大观园中芙蓉池旁祭奠晴雯,并作《芙蓉女儿诔》,这篇诗文中提到了晴雯的年龄:

> 窃思女儿自临浊世,世不浊,内物所混而浊也,前后便有照应。"女儿"称妙!盖思普天下之称断不能有如此二字之清洁者。亦是宝玉真心。迄今凡十有六载。方十六岁而夭,亦可伤矣。其先之乡籍姓氏,湮沦而莫能考者久矣。忽又有此文,不可后来,亦可伤矣。而玉得于衾枕栉沐之间,栖息宴游之夕,亲昵狎亵,相与共处者,仅五年八月有畸。相共不足六载,一旦夭别,岂不可伤!(P626)

诗文中宝玉写晴雯"迄今凡十有六载",书外脂批说晴雯"方十六岁",然而,宝玉作《芙蓉女儿诔》的这一年是宝玉十九岁时,晴雯年长宝玉两岁,则晴雯病逝时的年龄应该是二十一岁,而非"十六岁"。

《芙蓉女儿诔》应是作者先前版本中的内容,最后删改时被挪移到了宝玉十九岁这一年。作者先前的叙事情节版本大概是:晴雯身世孤苦,聪明伶俐,如香菱一般"不记得家乡、父母",先是被赖大家买来使唤,又被赖嬷嬷送与贾母,贾母又将她指给宝玉房里伺候,与宝玉相处"不足六载",再到自己十六岁、宝玉十四岁时遭人嫉妒构陷而蒙冤离世。

第四节　香菱、迎春的"同悲"归宿

对宝玉二十岁这一年的故事,目前我们只能看到一个回目,即《石头记》全书的最后一回第八十回。这一回中,作者主要写两位"金钗"女性的不幸婚姻,一位是"副钗"香菱,一位是"正钗"迎春。

一、香菱的不幸

香菱的最后归宿，书中写得较详尽，从第七十九回至第八十回文字，叙事时间线索也比较清晰。

薛蟠娶亲是“年底之前”，即宝玉十九岁时的腊月。

夏金桂嫁过来后，书中写的这夫妻二人相处的情况是：“一月之中，二人气概还都相平；至两月之后，便觉薛蟠的气概渐次低矮了下去。”(P633)即上年腊月成婚，新年正月，二人相处甚好，再过了一个月，即二月份时，薛蟠的气焰便被夏金桂压制得“渐次低矮了下去”，再“十天半月之后”，薛蟠“不免气概又矮了半截下来”。接着，“那金桂见丈夫旗纛渐倒，婆婆良善，也就渐渐的持戈试马起来。先时不过挟制薛蟠，后来倚娇作媚，将及薛姨妈，又将至薛宝钗。宝钗久察其不轨之心，每随机应变，暗以言语弹压其志。金桂知其不可犯，每欲寻隙，又无隙可乘，只得曲意附就”。(P633)

夏金桂挟制薛蟠，寻隙宝钗不得后，找到了下一个目标——香菱。半月光景，香菱“本来怯弱，虽在薛蟠房中几年，皆由血分中有病，是以并无胎孕。今复加以气怒伤感，内外折挫不堪，竟酿成干血之症，日渐羸瘦作烧，饮食懒进，请医诊视服药亦不效验”。(P637)

香菱被气病是在“今夏”，大概是在四月份。那么，香菱、薛蟠、夏金桂的婚姻故事大概有着这样的叙事时间线：

上一年腊月，薛蟠娶夏金桂。

这一年一月份：二人气概相持平。

这一年二月份：薛蟠气概便矮了下去。

这一年三月份：薛蟠气概全失。夏金桂收服了丈夫薛蟠，转而寻隙婆婆薛姨妈、小姑薛宝钗，然而寻隙效果不佳。

这一年四月份：夏金桂设连环计陷害薛蟠美妾香菱，致使香菱多次无辜被薛蟠打，最后由宝钗带走香菱方罢。然而，香菱此时已患了“干血之症”。或许在八十回后的文字中，香菱不久便病逝了。

二、迎春的不幸

迎春的故事，书中写得较少，叙事时间线索也很模糊。第八十回主要写迎春回娘家，我们不妨依据书中文本推断一下她这次回贾府的时间。迎春结婚时，宝玉尚病着没有露面，但宝玉生病且休养“过了百日”后，曾去探望过迎春。书中写：

> “这日与王夫人请安去，又正遇见迎春奶娘来家请安，说起孙绍祖甚属不端，“姑娘惟有背地里淌眼抹泪的，只要接了来家散诞两日”。王夫人因说：“我正要这两日接他去，只因七事八事的都不遂心，所以就忘了。前儿宝玉去了，回来也曾说过的。明日是个好日子，就接去。”(P638)

宝玉生病大概是在上一年的八月底九月初，“一月之后，方才渐渐的痊愈。贾母命好生保养，过百日方许动荤腥油面等物，方可出门行走。这一百日内，连院门前皆不许到，只在房中顽笑”(P632)。宝玉八月底九月初病了，一个月方渐渐好起来应是到了九月底或十月初，贾母又要求他休养百日，那么，百日后应该是新一年的正月或二月了。“过了百日”后，宝玉去探望迎春，只是不知是第几次探望。若是在宝玉第一次探望回来的后两三日王夫人派人去接的迎春，那么，迎春的这一次回娘家便也在正月或二月，二月份的可能性更大些。若是在宝玉两次或多次探望后迎春回的贾府，便不好判断时间了。

迎春和王夫人说：“乍乍的离了姊妹们，只是眠思梦想。二则还记挂着我的屋子，还得在园里旧房子里住得三五天，死也甘心了。不知下次还可能得住不得住了呢！”(P640)迎春话中提到“死”，显然和香菱一样，在书中八十回后，关于迎春的死讯，即“赴黄粱”的叙述亦不会太远。

宝玉二十岁时这一年的叙事时间线表如下。

表 6.3 宝玉二十岁时全年叙事时间线表

宝玉年龄	叙事年份	叙事时间	叙事情节
宝玉二十岁	第 20 年	一月	薛蟠和夏金桂婚后，二人气概尚相持平。
		二月	薛蟠气概矮了下去。
		三月	薛蟠气概全失。夏金桂收服了丈夫薛蟠，转而寻隙薛姨妈、薛宝钗。
		四月	夏金桂设连环计陷害香菱，香菱多次无辜被薛蟠打，最后由宝钗带走。香菱此时已患“干血之症”。
		某月某日	王道士向宝玉胡诌“妒妇方”。 贾迎春回娘家，哭诉夫婿狠毒。

下　篇

《石头记》隐写历史时间线与成书时间

第七章　贾宝玉出生时间的秘密

第一节　贾宝玉的生日

《红楼梦》(《石头记》)未必如胡适先生所言是一部完全以曹雪芹家世为模本的自传体小说,当下学界对该书的主流认知是该书的作者“借用现实生活中的原型,通过典型化的艺术手法,对现实素材进行概括、提炼、加工、提高,创作出源于生活而又高于生活的文学作品”①。然而,《红楼梦》的叙事情节与人物形象的确来自作者的真实生活经历、生活观察与生活体验,该书具有很强的“自传性”“他传性”特质,这一点在书中第一主人公贾宝玉身上表现得尤为突出,脂批中透露了大量关于贾宝玉的人物原型有作者、批者影子这样的信息,如第十七回至第十八回有脂评:

> 不肖子弟来看形容。余初见之,不觉怒焉,谓作者形容余幼年往事;因思彼亦自写其照,何独余哉!(P127)

显然,宝玉见父亲贾政时战战兢兢的不堪样子是作者、也是批者的

① 孔见,景迅.《红楼梦》甄真贾假三条线[J].泰山学院学报,2006(4):26-29.

"幼年往事",这一段文字确有其事。书中宝玉的原型有书外作者、批者的影子,分析书中宝玉的"真事"可以帮助我们解开《红楼梦》作者之谜、成书之谜。

宝玉是书中第一主人公,也是最重要的叙事时间线索人物,书中的故事由他的前身神瑛侍者"凡心偶炽"下凡历劫起,也必会由他历劫结束返归仙界终。于作者而言,宝玉是他构思下笔最为慎重的人物,然而奇怪的是,作者写了书中众多人物的生日,也写了宝玉过生日的热闹文字,偏偏没有交代宝玉的生日是哪一天。作者对宝玉生日的隐晦笔法,引起《红楼梦》研究者的好奇猜度与分析考证。

一、既有研究观点

关于贾宝玉的生日,学界主要有四种说法:"三月说""四月说""五月说""六月说"。

(一)"三月说"

2009年,学者王清品与国嘉分别发表论文,他们认为宝玉出生于某年三月。

1.宝玉生日是"三月十八日"

学者王清品的《宝玉生日详解》一文发表于《红楼文苑》[①],该文从《红楼梦》文本出发,分析两条时间线索。

第一条时间线索是第五十八回至六十四回文字,从"老太妃薨"到贾母回京共五十一天,往前推五十一天使得"老太妃薨"在清明之前的贾母回京日子是在四月初,贾敬灵柩回府在四月初四日,该文认为"贾珍回寺就是在四月初三日",再从四月初三往前推半个月是三月十九日,"忌日

① 王清品.宝玉生日详解[J].红楼文苑,2009:38-42.

的上一天‘三月十八日’就是宝玉的生日”。

第二条时间线索是计算宝玉被马道婆施法魇魔的那个日子，王清品认为该日就是宝玉的生日，理由是宝玉病后三天，癞头和尚、跛足道人进荣国府施救，《红楼梦》文中写：“癞僧把‘宝玉’擎在手上，长叹一声道：‘青埂峰一别，展眼已过十三载矣！人世光阴，如此迅速，尘缘满日，若似弹指！’”王清品认为：“贾宝玉三月十八日来到尘世，过十三年，三月十八日正好尘缘满日。”

对第二条时间线索，王清品的计算方法是：“宝玉回大观园的第三天是四月二十六日，第一天该是四月二十四日。‘三十三日’的最后一天应是四月二十三日，‘三十三日’的第一天，也就是癞僧和跛道进荣国府的那天，是三月二十一日，前推三天，是三月十八日，正是宝玉被魇魔法镇住的首日。”

2.宝玉生日是“三月二十二日”

学者国嘉的《三月二十二日是宝玉的生日》一文发表于《黑龙江教育学院学报》①，该文从分析宝玉生日入手来讨论曹雪芹的生卒年问题，认为宝玉生日即为曹雪芹生日。关于宝玉的生日，国嘉也是从《红楼梦》文本出发，与王清品的研究角度相同，也分析了两条时间线索。

第一条时间线索是计算宝玉被马道婆施法魇魔后一僧一道来施救的日子，国嘉认为，僧道二人进荣国府的这一天是宝玉的生日。计算方法是从四月二十六日芒种节这一天往前推三十三天，是三月二十二日。

第二条时间线索是《红楼梦》第六十二回写道“又值宝玉生日已到”，国嘉的计算方法是：“从第五十三回说的次日五鼓即正月初一向第六十二回推，第五十四回说正月十八贾母不会客起，凤姐休一个月 29 天，甄夫人来去 2 天、宝玉昏 3 天、薛姨妈生日 4 天、追悼 21 天、平儿说 4 天加起来（29+2+3+4+21+4）等于 63 天，从正月十八后算加上 63 天，就到了三

① 国嘉.三月二十二日是宝玉的生日[J].黑龙江教育学院学报 2009，28（1）：138-139.

月二十二日。”

国嘉认为，宝玉被魇魔的这一年有三月二十二日，太妃薨逝、贾母与王夫人等离家送葬这一年是宝玉被魇魔的“次年”，“两年都有了三月二十二日这一天，三月二十二日就应是宝玉的生日。三月二十二日这一天，就是和尚来的那一天，和尚说一别十三载，暗示了十三年前的这一天宝玉出生”。

国嘉还以宝玉的生日推论了曹雪芹的生年，借雍正三年（1725）、乾隆元年（1736）的芒种节都在四月二十六日这一史实，选择乾隆元年这一年作为宝玉被魇魔的那一年，认为“乾隆元年三月二十二日，从乾隆元年追溯到十三年前，就是雍正二年三月二十二日，这一天即是曹雪芹先生的诞辰之日”。

（二）“四月说”

宝玉生于四月，此推断早在清朝时就有《红楼梦》爱好者提出。清朝嘉道年间的姚燮是我国著名的词人、画家，也是《红楼梦》的早期书迷，他在《读〈红楼梦〉纲领》中开篇即分析书中众人的生日：“书中之生日可证者：元春正月初一日，又为太祖冥寿；宝钗正月二十一日，薛姨妈、贾政并在二三月间，日月无考；王夫人三月初一日，贾琏三月初九日，王子腾夫人亦三月间，其日无考；林黛玉二月十二日，与袭人同日生；宝玉、岫烟、宝琴、平儿、四儿五人同日生，大约在四月间；探春在三月初三日；薛蟠五月初三日；巧姐七月初七日，凤姐九月初二日，与金钏同生日，贾敬在九月；王子腾在十一月底，其日均无考；贾母则八月初三日也。”[①]姚燮认为，宝玉的生日“大约在四月间”。

从宝玉的出生月份推断结论来看，主张“四月说”的研究者最多，而对于宝玉生日到底在四月份的哪一日，学者们则有不同的见解。

---

① 冯其庸.八家评批红楼梦[M].北京：文化艺术出版社，1991：9.

1.宝玉生日是“四月初八”

1989年,学者王庆云的《贾宝玉形象探源》发表于《红楼梦学刊》[①],该文主要探讨贾宝玉的原型问题,认为贾宝玉“其前身原是女娲炼成的一块补天之石,被一僧一道引入红尘”。王庆云将贾宝玉的“历尽悲欢离合,炎凉世态之后的出家”这一下凡、历劫、出家“红尘之旅”与佛教故事中的佛太子是如来世尊下凡投胎而又出家的故事相比较,认为“贾宝玉形象确实脱胎于佛太子”。若如该文所分析,佛太子诞生于四月初八,因此,宝玉生日也应该是四月初八。

2.宝玉生日是“四月二十六日”

1985年,周汝昌先生出版《红楼梦新证》一书,推测宝玉生日“综看似是四月下旬,与开卷呼应”[②]。周先生1989年出版的《红楼梦与中华文化》一书又更为详细地解释了这一推测:“我要替雪芹泄露一下天机:原来这个四月二十六日未时芒种节,实是暗写宝玉的生辰诞日!”[③]周先生的推断理由主要有三点:第一,由第六十二、六十三两回推断宝玉生日月份是四月,“(宝玉)生日前夕柳嫂子进园,管门的小幺儿向她讨园中的杏子吃,北京杏子初熟上市,一般皆在四月中旬”;第二,鞋袜乃是生日之礼,“第二十七回探春因见宝玉脚下穿得新鞋,才说做鞋的事”,而探春说鞋的这一天恰是四月二十六日;第三,张道士口称他庙里四月二十六日“做遮天大王的圣诞”,而“遮天大王”就是指宝玉,“遮天大王”是张道士赐予宝玉的道号。

1992年,学者王靖的《贾宝玉生辰考——“五月初三说”质疑》一文发表于《红楼梦学刊》[④],该文先是驳斥了霍国玲所持的“五月初三说”,再是提出自己的看法,即宝玉生于四月二十六日。

---

① 王庆云.贾宝玉形象探源[J].红楼梦学刊,1989(1):55-70.

② 周汝昌.红楼梦新证[M].北京:人民文学出版社,1985:206.

③ 周汝昌.红楼梦与中华文化[M].北京:工人出版社,1989:167-172.

④ 王靖.贾宝玉生辰考:“五月初三说”质疑[J].红楼梦学刊,1992(4):267-274.

王靖与霍国玲一样,认为“宝玉生辰的次日贾敬宾天,因此查清贾敬宾天的日期是解开宝玉生辰之谜的重要关键”,然而,在贾敬宾天的计算上,二人有不同看法。王靖认为贾敬“灵柩进城”是在五月初四,贾琏偷娶二姐的日子是在六月初三,由王熙凤大闹宁国府一回中凤姐说“亲大爷的孝才五七正五日,侄儿娶亲,这个礼我竟不知道”再回推贾敬死期。

王靖设定了两个标准来找出贾敬的死期。一是“贾敬宾天后,至少六天多则十日,才是灵柩进城的五月初四。今从五月初三起逆推六至十天,贾敬宾天之日当在这个范围之内”;二是“由于六月初三在‘五七’期间,那么从六月初三起逆推二十九天至三十五天(五七所含的全部天数),贾敬宾天当限定在这一范围内”。而“能同时符合这两个标准的日子只有四月二十七日和四月二十八日这两天”,既然宝玉生日是在贾敬死亡前一天,王靖又联系到第二十七回出现的“四月二十六日”这一特殊日子,便得出“贾宝玉的生辰是四月二十六日”这一结论。

3.宝玉生日是“四月七日”

1996年至1997年,学者张晓琦连续发表三篇文章《宝玉等人命名与康熙帝位关系考》①《宝玉原型考论》②《宝玉原型考论(续)》③,分析考证贾宝玉与顺治皇四子之间的联系,认为贾宝玉的原型即为顺治与董鄂妃的皇四子,认为皇四子并非如史料中所言在1658年一月二十四日病逝了,而是诈死,被顺治安排由顺治的弟弟皇十一子带出皇宫,后来又由顺治继后孝惠章皇后安排寄养在曹玺家中。也就是说,张晓琦认为曹寅的弟弟曹宣就是顺治的皇四子,也是《红楼梦》一书的主人公贾宝玉的原型,贾宝玉的真实生日不是曹寅诗稿中所透露出来的曹宣“二月十二日”,而是“四月七日”。张晓琦认为《红楼梦》书中“甄贾宝玉这两个人物是根据皇四子的独特身世及与帝位的关系而设计的。甄宝玉即真宝

① 张晓琦.宝玉等人命名与康熙帝位关系考[J].黑龙江社会科学,1996(1):38-43.

② 张晓琦.宝玉原型考论[J].学习与探索,1997(5):110-115.

③ 张晓琦.宝玉原型考论(续)[J].学习与探索,1997(6):97-103.

玉,指他为顺治的儿子,且为帝位的唯一合法继承人。贾宝玉即假宝玉,指他为十一子的儿子,不是顺治帝位的继承人。114 回交代甄宝玉比贾宝玉略小一岁,这是说四子实际上生于 1656 年,却被记成了 1657 年。将四子的四月七日生日作为他是顺治儿子即甄宝玉的标志,便会发现甄家居住江南金陵的秘密”。

4.宝玉生日是“四月二十日或四月二十一日”

2000 年,学者胡联浩的《贾宝玉生日新考》一文发表于《红楼梦学刊》[①],也是从《红楼梦》文本出发推演贾宝玉生日。该文注意到当下公历与旧时农历的区别,对于第六十二回、六十三回中宝玉生日时的芍药花期,认为“该年的芍药花期就是在农历四月了,因此贾宝玉生日应在四月间”;该文也对老太妃薨逝、宝玉生日、贾敬死亡这三件事的时间关联性做了推演,认为“贾宝玉生日就在贾母等人外出送灵期间。生日的次日贾敬宾天”,主张用“推算贾母等人为老太妃送灵的起程日期和归期”来计算贾宝玉的生日,推算过程是:老太妃薨于 4 月 2 日之前,老太妃四七之前启程送灵,起程日期应是 4 月 29 日之前,“送灵去一月方回”估计外出当在 40 天之内,则老太太归期当在 6 月 8 日之前,“贾珍、贾蓉回来后贾母等人至少过了 5 天后才回来”,而“这陵离都来往得十来日之功”,因此从 6 月 8 日向前推 20 天,得出结论“故第六十二回贾宝玉生日应在 5 月 20 日之前”。

接着,该文又从贾宝玉生日时的节气因素推算,认为宝玉“生日应在四月十五日至四月二十四日间”;“由贾敬灵柩进城的五月初四往前推算,贾宝玉生日应在四月十八日至四月二十四日”;“由贾琏偷娶尤二姐的六月初三往前推算,贾宝玉生日在四月二十日至四月二十七日”;“由贾敬百日日期往前推算,贾宝玉生日为四月十五日至四月二十一日”,最后该文“综合来看,贾宝玉生日是四月二十日或四月二十一日”。

---

① 胡联浩.贾宝玉生日新考[J].红楼梦学刊,2000(4):81-97.

（三）“五月说”

1.宝玉生日是“五月初三”

1989年，霍国玲姐弟合著的《红楼解梦》出版①，该书注意到宝玉生日与贾敬死亡时间的先后顺序，提出“只要能查清贾敬‘宾天’的日子，那么宝玉的生日当在贾敬‘宾天’的前一天”这一观点，并认为“贾琏偷娶尤二姐的日期——六日初三”，根据“这里谈到‘侄儿娶亲’时恰是‘亲大爷的孝才五七’”，认为“才五七”是指“五七”的第一天，“贾琏偷娶尤二姐的日期——六月初三。从这个日期再往前推二十九天便是贾敬‘宾天的日子，即五月初四。自贾敬去世的那天再往前推一天，便是宝玉的生日了。宝玉的生日是五月初三”。霍国玲姐弟的“五月初三”这个观点虽然引来很多研究者的质疑，但其“宝玉生日在贾敬死日前一日”这一结论得到了后续研究者的认同，学界关于宝玉生日的相关研究多是基于此论断。

2001年，学者温云英的《胤礽应为贾宝玉原型》发表于《吉林日报》②，该文以原型索引分析角度，从贾宝玉这一人物与康熙废太子胤礽生活经历的相似性，如宝玉是“宝二爷”，而胤礽“排第二，他是二阿哥、太子爷；还是从同一母亲所生来排，他也是老二”等等出发，认为“康熙立的太子胤礽就是贾宝玉的原型”，本应是宝玉生日的“五月初三”被《红楼梦》作者用分身法安排给了“连‘唐’与‘庚’，‘寅’与‘黄’都分不出的呆霸王（薛蟠）身上”。

2.宝玉生日是“五月初五”

2017年，学者翁敏华的《贾宝玉生于端午考论》发表于《三峡论坛（三峡文学·理论版）》③，该文从社会民俗学视角，发现“贾宝玉的人生具有明显的端午意象，表现在起名、饰物和影子般的一个和尚形象等方

① 霍国玲，霍纪平.红楼解梦[M].北京：北京燕山出版社，1989：58-68.

② 温云英.胤礽应为贾宝玉原型[N].吉林日报，2001-12-31（B03）.

③ 翁敏华.贾宝玉生于端午考论[J].三峡论坛（三峡文学·理论版），2017（5）：38-44.

面”。对于起名而言,翁敏华认为“小说作者在塑造他的奇异人物形象时,最容易安排的奇异处,是让他们出生在节日里”,因此宝玉的生日也应是个节日,且宝玉生日当天出现了极具端午意象的“斗草”游戏;对于饰物而言,翁敏华认为“端午是标志夏暑开始的节气,这一天要进行许多防热解暑的活动。送扇,就是其中之一。时已入夏,扇子是必备之物”,而第六十二回宝玉收到的生日礼物就有扇子;对于书中出现的和尚与宝玉的关系而言,作者认为宝玉生于端午节,而端午节在旧时民俗看来却是生日的“凶日”,因此“(宝玉)家里大人从来只给他过隐性的生日”。对于第六十二、六十三两回中宝玉与众姐妹过寿的情节,翁敏华认为这“具有鲜明的狂欢意味,是一个叛逆者对传统偏见、迷信的公开叫板”,“对于(贾宝玉)这一叛逆者形象的成功塑造,具有重要的、不可替代的作用”。

(四)“六月说”

2014年,学者郭元亮的《贾宝玉生日考——破译〈红楼梦〉“乾坤”谜局》发表于《红楼文苑》①,与以往的研究者相同,该文作者推演宝玉生日的文本逻辑基础是“宝玉的生日比贾敬死日要早一天。‘平儿还席’在宝玉生日与贾敬死日的时间上建立了联系”。不过,在对贾敬的死亡日期推演方面,郭元亮提出了一个新的解释视角,即考虑存在闰月的可能性。

以往研究者依据《红楼梦》文本从贾敬死日推演宝玉生日时,都能得出这样的时间序列:某月某日贾宝玉生日——贾宝玉生日次日贾敬死亡——某月初四贾敬灵柩进城——七月黛玉祭奠父母——八月初三贾琏偷娶尤二姐——九月初贾琏去平安州,路遇柳湘莲——八月底柳湘莲回京。

显然,上面的时间序列出现了矛盾,即贾琏九月初去平安州,途中遇到薛蟠和柳湘莲,怎么反而“谁知八月内湘莲方进了京”呢?对于这个时间序列矛盾,以往研究者通常把七月里黛玉私祭的那段文字当作曹雪芹

---

① 郭元亮.贾宝玉生日考:破译《红楼梦》“乾坤”谜局[J].红楼文苑,2014(4):30-35.

的“误笔”,再把贾琏偷娶尤二姐的时间向前推一月或两月甚至三月,即“七月初三”或“六月初三”甚至“五月初三”来计算贾敬的死期。

郭元亮认为,曹雪芹并没有“笔误”,而是读者都没想到贾敬死亡的这一年会有两个七月,即这一年有闰七月,因此时间序列应该是:某月某日贾宝玉生日——贾宝玉生日次日贾敬死亡——某月初四贾敬灵柩进城——七月黛玉祭奠父母——闰七月初三贾琏偷娶尤二姐——八月初贾琏去平安州,路遇柳湘莲——八月底柳湘莲回京。

郭元亮由书中秋桐属兔,得出“贾琏是在羊年娶秋桐”这个结论,由羊年闰七月信息得出“贾敬死于康熙三十年”的结论,又由贾敬守庚申而死排演康熙三十年的庚申日,得出“贾敬死于康熙三十年(1691年)六月初六,贾宝玉生日是六月初五”的结论。

二、对既有研究观点的辩驳

以上观点表明,对于宝玉生日的分析,研究者们主要从两个角度进行,一是原型角度,二是文本角度。

原型角度,是直接将《石头记》书中的贾宝玉与历史上真实的人物加以“相似性”“同源性”考证,当认定了某一历史人物为贾宝玉原型时,该历史人物的生日即为贾宝玉的生日。原型角度可以拓展《石头记》的研究维度,然而,由于《石头记》所展示的社会生活太过广阔深刻,《石头记》中的情情、景景、事事以及诗词曲赋谜语等文字与人们产生的共鸣性会有这样那样的贴合,甚至这种共鸣会穿越时代,使得生活在21世纪的我们仍然是《石头记》的书迷,因此王国维先生谈到有人提出“大抵以贾宝玉为纳兰性德”时,讲到“然诗人与小说家之用语其偶合者固不少,苟执此例以求《红楼梦》之主人公,吾恐其可以偶合者断不止容若一人而已”。[①]

① 王国维,蔡元培,胡适,等.红楼梦评论 石头记索隐 红楼梦考证 红楼梦辨[M].长沙:岳麓书社,1999:69-77.

没错，与贾宝玉“偶合”的不止纳兰容若一人，能与贾宝玉或书中人物产生“偶合”的真实历史人物当很难穷尽，且在既有研究成果中，“偶合”的历史人物亦有很多“不合”书中叙述情况的地方，反对者尽可指出“不合”处来加以反驳。因此，在缺乏确凿的文献或考古资料的当下，原型角度研究成果很难达成共识，笔者亦不必对原型角度研究成果进行矫正。

文本角度，是从《石头记》文本出发，通过作者明笔暗笔的文字符号，探究作者表达深意。虽然《石头记》在早期的传抄过程中有多种版本，然而依托于某种或某几种版本，进行文本方面的阐释，当不同的研究者对相同的文本内容进行各自的分析时，这相较于原型研究更具有研究的“客观性”优势，也更具有互相比较印证的讨论价值。因此，对于宝玉的生日日期问题，笔者也将从文本角度进行考论。

从前述学者的“三月说”“四月说”“五月说”“六月说”来看，其分析依托的《石头记》文本回目依据主要是：(1)第一回“甄士隐梦幻识通灵　贾雨村风尘怀闺秀”文字；(2)第二十五回“魇魔法姊弟逢五鬼　红楼梦通灵遇双真”至第二十七回“滴翠亭杨妃戏彩蝶　埋香冢飞燕泣残红”文字；(3)第五十八回“杏子阴假凤泣虚凰　茜纱窗真情揆痴理”至第六十九回“弄小巧用借剑杀人　觉大限吞生金自逝”文字。在这些回目中，作者暗笔写宝玉出生信息的是第一回文字，明笔写出宝玉“生日”二字的是第二十七回、第六十二回、第六十三回文字。

对于书中第一回文字，宝玉生于夏日是研究者共识，因为本回中甄士隐梦见一僧一道携通灵宝玉去警幻仙姑处交割以让石头与神瑛侍者能一同下凡历劫时，文中明确写着季节信息是“炎夏永昼”，所有读者、研究者都不能无视文中的“夏”字。

(一)“三月说”“四月说”没有文本依据

对于书中第二十五回、第二十六回文字，依据“那和尚接了过来，擎在掌上，长叹一声道：‘青埂峰一别，展眼已过十三载矣！人世光阴，如此迅速,尘缘满日,若似弹指!’”这段文本,研究者都认同宝玉此时是十三岁。然而,有研究者认为和尚进荣国府这一日或宝玉被魇魔的这一日是宝玉的生日,进而从四月二十六芒种节去推演这两日日期,其实此时宝玉应是周岁十三岁、虚岁十四岁,而从这两日叙述情节来看,这之中并无宝玉过生日的文本根据。

书中第二十七回,出现了一个特殊日子“四月二十六芒种”,这一日大观园里格外热闹,但热闹的原因是“祭饯花神”而非给宝玉过生日。从文本内容来看,宝玉在这一日并未得到家里人任何优待或特别对待,相反他倒怀着很大的心事,即如何去哄林妹妹不生他的气。因此,将“四月二十六”这一日当作宝玉生日,是没有文本根据的。

同一回中,宝玉的确第一次提到了自己的生日。提起生日的由头是探春先告诉宝玉她已经攒了几个月的钱,要劳烦宝玉帮她出门买些新奇精致的东西,为表谢意,她愿意像“上回”一样再给宝玉做一双鞋。宝玉就讲起“那一回”穿探春做的鞋恰被老爷看到,老爷不高兴,问是谁给做的,机灵的宝玉回答说“我那里敢提‘三妹妹’三个字,我就回说是前儿我生日,是舅母给的”[P222]。从这段文本来看,探春“上回”做的鞋是在宝玉上次过生日之前,但探春做鞋的理由并不是给宝玉贺寿,而与这次一样是答谢“上回”宝玉帮她买好玩的东西。而探春所说的“上回”、宝玉所说的“那一回”,从当时语境来看,至少是探春攒钱的“几个月”之前,但是之前多久实在不能确定其具体日期,有研究者将宝玉所讲的“前儿”当作兄妹俩谈话当日,即四月二十六日的“前儿”,忽略了探春攒了“几个月”的“几个月”这一时间信息,因此将“四月二十四日”视作宝玉的生日也是不通的。

(二)端午日并非宝玉生日

对于第六十二、六十三回文本,学者翁敏华的《贾宝玉生于端午考论》一文研究视角很巧妙,从社会民俗学阐释宝玉生日时出现的物、景、事，对于人们研读《石头记》很有启发意义。然而，该文的结论即“贾宝玉生于端午”仍是错误的，理由是《石头记》实有端午节的文本，即在书中第三十一回：

> 这日正是端阳佳节，蒲艾簪门，虎符系臂。午间，王夫人治了酒席，请薛家母女等赏午。宝玉见宝钗淡淡的，也不和他说话，自知是昨儿的原故。王夫人见宝玉没精打彩，也只当是金钏儿昨日之事，他没好意思的，越发不理他。林黛玉见宝玉懒懒的，只当是他因为得罪了宝钗的原故，心中不自在，形容也就懒懒的。凤姐昨日晚间王夫人就告诉了他宝玉金钏的事，知道王夫人不自在，自己如何敢说笑，也就随着王夫人的气色行事，更觉淡淡的。贾迎春姊妹见众人无意思，也都无意思了。因此，大家坐了一坐就散了。(P250)

从文中可以看出，这一年的端午节极其沉闷无聊，只是宝玉、宝钗、黛玉等人在王夫人房里“坐了一坐就散了”，且散了之后，众人也没相约去怡红院聚聚乐乐，而是真的各回各屋，倒是宝玉回到怡红院和丫鬟晴雯大吵一架，引出“晴雯撕扇”一段红楼佳话。从这一天的叙事文本来看，此日不是书中任何一人的生日。

(三)贾敬死前一日不是宝玉生日

关于第五十八回至第六十九回文本内容的连贯研究，研究者落笔最多，共有的分析逻辑是：贾宝玉生日连着贾敬死日，即贾宝玉生日是在贾敬死日的前一日。这共十二回目的文字中，从年初太妃薨逝起到年末尤二姐吞金逝终，发生了诸多大事：太妃薨逝、贾府遣散优伶将芳官等留在大观园中、清明节、贾母邢夫人王夫人等送灵、大观园中诸多底层人物之间起冲突、宝玉生日、贾敬死亡、贾琏偷娶尤二姐、尤三姐为情自刎、尤二姐吞金自杀,等等。从分析逻辑来看,贾敬死日的确是最为关键的日期,然而,研究者推演贾敬死日的结果却各不相同,原因是《石头记》作者虽给了一些叙事时间线索提示,如“清明”“初四”“七月”“初三”“八月底”“十月”等细节性时间信息,但这些时间信息尚不足以供读者推演出唯一性的贾敬死日(笔者注:关于贾敬的死期考论,详见本书第五章)。再如,研究者都发现贾琏偷娶尤二姐的日子是贾敬葬礼的“才五七”,但是这里有两个问题:第一,“才五七”是从何日开始算的?是从贾敬死日算?是从贾敬开丧破孝日算?是从贾敬灵柩入城算?不同的研究者会选择不同的起算日期,最后得出的结论自是不同。第二,“才五七”是“五七”的第几天?此处争议最大,有的研究者认为是五七第一天,有的研究者认为是五七第二天,还有的研究者认为是五七最后一天,显然,对于“才五七”具体日期的不同解读自也会有不同的结论。

此处,笔者要提出一个新问题:贾宝玉生日真的是在贾敬死日的前一天吗?

并不是。推演宝玉生日次日即为贾敬死日的逻辑是大观园里众人为宝玉、宝琴、岫烟、平儿四人过生日,“次日一早”,平儿过来怡红院说要“还席”,平儿“还席”当日,宝玉正与贾珍的两个小妾顽笑时,“忽见东府中几个人慌慌张张跑来说:‘老爷宾天了’”。然而,平儿言说“还席”与实施“还席”并不是同一日。理由是:

(1)宝玉生日次日言说“还席”者实有两人。细读宝玉生日次日一早关于“还席”的书中文本,我们发现实际上不只平儿,宝玉也说了要“还席”,见书中原文:

> 大家黑甜一觉,不知所之。及至天明,袭人睁眼一看,只见天色晶明,忙说:“可迟了。”向对面床上瞧了一瞧,只见芳官头枕着炕沿上,睡犹未醒,连忙起来叫他。宝玉已翻身醒了,笑道:“可迟了!”因又推芳官起身。那芳官坐起来,犹发怔揉眼睛。

袭人笑道："不害羞，你吃醉了，怎么也不拣地方儿乱挺下了。"芳官听了，瞧了一瞧，方知道和宝玉同榻，忙笑的下地来，说："我怎么吃的不知道了。"宝玉笑道："我竟也不知道了。若知道，给你脸上抹些黑墨。"说着，丫头进来伺候梳洗。宝玉笑道："昨儿有扰，今儿晚上我还席。"袭主笑道："罢罢罢，今儿可别闹了，再闹就有人说话了。"宝玉道："怕什么，不过才两次罢了。咱们也算是会吃酒了，那一坛子酒，怎么就吃光了。正是有趣，偏又没了。"袭人笑道："原要这样才有趣。必至兴尽了，反无后味了。昨儿都好上来了，晴雯连臊也忘了，我记得他还唱了一个。"四儿笑道："姐姐忘了，连姐姐还唱了一个呢。在席的谁没唱过！"众人听了，俱红了脸，用两手握着笑个不住。

忽见平儿笑嘻嘻的走来，说亲自来请昨日在席的人："今儿我还东，短一个也使不得。"众人忙让坐吃茶。晴雯笑道："可惜昨夜没他。"平儿忙问："你们夜里做什么来？"袭人便说："告诉不得你。昨儿夜里热闹非常，连往日老太太、太太带着众人顽也不及昨儿这一顽。一坛酒我们都鼓捣光了，一个个吃的把臊都丢了，三不知的又都唱起来。四更多天才横三竖四的打了一个盹儿。"平儿笑道："好，白和我要了酒来，也不请我，还说着给我听，气我。"晴雯道："今儿他还席，必来请你的，等着罢。"平儿笑问道："他是谁，谁是他？"晴雯听了，赶着笑打，说道："偏你这耳朵尖，听得真。"平儿笑道："这会子有事不和你说，我干事去了。一回再打发人来请，一个不到，我是打上门来的。"宝玉等忙留他，已经去了。(P497)

显然，先是宝玉承诺"还席"，再是平儿过来说"还席"，而晴雯听到两人都要"还席"后，她的反应是应该让宝玉先"还席"，因此失口说出"今儿他还席，必来请你的，等着罢"这样的话，被平儿抓到话头打趣。平儿知道宝玉也要“还席”的消息后，并未与宝玉商量谁先来谁后来，而是借口“有事”离开了。当然，从叙事情理来看，平儿作为王熙凤的左膀右臂，在王熙凤养病期间要帮忙打理府中各项事务，说“有事”也应该是实话。只是，即使宝玉对众女孩疼惜有加没有尊卑观念，在明礼聪慧的平儿心中，宝玉仍是主，自己是仆，身为仆的自己要去抢主子宝玉的“先”去“还席”吗？《石头记》中的平儿必然不会这么做。

(2)书中平儿“还席”前还有故事。在平儿言说“还席”与平儿摆酒还席中间，《石头记》书中还叙述了两件事，一件是宝玉向邢岫烟请教如何回帖给妙玉，一件是宝玉给芳官换妆改名，并带动了湘云、探春、李纨等都给各自的“某”官换妆改名。原文是这样写的：

> 因又见芳官梳了头，挽起纂来，带了些花翠，忙命他改妆，又命将周围的短发剃了去，露出碧青头皮来，当中分大顶，又说：“冬天作大貂鼠卧兔儿带，脚上穿虎头盘云五彩小战靴，或散着裤腿，只用净袜厚底镶鞋。”又说：“芳官之名不好，竟改了男名才别致。”因又改作“雄奴”。……宝玉笑道：“所以你不明白。如今四海宾服，八方宁静，千载百载不用武备。咱们虽一戏一笑，也该称颂，方不负坐享升平了。”芳官听了有理，二人自为妥贴甚宜。宝玉便叫他“耶律雄奴”。
>
> 究竟贾府二宅皆有先人当年所获之囚赐为奴隶，只不过令其饲养马匹，皆不堪大用。湘云素习憨戏异常，他也最喜武扮的，每每自己束銮带，穿折袖。近见宝玉将芳官扮成男子，他便将葵官也扮了个小子。……李纨探春见了也爱，便将宝琴的荳官也就命他打扮了一个小童，……湘云将葵官改了，换作“大英”。……宝琴反说琴童书童等名太熟了，竟是荳字别致，便换作“荳童”。(P498-499)

宝玉把芳官妆扮换为男装、把芳官名字改为“耶律雄奴”，可以理解为是宝玉生日次日的事，但湘云把葵官的妆扮也改换，则是“近见”宝玉的行为才模仿而来，因此，湘云、李纨、探春等的妆扮小童都是在宝玉生日次日之后几天内。宝玉等给芳官等换妆改名后的文字才又接上了平儿“还席”这件事：

> 因饭后平儿还席，说红香圃太热，便在榆荫堂中摆了几席新酒佳肴。可喜尤氏又带了佩凤偕鸳二妾过来游顽。(P499)

文中写“因饭后平儿还席”，并未交代是“宝玉生日次日”的“当日因饭后”或“因当日饭后”，那么，平儿还席这一日的情节内容，显然是为宝玉生日、宝玉等给芳官等换妆改名与后面的贾敬死亡做叙事衔接过渡。

上述文本表明，贾敬死前一日的确是平儿还席，但平儿还席未必是宝玉生日次日，从平儿还席中的贾珍小妾顽笑话题来看，应该是在宝玉生日次日之后的几日内，即叙事时间及情节线为：宝玉生日——生日次日，平儿言说“还席”，宝玉给芳官改名换妆——湘云等“近见”宝玉如此，亦跟风给丫头改名——平儿还席——贾敬宾天。

(3)伦理上于理不合，于礼不通。从常情礼法来看，设若宝玉在自己生日次日给芳官改了妆扮换了名字，平儿还席也是在宝玉生日次日，众人也在当天知道了这等有趣的事情，当天又获悉东府里大老爷宾天，那么“百善孝为先”，身为晚辈的李纨、探春等都应该守礼服孝。家孝在前，李纨等怎么还会有心情公然跟风学宝玉，做出给各自的某官丫头也改名换妆这样的“雅事趣事欢乐事”呢？做这些事显然与李纨、探春等大家闺秀的人物身份不符。但若这些跟风改名换妆事发生在平儿还席日之前，她们就没有不孝失礼之责了。

综上三点，宝玉生日的确在贾敬死亡前，但不是前一日，而是前几日或前些日。因此，依据书中文本来看，即使研究者能就贾敬死亡日期做各自的逻辑推演，却仍不能得出宝玉生日的唯一性日期，而只能推断宝玉生日的区段性时间信息。

三、宝玉生日的合理时间区段——五月初七后、七月前

从《石头记》文本来看，对于宝玉的生日，我们只能做大致的时间区段分析。

（一）宝玉生于夏日

从第一回的“炎夏永昼”甄士隐梦境等时间信息来判断，读者、学界已有共识，此不赘言。

（二）宝玉生于五月初七后

宝玉的生日不在三月、四月。从书中第二十三回“那一日正当三月中浣”宝玉偷读《会真记》始，到第三十五回文字终，《石头记》将这一年的三月中旬到五月初七这中间的日子所发生的事情写得满满的，且在第二十七回中，作者给了一个自己关于“夏日”的概念解释：

> 至次日乃是四月二十六日，原来这日未时交芒种节。尚古风俗：凡交芒种节的这日，都要设摆各色礼物，祭饯花神，言芒种一过，便是夏日了，众花皆卸，花神退位，无论事之有无，看去有理。须要饯行。(P218)

虽然连脂砚斋都看出作者在“胡诌”，但作者毕竟立下了“芒种一过，便是夏日”的时令规矩，从文本研究角度看，作者最大，生于夏日的宝玉生日自然得在“四月二十六日芒种”之后。从此日起，到五月初七，作者给每日安排事情如下。

四月二十六:芒种,黛玉葬花,宝玉给黛玉开药方,冯紫英请吃酒行酒令,宝玉遇蒋玉涵,贵妃令贾府在清虚观初一到初三打三天平安醮并赏赐了端午的礼,等等。

四月二十七:宝玉将蒋玉菡送的汗巾转送给袭人,宝玉见宝钗腕上红麝串忘情,凤姐、贾母等商量同去清虚观看戏,等等。

四月二十八至四月三十:贾府派人在清虚观打扫安置。

五月初一:贾母等去清虚观打醮看戏,张道士给宝玉提亲,宝玉得金麒麟,等等。

五月初二:贾母懒怠再去观里,凤姐去了,宝玉不高兴张道士提亲,黛玉中暑,宝玉、黛玉吵架,宝玉摔玉,等等。

五月初三:薛蟠生日薛家摆酒唱戏,宝黛二人仍未和好,贾母抱怨,等等。

五月初四:薛家继续摆酒唱戏,宝黛和好,宝钗动怒,宝玉与金钏顽笑,金钏被撵,龄官画蔷,袭人被误踢,等等。

五月初五:端阳节,王夫人治酒席请薛家母女等赏午,宝玉与晴雯吵架,薛蟠又请宝玉吃酒,晴雯撕扇,等等。

五月初六:湘云来贾府,湘云拾金麒麟,金钏投井,贾环告密、宝玉挨打、宝钗送药,袭人提醒王夫人,宝玉送黛玉旧帕,黛玉帕上题诗,等等。

五月初七:贾母、凤姐、薛姨妈、宝钗等来怡红院看宝玉,傅试遣人来看宝玉,玉钏亲尝荷叶汤,莺儿打络子,等等。

显然,从夏日始的四月二十六日芒种至五月初七日,书中只有薛蟠在五月初三日过了生日,且薛家办得很隆重,至少办了三天酒席。宝玉的生日不在这几日内,只能在五月初七日后的某一天。

(三)宝玉生于七月前

细读书中第五十八回至第六十九回文字,我们会发现存在三条叙事时间线:给太妃送灵,给贾敬治丧,贾琏、二姐、三姐、湘莲等人的情爱事。

(1)给太妃送灵叙事时间线:太妃薨——贾母等入朝随祭需二十一日——清明之日——二十一日满,贾母等送灵,"这陵离都来往得十来日之功,如今请灵至此,还要停放数日,方入地宫,故得一月光景"——大观园中诸多杂事——宝玉生日——贾敬宾天——贾珍父子赶回家——七月黛玉私祭——黛玉私祭次日,贾母等回到家。

此条时间线,有研究者曾提出是51天,即随祭的"二十一日"加上送灵的"一月光景",但从后文七月黛玉私祭次日贾母等才回到家来看,这段日子可不止51天。太妃薨于清明节前,清明节大约在农历的二三月份,从二三月份到七月至少得90天以上,因此研究者从太妃送灵叙事时间线去推演宝玉生日的具体日期是不可能准确的。

(2)给贾敬治丧叙事时间线:平儿还席次日贾敬宾天——贾敬死后三日开丧破孝做道场,尤氏计算"至早也得半月的工夫,贾珍方能来到"——贾珍父子赶回家,"择于初四日卯时请灵柩进城","宝玉亦每日在宁府穿孝,至晚人散,方回园里"——宝玉服孝某日来看望黛玉,发现黛玉私祭——次日贾母到家,晚上病,此后宝玉因伺候贾母不必过去东府服孝——"又过了数日,乃贾敬送殡之期","贾珍尤氏并贾蓉仍在寺中守灵,等过百日后,方扶柩回籍"——"腊月十二日,贾珍起身,先拜了宗祠,然后过来辞拜贾母等人"。

(3)贾琏、尤二姐等人情爱事叙事时间线:"又过了数日,乃贾敬送殡之期","贾珍尤氏并贾蓉仍在寺中守灵,等过百日后,方扶柩回籍"——初三日贾琏娶二姐——"眼见已是两个月光景",贾珍偷去看望二姐、三姐,反被三姐戏弄——三姐闹了几日后,二姐与贾琏商议给三姐聘了——贾琏去平安州路上第三日遇到薛蟠和柳湘莲,给三姐定下亲事——"八月内湘莲方进了京",次日见宝玉,湘莲悔婚,三姐自刎——(薛蟠回家半个月左右)宝钗送众人土仪——贾琏又往平安州——"夏末秋初",袭人去看望凤姐,凤姐知晓贾琏偷娶二姐——十五日凤姐骗二姐进贾府,凤姐闹宁国府——贾琏回家被赏秋桐——"腊月十二日,贾珍起身",贾琏送行——二姐被胡庸医误诊堕胎后吞金而逝。

给贾敬治丧与贾琏、尤二姐等人的感情事两条叙事情节线交互穿插,但这两条叙事时间线是矛盾的。如以贾敬治丧线来看,贾珍等扶柩出发的“腊月十二”是贾敬送殡之期之后的百日,那么,贾敬送殡之期就该在九月初左右。而就在贾敬送殡的日子,贾琏正与贾蓉密谋娶二姐,即后面贾琏娶二姐又给三姐订亲的柳湘莲进京的日子应该在九月后,柳湘莲怎么可能在“八月内”先进京了呢?即使有研究者提出“闰七月”说,也不能解释这个问题。

贾敬治丧叙事时间线与贾琏等人感情事叙事时间线相矛盾,这使得计算贾敬死期这个问题变得非常复杂混乱,因此,更为可靠的计算方法是从两条叙事时间线的交叉点之前去看,即“贾敬送殡之期”之前。这之前,作者明笔写的叙事时间线索是黛玉于七月私祭,私祭前一段日子是初四日贾敬灵柩进城,贾敬灵柩进城前几日,贾珍父子到家,又“半月的工夫”前,尤氏给贾敬开丧破孝做道场,又三日前,贾敬宾天,又几日前是宝玉生日。显然,从贾敬死日至黛玉私祭,约一个月时间。黛玉私祭若如一些研究者所指出的是在七月十五日,那么,宝玉的生日则约在六月十五日前。

综上,依据书中文本信息,当下对于贾宝玉生日最为稳妥的判断是:宝玉生于五月初七日后、七月前。

第二节　贾宝玉的出生年份

贾宝玉是《石头记》的男主人公,作者以贾宝玉的前身“神瑛侍者幻形入世——回归太虚幻境出世”这一闭环叙事来搭建整本书的框架,对于神瑛侍者入世后的现实叙事背景,作者一方面故意交代“无朝代年纪可考”(P5),一方面又给了明确的贾宝玉的出生入世叙事时间线索,让读者可以领悟出作者真正的写作叙事所依托的时代背景——雍乾时期。而作者能将自身所处的"盛世"雍乾时期写成大清王朝的"末世",借用脂批一句,确确"真令人警心骇目读之"(P138)。

一、贾宝玉出生于雍正元年

顽石随神瑛侍者入世的时间,即贾宝玉的出生年份,有关这一点,《石头记》书中有两个回目的文本信息很关键。

(一)第一回文字:"明岁正当大比"

第一回文字中,作者除暗中交代贾宝玉出生外,还写了一段甄士隐与贾雨村关于科考的谈话:

> 士隐不待说完,便道:"兄何不早言。愚每有此心,但每遇兄时,兄并未谈及,愚故未敢唐突。今既及此,愚虽不才,'义利'二字却还识得。且喜明岁正当大比,兄宜作速入都,春闱一战,方不负兄之所学也。其盘费余事,弟自代为处置,亦不枉兄之谬识矣!"当下即命小童进去,速封五十两白银,并两套冬衣。【眉批】写士隐如此豪爽,又无一些粘皮带骨之气相,愧杀近之读书假道学矣。又云:"十九日乃黄道之期,兄可即买舟西上,待雄飞高举,明冬再晤,岂非大快之事耶!"
>
> 雨村收了银衣,不过略谢一语,并不介意,仍是吃酒谈笑。写雨村真是个英雄。那天已交了三更,二人方散。(P10)

甄士隐与贾雨村的这番言谈,是发生在甄士隐梦到一僧一道携通灵宝玉出生入世这一年的中秋之夜,即与贾宝玉出生同属一个年份。甄士隐言"且喜明岁正当大比",说明宝玉出生的这一年是"大比"之年的前一年。

（二）第二十五回文字："已过十三载"

再看书中第二十五回文字：

> 贾政听说，便向宝玉项上取下那玉来递与他二人。那和尚接了过来，擎在掌上，长叹一声道："青埂峰一别，展眼已过十三载矣！正点题，大荒山手捧时语。人世光阴，如此迅速，尘缘满日，若似弹指！见此一句，令人可叹可惊，不忍往后再看矣！可羡你当时的那段好处：
>
> 天不拘兮地不羁，心头无喜亦无悲；所谓越不聪明越快活。
>
> 却因锻炼通灵后，便向人间觅是非。
>
> 可叹你今日这番经历：
>
> 粉渍脂痕污宝光，绮栊昼夜困鸳鸯。
>
> 沉酣一梦终须醒，无百年的筵席。冤孽偿清好散场！"三次锻炼，焉得不成佛作祖？
>
> 念毕，又摩弄一回，说了些疯话，递与贾政道："此物已灵，不可亵渎，悬于卧室上槛，将他二人安在一室之内，除亲身妻母外，不可使阴人冲犯。是要紧语，是不可不写之套语。三十三日之后，包管身安病退，复旧如初。"说着回头便走了。(P206)

此回文字中，凤姐、宝玉二人被赵姨娘、马道婆施法魇魔后昏迷不醒，一僧一道来救，和尚言说："青埂峰一别，展眼已过十三载矣！"此时距宝玉出生年份是"已过十三载"，即是第十四载。

《石头记》书中凤姐、宝玉被魇魔的这一年有个日期很特殊，即"四月二十六芒种"。翻阅万年历可查，从嘉靖元年（1522）至乾隆二十九年（1764）这近二百年间，芒种节出现在四月二十六日的年份共有五年：

（1）康熙七年（1668，戊申年），四月二十六芒种。

(2)康熙二十六年(1687,丁卯年),四月二十六芒种。

(3)康熙四十五年(1706,丙戌年),四月二十六芒种。

(4)雍正三年(1725,乙巳年),四月二十六芒种。

(5)乾隆元年(1736,丙辰年),四月二十六芒种。

在《石头记》叙事时间线中,凤姐、宝玉被魇魔的这一年应是上述五个年份中的一个。依此叙事时间线索,我们可以就宝玉可能的出生年份做表格如下。

表 7.1 贾宝玉可能的出生年份

“四月二十六芒种”年 / “已过几载”年	可能年份 1	可能年份 2	可能年份 3	可能年份 4	可能年份 5
宝玉出生年 宝玉一岁	顺治十二年(1655,乙未年)	康熙十三年(1674,甲寅年)	康熙三十二年(1693,癸酉年)	康熙五十一年(1712,壬辰年)	雍正元年(1723,癸卯年,有恩科)
“已过一载” 宝玉两岁	顺治十三年(1656,丙申年)	康熙十四年(1675,乙卯年,有乡试)	康熙三十三年(1694,甲戌年,有会试)	康熙五十二年(1713,癸巳年,有恩科乡试、会试)	雍正二年(1724,甲辰年,有正科乡试、会试)
“已过二载” 宝玉三岁	顺治十四年(1657,丁酉年)	康熙十五年(1676,丙辰年)	康熙三十四年(1695,乙亥年)	康熙五十三年(1714,甲午年)	雍正三年(1725,乙巳年)
“已过三载” 宝玉四岁	顺治十五年(1658,戊戌年)	康熙十六年(1677,丁巳年)	康熙三十五年(1696,丙子年)	康熙五十四年(1715,乙未年)	雍正四年(1726,丙午年)
“已过四载” 宝玉五岁	顺治十六年(1659,己亥年)	康熙十七年(1678,戊午年)	康熙三十六年(1697,丁丑年)	康熙五十五年(1716,丙申年)	雍正五年(1727,丁未年)
“已过五载” 宝玉六岁	顺治十七年(1660,庚子年)	康熙十八年(1679,己未年)	康熙三十七年(1698,戊寅年)	康熙五十六年(1717,丁酉年)	雍正六年(1728,戊申年)
“已过六载” 宝玉七岁	顺治十八年(1661,辛丑年)	康熙十九年(1680,庚申年)	康熙三十八年(1699,己卯年)	康熙五十七年(1718,戊戌年)	雍正七年(1729,己酉年)

续表

"四月二十六芒种"年 / "已过几载"年	可能年份 1	可能年份 2	可能年份 3	可能年份 4	可能年份 5
"已过七载"宝玉八岁	康熙元年（1662，壬寅年）	康熙二十年（1681，辛酉年）	康熙三十九年（1700，庚辰年）	康熙五十八年（1719，己亥年）	雍正八年（1730，庚戌年）
"已过八载"宝玉九岁	康熙二年（1663，癸卯年）	康熙二十一年（1682，壬戌年）	康熙四十年（1701，辛巳年）	康熙五十九年（1720，庚子年）	雍正九年（1731，辛亥年）
"已过九载"宝玉十岁	康熙三年（1664，甲辰年）	康熙二十二年（1683，癸亥年）	康熙四十一年（1702，壬午年）	康熙六十年（1721，辛丑年）	雍正十年（1732，壬子年）
"已过十载"宝玉十一岁	康熙四年（1665，乙巳年）	康熙二十三年（1684，甲子年）	康熙四十二年（1703，癸未年）	康熙六十一年（1722，壬寅年）	雍正十一年（1733，癸丑年）
"已过十一载"宝玉十二岁	康熙五年（1666，丙午年）	康熙二十四年（1685，乙丑年）	康熙四十三年（1704，甲申年）	雍正元年（1723，癸卯年）	雍正十二年（1734，甲寅年）
"已过十二载"宝玉十三岁	康熙六年（1667，丁未年）	康熙二十五年（1686，丙寅年）	康熙四十四年（1705，乙酉年）	雍正二年（1724，甲辰年）	雍正十三年（1735，乙卯年）
"已过十三载"宝玉十四岁	康熙七年（1668，戊申年）	康熙二十六年（1687，丁卯年）	康熙四十五年（1706，丙戌年）	雍正三年（1725，乙巳年）	乾隆元年（1736，丙辰年）

上面这张表格显示，宝玉可能的出生年份有五个：顺治十二年（1655，乙未年）、康熙十三年（1674，甲寅年）、康熙三十二年（1693，癸酉年）、康熙五十一年（1712，壬辰年）、雍正元年（1723，癸卯年，有恩科）。

回读《石头记》第一回可知，宝玉出生的下一年是"大比"之年，上述五个可能年份中次年有乡试的年份只有三个：

（1）康熙十三年（1674，甲寅年）的下一年为康熙十四年（1675），是乙卯年，该年是正科乡试的年份。

(2)康熙五十一年(1712,壬辰年)的下一年为康熙五十二年(1713),是癸巳年,该年有恩科乡试、会试,《清圣祖仁皇帝实录》卷二十五记载:“康熙五十二年系皇上六旬万寿,普天胥庆,照顺治丙戌科特行乡试,己亥科特行会试例,于二月内举行乡试,八月内举行乡试,同年九月会试。”

(3)雍正元年(1723,癸卯年)的下一年是雍正二年(1724),是甲辰年,由于上一年雍正元年举行了恩科,正科乡试、会试顺延到了雍正二年,《清世宗宪皇帝实录》卷二记载:“礼部遵旨议奏,雍正元年特开恩科,请于四月乡试,九月会试,十月殿试,其癸卯、甲辰乡会试正科改于雍正二年举行,二月乡试,八月会试,九月殿试。从之。”

再细读书中第一回甄士隐的言语:“且喜明岁正当大比,兄宜作速入都,春闱一战,方不负兄之所学也”,他又言:“待雄飞高举,明冬再晤,岂非大快之事耶!”甄士隐言谈中预祝贾雨村能在下一年的“大比”(乡试)之期完成“春闱一战”(会试),二人再在冬天相聚,显然这一年的“大比”之年是乡试、会试都举行了的。因此,作者笔下的宝玉出生年份不仅表现为文学层面的一个叙事时间,还对应了具体的现实社会历史年份,即康熙五十一年(1712,壬辰年)或雍正元年(1723,癸卯年)。甄士隐言语中未提及恩科,而言“大比”,康熙五十二年是恩科乡试、会试,雍正二年是正科乡试、会试,从作者用笔精准的特点来看,他写的是后者的可能性要更大些。

(三)黛玉“十五岁”与秋桐属兔

《石头记》作者以宝玉的年龄作为叙事时间“锚”,不仅锚定了书中叙事情节的发生时序,即呈现书中的叙事“年谱”,还“一声两歌”“一手二牍”,指向叙事的现实社会年份对象,这个发现实出乎笔者意料,但这就是《石头记》的魅力。

康熙五十一年(1712,壬辰年)、雍正元年(1723,癸卯年)这两个年份,哪一个是作者隐写的宝玉出生年份呢?作者给了另外的线索,即黛玉的年龄与秋桐的属相。

书中第四十五回中，黛玉自言自己“十五岁”了：

黛玉叹道：“你素日待人，固然是极好的，然我最是个多心的人，只当你心里藏奸。从前日你说看杂书不好，又劝我那些好话，竟大感激你。往日竟是我错了，实在误到如今。细细算来，我母亲去世的早，又无姊妹兄弟，我长了今年十五岁，黛玉才十五岁，记清。竟没一个人象你前日的话教导我。”(P354)

黛玉十五岁，赖嬷嬷的孙子三十岁，被选了州县官儿。

后文第六十九回中，贾赦赏了贾琏一个小妾，名唤秋桐，作者明言秋桐的年龄是十七岁，属相为兔：

那贾琏一日事毕回来，先到了新房中，已竟悄悄的封锁，只有一个看房子的老头儿。贾琏问他原故，老头子细说原委，贾琏只在镫中跌足。少不得来见贾赦与邢夫人，将所完之事回明。贾赦十分欢喜，说他中用，赏了他一百两银子，又将房中一个十七岁的丫鬟名唤秋桐者，赏他为妾。贾琏叩头领去，喜之不尽。

……

贾琏与秋桐在一处时，凤姐又做汤做水的着人送与二姐。又骂平儿不是个有福的，“也和我一样。我因多病了，你却无病也不见怀胎。如今二奶奶这样，都因咱们无福，或犯了什么，冲的他这样。”因又叫人出去算命打卦。偏算命的回来又说：“系属兔的阴人冲犯。”大家算将起来，只有秋桐一人属兔，说他冲的。秋桐近见贾琏请医治药，打人骂狗，为尤二姐十分尽心，他心中早浸了一缸醋在内了。(P543)

秋桐是书中一个小人物，却也是作者用来标识叙事时间线以及暗示写作年代背景的关键工具性人物，她是书中近千个人物中唯一一个被作者明写属相的。秋桐十七岁，属兔。这回文字是在黛玉自言“十五岁”的下一年，即黛玉十六岁的时候。秋桐比黛玉大一岁。书中比黛玉年龄大一岁的还有一人，他就是贾宝玉，因此，作者实际上在隐晦地告诉批者、读者：宝玉与秋桐同岁，属相也是兔。宝玉十七岁时的这年对应的是羊年。

《石头记》八十回文字以宝玉年龄作为叙事时间“锚”，共写了二十年的故事，现在我们明白宝玉的属相是兔，宝玉年龄与书中对应的属相年的关系，可见下表。

表 7.2　宝玉年龄及其对应属相年

宝玉年龄	属相年	宝玉年龄	属相年	宝玉年龄	属相年	宝玉年龄	属相年
一岁	兔年	六岁	猴年	十一岁	牛年	十六岁	马年
二岁	龙年	七岁	鸡年	十二岁	虎年	十七岁	羊年
三岁	蛇年	八岁	狗年	十三岁	兔年	十八岁	猴年
四岁	马年	九岁	猪年	十四岁	龙年	十九岁	鸡年
五岁	羊年	十岁	鼠年	十五岁	蛇年	二十岁	狗年

从宝玉的属相为兔来看，我们还可以推断出书中其他人物的属相信息：刘姥姥比宝玉年长五十九岁，属相为龙；林如海比宝玉年长三十四岁，属相为蛇；赖家孙子比宝玉年长十四岁，属相为牛；贾珠比宝玉年长十一二岁，属相为龙或兔；贾蓉比宝玉年长九岁，属相为马；妙玉比宝玉年长五岁，属相为狗；薛蟠比宝玉年长四岁，属相为猪；宝钗、香菱、红玉、袭人、晴雯、莺儿等人比宝玉年长两岁，属相都为牛；与宝玉同龄的有秦钟、秋桐，属相为兔；而比宝玉小的有黛玉，黛玉小宝玉一岁，属相为龙；贾环小宝玉四岁，属相为羊；贾兰小宝玉六岁，属相为鸡。

宝玉的出生年份是兔年，在作者隐写的宝玉最为可能的两个历史出生年份中，康熙五十一年（1712，壬辰年）是龙年，雍正元年（1723，癸卯年）是兔年。

综上，书内的贾宝玉出生于书外的雍正元年，这可以同时满足《石头记》书中的三个时间叙事文本限定条件：(1)宝玉出生的"明岁"为"大比之年"，即乡试之年；(2)宝玉十四岁时年份的芒种节为四月二十六日；(3)宝玉与秋桐同岁，属相为兔。

作者将宝玉的出生年份隐写为历史上的雍正元年，书中将文学叙事与历史叙事相结合，书中叙事时间线的明线是宝玉一岁至二十岁，而隐线则是从雍正元年起至乾隆七年这共二十年的社会现实时间区间。《石头记》虽然本质上为文学作品，非史书实录，雍乾前、雍乾时的社会生活虽然都可成为《石头记》的叙事素材，给作者创作灵感，但书中通过对宝玉年龄作年份的现实时间设定，将"末世"叙事主旨投射于雍乾时期，现实主义的底色甚为浓烈。书内文学叙事时间线即"宝玉一岁至二十岁"与书外隐喻社会现实时间线即"雍正元年至乾隆七年"之虚实对应关系，请见书末"附录二"。

(四)一处反证："十一月三十日冬至"

《石头记》利用现实生活中的科考周期、特殊年份的节日对应书中的日期、人物属相，来隐写贾宝玉的年龄所对应的现实年份，是"明修栈道，暗度陈仓"写作技法之妙用。不过，从考证严谨的角度，笔者还须提出书中一处反证，即叙事时间文本与"贾宝玉出生于雍正元年"结论不符，即书中第十一回中出现的"十一月三十日冬至"，该部分文字的出现场景是：

> 次日，仍是众族人等闹了一日，不必细说。
>
> 此后凤姐儿不时亲自来看秦氏。秦氏也有几日好些，也有几日仍是那样。贾珍、尤氏、贾蓉好不焦心。
>
> 且说贾瑞到荣府来了几次，偏都遇见凤姐儿往宁府那边去了。

这年正是十一月三十日冬至。到交节的那几日，贾母、王夫人、凤姐儿日日差人去看秦氏，回来的人都说："这几日也没见添病，也不见甚好。"王夫人向贾母说："这个症候，遇着这样大节不添病，就有好大的指望了。"贾母说："可是呢，好个孩子，要是有些原故，可不叫人疼死。"说着，一阵心酸，叫凤姐儿说道："你们娘儿两个也好了一场，明日大初一，过了明日，你后日再去看一看他去。你细细的瞧瞧他那光景，倘或好些儿，你回来告诉我，我也喜欢喜欢。那孩子素日爱吃的，你也常叫人做些给他送过去。"凤姐儿一一的答应了。(P90)

"十一月三十日冬至"上文的叙事情节是："九月半"，因贾敬生日，邢夫人、王夫人、凤姐、宝玉等都来宁国府贺寿，众人说起秦氏的病，凤姐与宝玉去秦氏房中探病，宝玉先离开，凤姐与秦氏叙了篇话后也离开，途中遇到贾瑞来搭讪。贾敬生日过后，秦氏仍病着，凤姐"不时"来探望秦氏，而贾瑞也"几次"来荣国府寻觅凤姐。"十一月三十日冬至"是秦氏蹊跷生病这一年的日期。

"十一月三十日冬至"，是特殊年份，历史中确有此年，查阅万年历，我们可发现从明万历元年(1573)至清乾隆二十八年(1763)近二百年中只有三个年份的"冬至"是在"十一月三十日"：(1)万历二年(1574)，该年为甲戌年；(2)崇祯四年(1631)，该年为辛未年；(3)崇祯十五年(1642)，该年为壬午年。据本书第二章中关于秦氏生病的年份叙事时间分析，在作者的叙事时间线中，秦氏生病是在书中的第9年，即贾宝玉九岁时。又据前文，书中设定的对应现实历史年份的叙事时间线须有三个限定条件：(1)宝玉出生的"明岁"为"大比之年"，即乡试之年；(2)宝玉十四岁时年份的芒种节为四月二十六日；(3)宝玉与秋桐同岁，属相为兔。我们分别来看万历二年、崇祯四年、崇祯十五年这三个年份与三个时间叙事文本限定条件是否相符合。

首先是“万历二年”。可做表如下。

表 7.3　“万历二年”表

万历二年(1574),“十一月三十日冬至”	宝玉九岁,秦氏生病
嘉靖四十五年(1566),丙寅年	宝玉一岁,属相为虎
嘉靖四十六年(1567),丁卯年	宝玉出生次年,是乡试年
万历七年(1579),己卯年	宝玉十四岁,五月初四芒种

若万历二年(1574)为贾宝玉九岁时,宝玉的出生年份是嘉靖四十五年(1566),该年为丙寅年,宝玉的属相为“虎”而非“兔”,宝玉出生次年为丁卯年,是乡试之年,宝玉十四岁时的年份为万历七年(1579),该年的芒种节为五月初四日。“万历二年”这个年份与三个时间叙事文本限定条件只有一条“宝玉出生的‘明岁’为‘大比之年’,即乡试之年”相符,其他两条都不符合。

其次是“崇祯四年”。可做表如下。

表 7.4　“崇祯四年”表

崇祯四年(1631),“十一月三十日冬至”	宝玉九岁,秦氏生病
天启三年(1623),癸亥年	宝玉一岁,属相为猪
天启四年(1624),甲子年	宝玉出生次年,是乡试年
崇祯九年(1636),丙子年	宝玉十四岁,五月初四芒种

若“崇祯四年”为贾宝玉九岁时,宝玉的出生年份是天启三年(1623),该年为癸亥年,宝玉的属相为“猪”而非“兔”,宝玉出生次年为甲子年,是乡试之年,宝玉十四岁时的年份为崇祯九年(1636),该年的芒种节也是五月初四日。“崇祯四年”这个年份与三个时间叙事文本限定条件也是只有一条“宝玉出生的‘明岁’为‘大比之年’,即乡试之年”相符,其他两条也都不符合。

最后是“崇祯十五年”。可做表如下。

表 7.5 “崇祯十五年”表

崇祯十五年(1642),“十一月三十日冬至”	宝玉九岁,秦氏生病
崇祯七年(1634),甲戌年	宝玉一岁,属相为狗
崇祯八年(1635),乙亥年	宝玉出生次年,非乡试年
顺治四年(1647),丁亥年	宝玉十四岁,五月初四芒种

若“崇祯十五年”为贾宝玉九岁时,宝玉的出生年份是崇祯七年(1634),该年为甲戌年,宝玉的属相为“狗”而非“兔”,宝玉出生次年为乙亥年,不是乡试之年,宝玉十四岁时的年份为顺治四年(1647),该年的芒种节仍是五月初四日。“崇祯十五年”这个年份与三个时间叙事文本限定条件都不符合。

综上,万历二年、崇祯四年、崇祯十五年这三个年份都不能同时满足三个时间叙事文本限定条件,照此来看,人们显然不能通过“十一月三十日冬至”文本去推测书中并书外的叙事时间线。然作者写下“十一月三十日冬至”一句想必也应有缘由。“十一月三十日冬至”出现的上下文叙事情节是关于王熙凤、秦可卿、贾瑞的故事,而这三人的故事应是曹雪芹旧作《风月宝鉴》中的内容。有关《风月宝鉴》的叙事内容,学者马瑞芳的观点很有代表性,“《风月宝鉴》用淫欲丧命的主题集纳若干不同人物的风月故事。也就是说,因性事丧命,是《风月宝鉴》主要内容”[①]。的确,仅从《石头记》前八十回文本来看,秦可卿、秦钟、贾瑞、尤二姐、尤三姐等人物,命运皆是如此。关于《风月宝鉴》与《石头记》(《红楼梦》)之间的关系,学者周思源认为“《红楼梦》是在旧作《风月宝鉴》的基础上写成的——改写、扩写或重新构思但吸收了《风月宝鉴》中的许多有用成分”[②],这是当下学界的主流认知。从“十一月三十日冬至”一句看,其可对应的真实历史年份万历二年、崇祯四年、崇祯十五年都是在明朝,因此,

① 马瑞芳.《红楼梦》成书过程推测[J].红楼梦学刊,2004(2):245-275.

② 周思源.《红楼梦》“二书合成”说质疑[C]//中国屈原学会.儒学与二十世纪中国文化学术讨论会论文集.北京:中国文学出版社,1998:215-232,8.

曹雪芹的旧书《风月宝鉴》的叙事时间背景很可能就是明朝。曹雪芹在将《风月宝鉴》中的人物、事件融进《石头记》一书中时，或许考虑过仍循明朝叙事时间背景，但写明朝的“末世”必犯忌讳。顺治十八年(1661)，明史案案发。浙江湖州富户庄廷鑨延揽名士，增润补写明人朱国祯未完成的《明史》，增加了崇祯朝和南明史实，结果被知县吴之荣告发是“反书”，该案直到康熙二年(1663)五月才被审理结案，牵连千余人，被杀者七十余人，其中被凌迟者十八人，而被发配宁古塔者数百人，明史案是清初最大的文字狱案。作书《石头记》的曹雪芹不会不知此案，他放弃了明朝叙事时代背景，却隐写了一条新的叙事时间线，这条线没有指向已亡国的大明王朝，而指向他自身所处的雍乾王朝，悲叹这个王朝也进入了“末世”，终将灭亡，这实比去写明朝的“末世”更胆大妄为、触目惊心。旧书《风月宝鉴》中王熙凤、秦可卿、贾瑞等的故事被改写，留在了新书《石头记》中，“十一月三十日冬至”也存留了下来，或许作者逝前未及修改，或许作者为避文字狱有意遗留旧书痕迹，毕竟从清朝建国一百来年并没有一个冬至是“十一月三十日”，这个日期可模糊作者对应时代背景的真实的叙事时间线。

二、贾雨村的诗与全书仅出现一次的“太上皇”

(一)贾雨村的诗

贾雨村是作者设定的“草蛇灰线”式人物，书中甄家、贾家真真假假之事由他引出，书中的主要人物甄士隐、甄英莲、甄宝玉、林黛玉、薛宝钗等也由他穿针引线一一带出场。除丰富人物形象层次、推动叙事情节发展外，贾雨村亦对全书隐写的叙事时间线的呈现有大贡献。

第一回中，在贾宝玉出生的这一年中秋，贾雨村作了一律、一联与一绝句：

今又正值中秋，不免对月有怀，因而口占五言一律云：这是第一首诗。后文香奁闺情皆不落空。余谓雪芹撰此书，中亦有传诗之意。

未卜三生愿，频添一段愁。

闷来时敛额，行去几回头。

自顾风前影，谁堪月下俦？

蟾光如有意，先上玉人楼。

雨村吟罢，因又思及平生抱负，苦未逢时，乃又搔首对天长叹，复高吟一联曰：

玉在匮中求善价，钗于奁内待时飞。表过黛玉则紧接上宝钗。前用二玉合传，今用二宝合传，自是书中正眼。

恰值士隐走来听见，笑道："雨村兄真抱负不浅也！"雨村忙笑道："不过偶吟前人之句，何敢狂诞至此。"因问："老先生何兴至此？"

士隐笑道："今夜中秋，俗谓'团圆之节'，想尊兄旅寄僧房，不无寂寥之感，故特具小酌，邀兄到敝斋一饮，不知可纳芹意否？"雨村听了，并不推辞，便笑道："既蒙厚爱，何敢拂此盛情。"写雨村豁达，气象不俗。说着，便同士隐复过这边书院中来。

须臾茶毕，早已设下杯盘，那美酒佳肴自不必说。二人归坐，先是款斟漫饮，次渐谈至兴浓，不觉飞觥限斝起来。当时街坊上家家箫管，户户弦歌，当头一轮明月，飞彩凝辉，二人愈添豪兴，酒到杯干。

雨村此时已有七八分酒意，狂兴不禁，乃对月寓怀，口号一绝云：

时逢三五便团圆，是将发之机。

满把晴光护玉栏。奸雄心事，不觉露出。

天上一轮才捧出，

人间万姓仰头看。【眉批】这首诗非本旨，不过欲出雨村，不得不有者。用中秋诗起,用中秋诗收,又用起诗社于秋日。所叹者三春也,却用三秋作关键。

士隐听了,大叫:"妙哉!吾每谓兄必非久居人下者,今所吟之句,飞腾之兆已见,不日可接履于云霓之上矣。可贺,可贺!"乃亲斟一斗为贺。这个"斗"字莫作升斗之斗看,可笑。(P9-10)

"诗歌,是体现人类处境的戏剧,意味着诗人对所处现实的态度"("In sum, a poem, being a kind of drama that embodies a human situation, implies an attitude toward that situation"①)。贾雨村的第一篇五言律诗、第二篇联句都很切合作者明写的"风月之情"主旨,而第三首绝句,却体现了作诗者所处的社会环境以及他对社会环境的态度。对此,脂批替作者解释说:"这首诗非本旨,不过欲出雨村,不得不有者。""非本旨",即这首绝句有涉作者一再强调的"不敢干涉朝廷"的"朝廷",有讽作者一再否定的"非怨世骂时"的"世态"。

贾雨村吟"时逢三五便团圆,满把晴光护玉盘,天上一轮才捧出,人间万姓仰头看",书中甄士隐看出其欲飞黄腾达的野心,书外也有许多研究者注意到此绝句,如学者胡淑芳认为"贾雨村必具帝王本相",贾雨村作此绝句"抒发的是帝王的博大襟怀与豪迈气概",②学者王德福认为贾雨村的此绝句与黄巢的《菊花诗》、宋江的《七绝》一样,能表现出"雨村其实与黄巢、宋江有着同样的叛逆之心",并称贾雨村是"虽无管晏之才,却有操、莽般狼子野心的'禄蠹'"。③ 学者们将"天上一轮才捧出,人间万姓仰头看"与帝王联系在一起是非常敏锐的,然而再读贾雨村这首绝句的文本,实际上,贾雨村并非想做"满把晴光护玉盘"的圆月,而是恰逢"天上一轮才捧出"而想到了自己有没有新的机遇,可"接履于云霓之上"。

---

① 沃伦(WARREN R P).理解诗歌(第4版)[M].北京:外语教学与研究出版社,2004:267.

② 胡淑芳.甄士隐贾雨村原型试论[J].武汉交通科技大学学报(社会科学版),1999(3):42-44.

③ 王德福.论《红楼梦》贾雨村诗与联的叙事语法隐喻系统[J].渤海大学学报(哲学社会科学版),2011,35(4):70-76.

"圆月"隐喻帝王,"天上一轮才捧出"隐喻有新的帝王登基,即 1723 年,爱新觉罗·胤禛开始使用雍正年号。作者设定贾宝玉在雍正元年出生,并替贾雨村作了诗,明修栈道,暗度陈仓,交代书中真实的叙事时间线的起点正是雍正元年。而脂砚斋很担心读者会留意到"天上一轮才捧出"实指康熙、雍正王朝的更替,干涉时政,因此特特留批"这首诗非本旨,不过欲出雨村,不得不有者"。作者、批者皆用心良苦。

(二)全书仅出现一次的"太上皇"

《石头记》书内的叙事时间线不仅表现为文学上的叙事年谱,更重要的是,它承载了书外的真实历史时间线,即以文学样式体现历史叙事功能,作者如此写作手法的确如戚蓼生所言"异矣",理解了这一点,也可以帮助我们阐释书中原本蹊跷的叙事情节,比如八十回中仅出现一次的"太上皇"。

第十六回中,贾琏回到房中,凤姐、乳母赵嬷嬷向他打听元妃省亲的事情,贾琏随后说了一段话回答二人,话中提到了"太上皇":

"如今当今体贴万人之心,世上至大莫如'孝'字,想来父母儿女之性,皆是一理,不是贵贱上分别的。当今自为日夜侍奉太上皇、皇太后,尚不能略尽孝意,因见宫里嫔妃才人等皆是入宫多年,抛离父母音容,岂有不思想之理?在儿女思想父母,是分所应当。想父母在家,若只管思念儿女,竟不能见,倘因此成疾致病,甚至死亡,皆由朕躬禁锢,不能使其遂天伦之愿,亦大伤天和之事。故启奏太上皇、皇太后,每月逢二六日期,准其椒房眷属入宫请候看视。于是太上皇、皇太后大喜,深赞当今至孝纯仁,体天格物。因此二位老圣人又下旨意,说椒房眷属入宫,未免有国体仪制,母女尚不能惬怀。竟大开方便之恩,特降谕诸椒房贵戚,除二六日入宫之恩外,凡有重宇别院之家,可以驻跸关防之处,不妨启请内廷銮舆入其私第,庶可略尽骨肉私情、天伦中之至性。此旨一下,谁不踊跃感戴?现今周贵人父亲已在家里动了工了,修盖省亲别院呢。又有吴贵妃的父亲吴天佑家,也往城外踏看地方去了。又一样布置。这岂非有八九分了?”(P121)

贾琏话中讲“当今”皇帝因自己向“太上皇、皇太后”尽孝,想到宫中诸妃嫔因“国体仪制”不能向各自的父母尽孝,因而“启奏太上皇、皇太后,每月逢二六日期,准其椒房眷属入宫请候看视”,并允许有条件的妃嫔母家安排省亲。显然,此时,“太上皇、皇太后”都在世,然而后文中就再无交代了,即使后文第五十八回中写到一位老太妃薨逝,丧葬仪礼极为隆重,也没有再出现“太上皇”的身影。书中第十六回之后,“太上皇”就消失了。

联系书中文本,作者写“太上皇”是为贾元春可以省亲回贾府提供一种叙事上的情由,然“当今”皇帝为显孝心,完全可以不提“太上皇”,小说写作“先皇”或只写“皇太后”,也可达成叙事上的逻辑依据,作者为何一定要写是“太上皇”呢?

“专制皇权是中国古代政治制度的灵魂与核心”①,皇帝称号是体现皇权权威的重要体现,一般认为,皇帝称号始于秦始皇,公元前221年,秦王嬴政统一六国,重新议定名号,“古代有天皇,有地皇,有泰皇,其中泰皇最为尊贵。因此尊王为泰皇这一称号,最后被亲王嬴政钦定为去‘泰’著‘黄’,采上古帝位号,称为‘皇帝’”②。嬴政是第一位“皇帝”,他的父亲,即已故的秦庄襄王被尊称为“太上皇”,为史上第一位“太上皇”。此后,我国历史上,“太上皇”(笔者注:非“太上皇帝”)又有两种情况。第一种,儿子称皇帝,父亲仍在世被尊为“太上皇”,如西汉汉高祖刘邦的父亲,《史记·高祖本纪》记载:

① 朱诚如.中国皇帝制度[M].武汉:武汉出版社,1997:1.
② 朱诚如.中国皇帝制度[M].武汉:武汉出版社,1997:16.

六年，高祖五日一朝太公，如家人父子礼。太公家令说太公曰："天无二日，土无二王。今高祖虽子，人主也；太公虽父，人臣也。奈何令人主拜人臣！如此，则威重不行。"后高祖朝，太公拥篲，迎门却行。高祖大惊，下扶太公。太公曰："帝，人主也，奈何以我乱天下法！"于是高祖乃尊太公为太上皇。心善家令言，赐金五百斤。①

《汉书·高帝纪》对此事亦有记载，且更为详细：

上归栎阳，五日一朝太公。太公家令说太公曰："天亡二日，土亡二王。皇帝虽子，人主也；太公虽父，人臣也。奈何令人主拜人臣！如此，则威重不行。"后上朝，太公拥彗，迎门却行。上大惊，下扶太公。太公曰："帝，人主，奈何以我乱天下法！"于是上心善家令言，赐黄金五百斤。夏五月丙午，诏曰："人之至亲，莫亲于父子，故父有天下传归于子，子有天下尊归于父，此人道之极也。前日天下大乱，兵革并起，万民苦殃，朕亲被坚执锐，自帅士卒，犯危难，平暴乱，立诸侯，偃兵息民，天下大安，此皆太公之教训也。诸王、通侯、将军、群卿、大夫已尊朕为皇帝，而太公未有号。今上尊太公曰太上皇。②

第二种情况，父亲是皇帝，或被迫或主动将皇位禅让给儿子，父亲被尊为"太上皇"，如晋惠帝司马衷在公元301年被司马伦篡位，被迫退位并被奉为"太上皇"，再如唐高祖李渊于公元626年经玄武门之变后，将皇位传与李世民，自己退位成为"太上皇"。

① 司马迁.史记[M].北京：中华书局，1959：382.
② 班固.汉书[M].北京：中华书局，1962：62.

《周易》言："有天地然后有万物，有万物然后有男女，有男女然后有夫妇，有夫妇然后有父子，有父子然后有君臣，有君臣然后有上下，有上下然后礼义有所错。"①"父子"之礼尚在"君臣"之义前，然"天无二日，土无二王"，皇权是至高无上的，当父子都在世时，父亲被奉为"太上皇"，"虽尊父为皇，其实则贵而无位"，②就妥善地解决了"父子""君臣"之礼义关系。《石头记》第十六回中，"当今"还在"日夜侍奉太上皇、皇太后"，父"皇"子"帝"都在世，显然不是秦始皇追封自己的父亲庄襄王为"太上皇"这种情况，那么，这会是后面两种情况的其中一种吗？

《石头记》文本表明，贾家至贾兰是第五代，贾家先祖宁国公贾演、荣国公贾源是军功起家，是当下王朝开疆辟土、称帝建国的功臣，故能列入"四王""八公"之中，因此，贾元春所适配的"皇帝"不会是当下王朝的"始皇帝"。据前文所分析的叙事时间线，贾元春被封贤德妃是在书中的第 12 年，即贾宝玉十二岁时，再依据书中隐写的历史时间线，书中的第 12 年对应的历史年份是雍正十二年，而在雍正元年八月，雍正帝亲书立储密旨，立四阿哥弘历为皇位继承人，即弘历为"东宫"太子。《石头记》文本叙事时间线终于乾隆七年，该书成书于乾隆七年后，对于正写书的作者而言，乾隆是"当今"皇帝，而从书中的贾宝玉十二岁这一年的叙事角度看，"当今"皇帝却是雍正帝，于是便出现了父子两位皇帝，作者便借用了我国历史上的"太上皇"这一皇权称号，用"太上皇"指称雍正帝，用"当今"指称乾隆帝，并在第十六回中写贾政先是被宣入朝"在临敬殿陛见"，又是"往东宫去了，速请老太太领着太太们去谢恩"(P117)。"东宫"意指太子。显然，作者在解释：在宝玉十二岁这年，贾元春被当时的皇帝封给当时的太子、下一任皇帝为妃。再联系历史实事，雍正十二年，雍正帝将高斌之女从弘历的使女超拔为侧福晋，该侧福晋即为后来的慧贤皇贵妃。慧贤皇贵妃之父高斌在雍正朝时即被重用，《清史稿》"列传九十七"记

---

① 来知德.周易集注[M].北京：民主与建设出版社，2015：425.

② 陈寿.三国志[M].北京：中华书局，1959：416.

载："高斌，字右文，高佳氏，满洲镶黄旗人，初隶内务府。雍正元年，授内务府主事。再迁郎中，管苏州织造。六年，授广东布政使，调浙江、江苏、河南诸省。九年，迁河东副总河。十年，调两淮盐政，兼署江宁织造。十一年，署江南河道总督。十二年，回盐政任。复署河道总督，培范公堤六万四千余丈。十三年，回盐政任。旋授江南河道总督。"①高斌家族祖籍奉天辽阳，与曹寅家族一样是内务府包衣出身，后因慧贤皇贵妃故被抬旗入满洲镶黄旗，被赐满姓高佳氏，雍正四年接任苏州织造，同年，曹頫被革职查抄后，江宁织造一职及曹家家产皆由隋赫德承继，而隋赫德在接任江宁织造后不久由于贪腐亦被革职，江宁织造转由高斌署理。与曹家出身相同且同在内务府做事并也署理过苏州织造、江宁织造的高斌，为曹雪芹注意到，曹雪芹把高家的人、事也作为叙事素材来源呈现在《石头记》书中是不奇怪的。

三、贾宝玉的现实原型

贾宝玉的出生年份并非文学性上的虚指，竟还有实意。若《石头记》书中贾宝玉真有书外现实原型之一某"真宝玉"，那么某"真宝玉"的出生年可能是雍正元年，某"真宝玉"的生日可能是在五月初七日后、七月前的某日。

关于贾宝玉的现实原型问题，脂砚斋的态度耐人寻味，一方面，他曾留批语直接否定：

> 按此书中写一宝玉，其宝玉之为人是我辈于书中见而知有此人，实未目曾亲睹者。又写宝玉之发言每每令人不解，宝玉之生性件件令人可笑，不独不曾于世上亲见这样的人，即阅今古所有之小说奇传中亦未见这样的文字。于颦儿处更为甚。其囫囵

---

① 赵尔巽.清史稿（第三十五册）[M].北京：中华书局，1977：10629.

不解之中实可解，可解之中又说不出理路，合目思之，却如真见一宝玉真闻此言者，移至第二人万不可，亦不成文字矣。余阅《石头记》中至奇至妙之文，全在宝玉颦儿至痴至呆囫囵不解之语中，其诗词雅迷酒令奇衣奇食奇玩等类固他书中未能，然在此书中评之，犹为二着。(P146)

另一方面，他又多次反复强调作者用笔乃写真人实事，仅在第十七回至第十八回，提醒读者注意之处就有23处之多：

(1)不肖子弟来看形容。余初看之，不觉怒焉，盖谓作者形容余幼年往事，因思彼亦自写其照，何独余哉？信笔书之，供诸大众同一发笑。(P127)

(2)爱之至，喜之至，故作此语。作者至此，宁不笑杀？壬午春。(P131)

(3)究竟只一脉，赖人力引导之功，园不易造，景非泛写。(P133)

(4)皆系人意想不到，目所未见之文，若云拟编虚想出来，焉能如此？一段极清极细，后文鸳鸯瓶、紫玛瑙碟、西洋酒令、自行船等文，不必细表。(P134)

(5)如此去法，大家严父风范，无家法者不知。(P135)

(6)下人口气毕肖。(P135)

(7)按理论之，则是“天下本无事，庸人自扰之”。若以儿女之情论之，则事必有之，事必有之，理又系今古小说中不能道得写得，谈情者不能说出讲出，情痴之至文也！(P135)

(8)有是礼。(P137)

(9)画出内家风范。《石头记》最难之处别书中摸不着。(P137)

(10)难得他写的出，是经过之人也。(P137)

(11)形容毕肖。(P137)

(12)形容毕肖。(P137)

(13)批书人领过此教，故批至此竟放声大哭，俺先姊仙逝太早，不然余何得为废人耶？(P138)

(14)一驳一解，跌宕摇曳，且写得父母兄弟体贴恋爱之情，淋漓痛切，真是天伦至情。有是论。(P138)

(15)《石头记》得力擅长全是此等地方。【眉批】非经历过如何写得出！壬午春。(P139)

(16)追魂摄魄，《石头记》传神摸影全在此等地方，他书中不得有此见识。(P139)

(17)说完不可，不先说不可，说之不痛不可，最难说者是此时贾妃口中之语。只如此一说，千贴万妥，一字不可更改，一字不可增减，入情入神之至！(P139)

(18)所谓诗书世家，守礼如此。偏是暴发，骄妄自大。(P139)

(19)此语犹在耳。(P139)

(20)作书人将批书人哭坏了。(P140)

(21)按近之俗语云："宁养千军，不养一戏。"盖甚言优伶之不可养之意也。大抵一班之中此一人技业稍出众，此一人则拿腔作势、辖众恃能种种可恶，使主人逐之不舍责之不可，虽欲不怜而实不能不怜，虽欲不爱而实不能不爱。余历梨园弟子广矣，个个皆然，亦曾与惯养梨园诸世家兄弟谈议及此，众皆知其事而皆不能言。今阅《石头记》至"原非本角之戏，执意不作"二语，便见其恃能压众、乔酸娇妒，淋漓满纸矣。复至"情悟梨香院"一回更将和盘托出，与余三十年前目睹身亲之人现形于纸上。使言《石头记》之为书，情之至极、言之至恰，然非领略过乃事、迷蹈过乃情，即观此，茫然嚼蜡，亦不知其神妙也。(P143-144)

(22)写通部人事一篇热文，却如此冷收。(P144)

(23)使人鼻酸。(P144)

书中贾宝玉的形象必有书外人的影子，书外人可能不止一位，但其中必有作者的影子。仅从此回的上述批语可知，《石头记》作者的出身与批者一样是诗书世家，上有严父教导，平日有“父母兄弟体贴恋爱之情”，作者写大家礼仪、皇室风范乃至贵族园林都是“经历过”，而其他小说作者无此经历，自然也无作者的“见识”，作者写人上至皇妃、下至奴仆都是“形容毕肖”，而作者写的皇妃贾元春形象还让脂砚斋联想到“仙逝太早”的“先姊”，作者写的“情悟梨香院”文字使得“(批者)余三十年前目睹身亲之人现形于纸上”，即作者在书中写了自己经历过的人、事，写了批者曾经历过的人、事，也写了作者与批者共同经历过的人、事。总之，作者写的是“使人鼻酸”的“通部人事”。固然，我们不能将《石头记》全然当作历史资料去读，然而《石头记》通过文学的艺术手段去写史纪事这一意图在作者把书中主人公贾宝玉设定为叙事时间“锚”，通过书中贾宝玉的“出生入死”叙事时间线来隐喻和预言书外雍乾时期为大清王朝的“末世”这一显隐复体文本中的呈现虽“烟云模糊”，但“草蛇灰线”“最是大力量”，全书构思之苦、构思之绝，的确令该书堪称“自古未有之奇文”。当下，我们虽不能判定《石头记》作者的更多信息，但从其设定书中贾宝玉出生于雍正元年，并从宝玉一岁叙事至宝玉二十岁来看，该书的成书时间也必是在乾隆七年之后，而该书作者也真真切切是大清乾隆朝人，非社会上许多书迷所讨论的晚明或清初人士。

第八章　蹊跷的“甲午八日”脂批

第一节　“甲午八日”历来释义争议

《红楼梦》百二十回通行本自乾隆五十六年（1791）由程伟元、高鹗整理出版发行以来，围绕着该书作者、成书、版本、文本等的讨论与研究百家争鸣，读者及学界切磋琢磨、交锋碰撞，推动了“红学”勃兴亦二百余年。《石头记》手抄本中脂砚斋、畸笏叟等留下的大量批语时间注记信息，给后世留下了关于该书成书时间与作者、批者信息的重要线索，其中关于“甲午八日”意义理解的争议辩驳最多。

第一回中，曹雪芹自题一绝“满纸荒唐言，一把辛酸泪。都云作者痴，谁解其中味”处有眉批：

若云雪芹披阅增删然则开卷至此这一篇楔子又系谁撰足见作者之笔狡猾之甚后文如此处者不少这正是作者用画家烟云模糊处观者万不可被作者瞒蔽了去方是巨眼

能解者方有辛酸之泪哭成此书壬午除夕书未成芹为泪尽而逝余尝哭芹泪亦待尽每意觅青埂峰再问石兄奈不遇癞头和

尚何怅怅

今而后惟愿造化主再出一芹一脂是书何幸余二人亦大快遂心于九泉矣

甲午八日泪笔①

此处出现了批语时间“甲午八日”。“甲午”为干支。

脂批中其他时间注记写法，如“乾隆二十一年五月初七日对清”（1则）、“丁丑仲春”（1则）、“己卯冬夜”（18则）、“壬午孟夏”（10则）、“壬午夏”（1则）、“壬午九月”（6则）、“壬午除夕”（1则）、“乙酉冬”（1则）、“丁亥春”（6则）、“丁亥夏”（23则）等，干支都是纪年，时间或指向具体日期“年月日”或标记模糊性时间“年+月”“年+时（季节）”，“甲午八日”中的“甲午”若也为纪年，则变成了“年+日”，时间注记逻辑似不通。红学界早就注意到了这个批语注记时间，胡适、俞平伯、周汝昌等都认为“甲午八日”实为“甲午八月”，“日”乃“月”的错字，出版社在出版脂评本《红楼梦》时，也往往把这条批语直接处理成“甲午八月”，如齐鲁书社1994年版的《脂砚斋评批红楼梦》第七页：

甲眉：若云雪芹披阅增删，然则开卷至此这一篇楔子又系谁撰？足见作者之笔，狡猾之甚。后文如此处者不少。这正是作者用画家烟云模糊处。观者万不可被作者瞒蔽了去，方是巨眼。

能解者方有辛酸之泪，哭成此书。壬午除夕，书未成，芹为泪尽而逝。余尝哭芹，泪亦待尽。每意觅青埂峰，再问石兄，奈不遇癞头和尚何？怅怅！

今而后惟愿造化主再出一芹一脂，是书何幸。余二人亦大快遂心于九泉矣。甲午八月泪笔。②

① 曹雪芹.脂砚斋甲戌抄阅再评石头记[M].上海：上海古籍出版社，1985：9-10.

② 曹雪芹.脂砚斋评批红楼梦[M].济南：齐鲁书社，1994：7，375.

1992年，学者崔川荣发文《曹雪芹生年被埋没的原因——辩“甲午八日泪笔”》指出，“甲午八日”不经改动，文字也可以解释得通，“众多考证者却忽略了另外一点，即‘甲午’代指月份的可能性”，提出“甲午八日”为“丙戌（一七六六年）‘甲午（五月）八日’”，[①]考证宝玉生于丙申年（1716）。崔川荣的文章引起红学界回应，学者赵国栋于1995年发文《也谈“甲午八日”》，引用《北史·魏收传》《太平御览》《事物纪原·天地生植·人日》《燕京岁时记·人日》等文献，认同“甲午八日”错字说，提出“八日”乃“人日”的错漏，即“甲午八日”应为“甲午人日”。[②] 2005年，崔川荣进一步论证了自己的“五月八日”观点，提出“‘五月八日’也是宝玉生日”。[③] 2006年，学者邓遂夫提出“甲午八日”这条批语，不仅“日”字被传抄者抄错了，连带“午”字也被抄错了，即“甲午八日”实为“甲申八月”。邓遂夫在《走出象牙之塔——〈脂砚斋重评石头记庚辰校本〉导论》一文中指出，“甲戌本的过录者抄写态度十分认真，但文化水平显然不高，常常出现因不识原底本上的草书字而产生的讹误，这两段批语的几个错字即属此列。本来是不难判断和校正的，却不知何故，唯独在‘甲午’是否真为‘甲申’之误这一点上，研究者们意见总是不能统一”。[④]

2013年，学者兰良永对“甲午八日”四字提出了新的解释，发表《曹雪芹卒年材料考释两则》一文，指出“‘甲午八日’是指乾隆三十九年正月初八”[⑤]。兰良永的观点引起学界新的思考与讨论。崔川荣2014年发表《曹雪芹与曹颙遗腹子的关系——解读曹頫泣泪所书的一条眉批》一文，修正了自己先前所说的“甲午”为“五月”的观点，考证曹寅之子曹颙的忌日为“正月八日”，转而认同兰良永的“甲午八日”为“甲午正月八日”这

① 崔川荣.曹雪芹生年被埋没的原因：辩“甲午八日泪笔”[J].红楼梦学刊，1992(1)：239-244.

② 赵国栋.也谈“甲午八日”[J].红楼梦学刊，1995(2)：308-309.

③ 崔川荣.再谈“甲午八日”及其使用价值：关于红学研究中的几个难题[J].红楼梦学刊，2005(2)：82-95.

④ 邓遂夫.走出象牙之塔：《脂砚斋重评石头记庚辰校本》导论[M]//曹雪芹.脂砚斋重评石头记庚辰校本.北京：作家出版社，2006：20.

⑤ 兰良永.曹雪芹卒年材料考释两则[J].曹雪芹研究，2013(1)：41-48.

一解释，即“甲午八日”批者“泪笔”的一个重要原因是当日为“曹颙病逝六十年忌日”。① 2016年，学者陈章则从兰良永文章的论据入手，发文《“甲午八日”新解——兼与兰良永先生商榷》，对“正月八日”说提出质疑，认为“甲午八日”是“甲午八月”之讹。② 同年，兰良永发文《脂批署时“甲午八日”再议——兼答陈章先生》③，对陈良文中的种种质疑进行了回应，仍然坚持“甲午八日”为甲午年第八日这一观点。兰、陈学者风范，毫无意气之私，为了学问勇于争论驳辩成为红学界佳话。2017，学者黄一农也发文《甲戌本〈石头记〉中“甲午八日”脂批新考》，认为“‘甲午八日’可为乾隆三十九年甲午岁正月初八日（第八日）或八月初八日（重八日）的缩写”。④

至此，“甲午八日”的解释有：“甲午八月”“五月八日”“甲午人日”“甲申八月”“甲午正月初八”“甲午八月初八”等六种说法。

干支可以纪时辰、纪日、纪月、纪年，是我国特有的历法符号。干为天干，有“十干”，即甲、乙、丙、丁、戊、己、庚、辛、壬、癸，相传是帝俊与羲和之子。《山海经·大荒东经》记载：“东南海之外，甘水之间，有羲和之国。有女子名曰羲和，方浴日于甘渊。羲和者，帝俊之妻，是生十日。”⑤《山海经·海外东经》又记载：“下有汤谷。汤谷上有扶桑，十日所浴，在黑齿北。居水中，有大木，九日居下枝，一日居上枝。”⑥传说帝俊与羲和生有十个太阳，分别取名甲、乙、丙、丁、戊、己、庚、辛、壬、癸，每天由一个太阳在大木上值日，其余九个太阳休息，依次轮序，十日为一旬。

支为地支，有“十二支”，即子、丑、寅、卯、辰、巳、午、未、申、酉、戌、亥，相传是帝俊与常羲之子。《山海经·大荒西经》记载：“有女子方浴

---

① 崔川荣.曹雪芹与曹颙遗腹子的关系：解读曹頫泣泪所书的一条眉批[J].曹雪芹研究，2014(2)：61-67.

② 陈章.“甲午八日”新解：兼与兰良永先生商榷[J].曹雪芹研究，2016(2)：124-134.

③ 兰良永.脂批署时“甲午八日”再议：兼答陈章先生[J].曹雪芹研究，2016(4)：149-156.

④ 黄一农.甲戌本《石头记》中“甲午八日”脂批新考[J].湖北大学学报(哲学社会科学版)，2017，44(1)：81-89，160.

⑤ 山海经[M].方韬，译注.北京：中华书局，2011：286.

⑥ 山海经[M].方韬，译注.北京：中华书局，2011：251.

月。帝俊妻常羲,生月十二,此始浴之。”[①]传说帝俊与常羲生了十二个月亮,分别取名子、丑、寅、卯、辰、巳、午、未、申、酉、戌、亥,一年十二月,每个月由一个月亮值班。《淮南子·天文训》记载:“帝张四维,运之以斗,月徙一辰,复反其所。正月指寅,十二月指丑,一岁而匝,终而复始。”[②]这也指出了古人利用北斗的斗柄指向十二地支方位来对应一年十二个月的方法。天干地支搭配可以注记时间,早在殷商时期就成为人们常用的六旬纪日法,到西汉末年被用于纪年,唐宋以后被用于纪月、纪时辰,形成一套系统完整的纪时辰、纪日、纪月、纪年干支历法。

《石头记》在手抄过录的过程中出现文字错漏是事实,然而,笔者认同学者兰良永的观点,即对待《石头记》及其批语文字,不要轻易认为原文字不通而做错讹之改动,“甲午八日”四字亦如此。实际上,对于“甲午八日”中出现的“甲午”干支,研究者可以联系书中文本,分别从纪年、纪月、纪日三个纪时功能再加以判别释义。

第二节 “甲午”纪年解

如前所述,将“甲午”理解为纪年,即“甲午八日”为“干支缀月”或“干支缀日”这一说法是目前学界的主流意见,只是“八日”为“八月”“人日”“正月八日”或“八月八日”尚无定论。不过,学界早就注意到“甲午”纪年说有个最大的障碍,即与《石头记》的另一知名评阅者畸笏叟的一条批语相冲突。

甲午年是1774年,该年为乾隆三十九年,若“甲午八日”的“甲午”为纪年,那就意味着到乾隆三十九年,作此批语的脂砚斋仍在世上。然而,畸笏叟于甲午年的七年前,即丁亥年(1767,乾隆三十二年),在《石头记》

① 山海经[M].方韬,译注.北京:中华书局,2011:320.

② 刘安.淮南子[M].哈尔滨:北方文艺出版社,2013:56.

第二十二回中曾留一条批语：

> 眉批：凤姐点戏，脂砚执笔事，今知者寥寥矣，不怨夫！
>
> 靖眉：前批书知者寥寥。不数年，芹溪、脂砚、杏斋诸子皆相继别去，今丁亥夏只剩朽物一枚，宁不痛杀！[①]

从这条批语"芹溪、脂砚、杏斋诸子皆相继别去，今丁亥夏只剩朽物一枚"可知，到丁亥年或丁亥年之前，脂砚斋也已离世了，丁亥或丁亥之前离世的脂砚斋不可能在丁亥七年后留下"甲午八日"的批语。此外，学者也多关注到"畸笏于丁亥年批《石头记》时，不时会指出脂砚因未见及后文而作出了不正确的批语"[②]的情况，因此，"甲午八日"的"甲午"若为纪年，是解释不通的。

将"甲午八日"的"甲午"解释为纪年，前提是要么认定畸笏叟丁亥年的此条批语为假，即脂砚斋的确活到了甲午年；要么否定"甲午八日"批语的作者为脂砚斋，即"今而后惟愿造化主再出一芹一脂，是书何幸。余二人亦大快遂心于九泉矣。甲午八日泪笔"的批语者是畸笏叟或其他什么人。遗憾的是，以上两条假设都很难成立。

"一芹一脂"与"余二人"对应关系甚是清晰，无须他解。学者崔川荣认为，"余二人"是指畸笏叟与曹颙，畸笏叟为曹頫，曹頫之子为脂砚斋，曹颙之子为曹雪芹，曹頫在曹颙忌日这一天联想到曹家及个人过往而泪笔作批。但读批语原句，批语作者明显是说旧"（余二人）一芹一脂"一写一评造就了《石头记》，而"书未完"，"惟愿造化主再出"新"一芹一脂"能使《石头记》完璧，书幸，旧"（余二人）一芹一脂"也能"大快遂心"。批语作者是脂砚斋无疑，而批语内容也与曹家旧事无关。事实上，曹雪芹与曹颙的关系如何目前尚无史料支撑，而曹颙的忌日"正月初八日"在《石头

---

① 曹雪芹.脂砚斋评批红楼梦[M].济南：齐鲁书社，1994：375.

② 陈维昭.《金陵十二钗》与曹雪芹及其他[J].红楼梦学刊，2022(1)：64-79.

记》书中却出现过,书中第十七回至十八回中:

> 展眼元宵在迩,自正月初八日,就有太监出来先看方向:何处更衣,何处燕坐,何处受礼,何处开宴,何处退息。又有巡察地方总理关防太监等,带了许多小太监出来,各处关防,挡围幕,指示贾宅人员何处退,何处跪,何处进膳,何处启事,种种仪注不一。外面又有工部官员并五城兵备道打扫街道,撵逐闲人。贾赦等督率匠人扎花灯烟火之类,至十四日,俱已停妥。这一夜,上下通不曾睡。①

此段写元妃省亲前七日内贾府如何准备、如何忙碌,非常写实。文中出现的"正月初八日"非常自然,作者并无讳笔,而"深知拟书底里"的脂砚、畸笏及其他评阅者对这个日子也无感,并未留下一字一句的批语。试想,若曹雪芹真为曹頫之子、"泪笔"批语作者真为畸笏、畸笏真为曹頫之堂弟,曹雪芹可将"正月初八日"改为其他日子,如"正月初十日",也不会影响文意的表达,畸笏叟也大可以将"泪笔"批语置于"正月初八日"文字旁,情形相反,从此段文字来看,"正月初八日"的出现只是作者为了叙事方便写下的,并无异常之处。总之,干支虽常用于纪年,但联系畸笏叟"芹溪、脂砚、杏斋诸子皆相继别去,今丁亥夏只剩朽物一枚"这条批语,"甲午八日"的"甲午"非指纪年。

第三节　"甲午"纪月解

"甲午八日"的"甲午"可能是纪月。学者崔川荣是学界"甲午"纪月可能性的首位提出者。查阅万年历,乾隆二十八年(癸未年,1763)正月

① 曹雪芹.脂砚斋重评石头记庚辰校本[M].北京:作家出版社,2006:344.

至乾隆三十二年(丁亥年,1767)十二月的阴历月份干支信息可列表 8.1 如下。这张表格显示,“甲午”月对应乾隆三十一年(丙戌年,1766)的阴历四月二十九日至五月三十日,“甲午”若为纪月,“甲午八日”就是乾隆三十一年五月八日。

表 8.1 1763—1767 年阴历月份干支表

<table>
<tr><th>年份
月份</th><th>1763 年
癸未年
乾隆二十八年</th><th>1764 年
甲申年
乾隆二十九年</th><th>1765 年
乙酉年
乾隆三十年</th><th>1766 年
丙戌年
乾隆三十一年</th><th>1767 年
丁亥年
乾隆三十二年</th></tr>
<tr><td rowspan="2">正月</td><td>甲寅月(初一至二十一日)</td><td>乙丑月(初一、初二日)</td><td>丁丑月(初一至十三日)</td><td>庚寅月(初一至二十四日)</td><td>辛丑月(初一至初五日)</td></tr>
<tr><td>乙卯月(二十二至三十日)</td><td>丙寅月(初三至三十日)</td><td>戊寅月(十四至三十日)</td><td>辛卯月(二十五至三十日)</td><td>壬寅月(初六至二十九日)</td></tr>
<tr><td rowspan="4">二月</td><td>乙卯月(初一至二十一日)</td><td>丙寅月(初一、初二日)</td><td>戊寅月(初一至十三日)</td><td>辛卯月(初一至二十五日)</td><td>壬寅月(初一至初六日)</td></tr>
<tr><td rowspan="3">丙辰月(二十二至二十九日)</td><td rowspan="3">丁卯月(初三至二十九日)</td><td>己卯月(十四至二十九日)</td><td rowspan="3">壬辰月(二十六至二十九日)</td><td rowspan="3">癸卯月(初七至三十日)</td></tr>
<tr><td>己卯月(闰二月初一至十四日)</td></tr>
<tr><td>庚辰月(闰二月十五日至三十日)</td></tr>
<tr><td rowspan="2">三月</td><td>丙辰月(初一至二十三日)</td><td>丁卯月(初一至初三日)</td><td>庚辰月(初一至十五日)</td><td>壬辰月(初一至二十六日)</td><td>癸卯月(初一至初六日)</td></tr>
<tr><td>丁巳月(二十四至三十日)</td><td>戊辰月(初四至三十日)</td><td>辛巳月(十六至三十日)</td><td>癸巳月(二十七至三十日)</td><td>甲辰月(初七至二十九日)</td></tr>
<tr><td rowspan="2">四月</td><td>丁巳月(初一至二十四日)</td><td>戊辰月(初一至初四日)</td><td>辛巳月(初一至十六日)</td><td>癸巳月(初一至二十八日)</td><td>甲辰月(初一至初八日)</td></tr>
<tr><td>戊午月(二十五至二十九日)</td><td>己巳月(初五至三十日)</td><td>壬午月(十七至二十九日)</td><td>甲午月(二十九日)</td><td>乙巳月(初九至三十日)</td></tr>
<tr><td rowspan="2">五月</td><td>戊午月(初一至二十六日)</td><td>己巳月(初一至初五日)</td><td>壬午月(初一至十九日)</td><td rowspan="2">甲午月(初一至三十日)</td><td>乙巳月(初一至初九日)</td></tr>
<tr><td>己未月(二十七至三十日)</td><td>庚午月(初六至二十九日)</td><td>癸未月(二十至三十日)</td><td>丙午月(初十至二十九日)</td></tr>
</table>

续表

<table>
<tr><th>年份
月份</th><th>1763年
癸未年
乾隆二十八年</th><th>1764年
甲申年
乾隆二十九年</th><th>1765年
乙酉年
乾隆三十年</th><th>1766年
丙戌年
乾隆三十一年</th><th>1767年
丁亥年
乾隆三十二年</th></tr>
<tr><td rowspan="2">六月</td><td>己未月（初一至二十八日）</td><td>庚午月（初一至初八日）</td><td>癸未月（初一至二十日）</td><td rowspan="2">乙未月（初一至三十日）</td><td>丙午月（初一至十一日）</td></tr>
<tr><td>庚申月（二十九日）</td><td>辛未月（初九至三十日）</td><td>甲申月（二十一至二十九日）</td><td>丁未月（十二至三十日）</td></tr>
<tr><td rowspan="4">七月</td><td rowspan="4">庚申月（初一至二十九日）</td><td>辛未月（初一至初九日）</td><td>甲申月（初一至二十二日）</td><td>乙未月（初一日）</td><td>丁未月（初一至十三日）</td></tr>
<tr><td rowspan="3">壬申月（初十至二十九日）</td><td rowspan="3">乙酉月（二十三至三十日）</td><td rowspan="3">丙申月（初二至二十九日）</td><td>戊申月（十四至二十九日）</td></tr>
<tr><td>戊申月（闰七月初一至十五日）</td></tr>
<tr><td>己酉月（闰七月十六至三十日）</td></tr>
<tr><td rowspan="2">八月</td><td>庚申月（初一日）</td><td>壬申月（初一至十一日）</td><td>乙酉月（初一至二十三日）</td><td>丙申月（初一至初四日）</td><td>己酉月（初一至十五日）</td></tr>
<tr><td>辛酉月（初二至三十日）</td><td>癸酉月（十二至三十日）</td><td>丙戌月（二十四至三十日）</td><td>丁酉月（初五至三十日）</td><td>庚戌月（十六至三十日）</td></tr>
<tr><td rowspan="2">九月</td><td>辛酉月（初一日）</td><td>癸酉月（初一至十二日）</td><td>丙戌月（初一至二十三日）</td><td>丁酉月（初一至初四日）</td><td>庚戌月（初一至十五日）</td></tr>
<tr><td>壬戌月（初二至二十九日）</td><td>甲戌月（十三至二十九日）</td><td>丁亥月（二十四至二十九日）</td><td>戊戌月（初五至二十九日）</td><td>辛亥月（十六至二十九日）</td></tr>
<tr><td rowspan="2">十月</td><td>壬戌日（初一至初二日）</td><td>甲戌月（初一至十三日）</td><td>丁亥月（初一至二十四日）</td><td>戊戌月（初一至初五日）</td><td>辛亥月（初一至十六日）</td></tr>
<tr><td>癸亥月（初三至三十日）</td><td>乙亥月（十四至二十九日）</td><td>戊子月（二十五至二十九日）</td><td>己亥月（初六至三十日）</td><td>壬子月（十七至三十日）</td></tr>
<tr><td rowspan="2">十一月</td><td>癸亥月（初一至初二日）</td><td>乙亥月（初一至十三日）</td><td>戊子月（初一至二十四日）</td><td>己亥月（初一至初五日）</td><td>壬子月（初一至十六日）</td></tr>
<tr><td>甲子月（初三至二十九日）</td><td>丙子月（十四至三十日）</td><td>己丑月（二十五至三十日）</td><td>庚子月（初六至三十日）</td><td>癸丑月（十七至三十日）</td></tr>
</table>

续表

年份＼月份	1763 年 癸未年 乾隆二十八年	1764 年 甲申年 乾隆二十九年	1765 年 乙酉年 乾隆三十年	1766 年 丙戌年 乾隆三十一年	1767 年 丁亥年 乾隆三十二年
十二月	甲子月（初一至初三日）	丙子月（初一至十三日）	己丑月（初一至二十四日）	庚子月（初一至初四日）	癸丑月（初一至十五日）
	乙丑月（初四至三十日）	丁丑月（十四至二十九日）	庚寅月（二十五至二十九日）	辛丑月（初五至二十九日）	甲寅月（十六至二十九日）

“甲午”若为纪月，脂砚斋批语的“甲午八日”则为乾隆三十一年五月八日。在这一天，脂砚斋读到曹雪芹的自题绝句“满纸荒唐言，一把辛酸泪。都云作者痴，谁解其中味”时，留下“能解者方有辛酸之泪，哭成此书。壬午除夕，书未成，芹为泪尽而逝。余尝哭芹，泪亦待尽。每意觅青埂峰，再问石兄，奈不遇癞头和尚何？怅怅！今而后惟愿造化主再出一芹一脂，是书何幸。余二人亦大快遂心于九泉矣。甲午八日泪笔”的批语。对于“惟愿造化主再出一芹一脂”一句，以及在这一日脂砚斋格外的伤情痛心“哭芹”，学者崔川荣认为“曹雪芹生于丙申年（1716）五月初八日；贾宝玉的出生年月即曹雪芹的出生年月”。[①] 笔者对该观点认同一半，即脂砚斋“泪笔”的“甲午八日”这一日是曹雪芹生辰之日，但并不一定为五月八日。

整体阅读所有脂批，只有三则批语出现了具体日期：“乾隆二十一年五月初七日对清”“壬午除夕”“甲午八日”，第一则为过录时所留，后两则都关乎作者曹雪芹，指向曹雪芹的“逝日”“生日”。“甲午八日”这一日，批者情绪悲恸，“惟愿造化主再出一芹一脂”提及“造化主”、提及“出”，表明当日正为曹雪芹生辰之日。现存有注记时间、出现于“壬午除夕”之后的脂砚斋批语仅此一则，若无新的材料发现，我们可以看出在曹雪芹逝后，脂砚斋“尝哭芹，泪亦待尽”，沉痛之下没有继续去第五次评阅《石头记》，而仅在曹雪芹生辰之日睹“书”思人，发出感叹，其伤

① 崔川荣.再谈“甲午八日”及其使用价值：关于红学研究中的几个难题［J］.红楼梦学刊，2005（2）：82-95.

悲之情力透纸背。

联系书中文本，作者浓墨重彩着力用笔七个回目文字，写过五月一日至五月七日的故事，即书中从第二十九回至三十五回共七回的情节都发生在五月一日至五月七日：

五月一日，清虚观贾府打醮。

五月二日，清虚观打醮，贾母、宝玉、黛玉未去，宝黛口角，宝玉砸玉。

五月三日，薛蟠生日。宝玉未去。

五月四日，宝黛和好。金钏儿被逐。龄官画蔷。袭人被踢。

五月五日，端阳节，王夫人请薛家母女赏午。晴雯撕扇。

五月六日，史湘云来贾府，拾到金麒麟。金钏儿投井。宝玉被打。黛玉题帕。

五月七日，贾母薛姨妈等看视宝玉。玉钏儿尝荷叶汤。莺儿打络。

书中写到五月七日，邢夫人派人来看宝玉并送来两样果子，宝玉遣秋纹要把果子分一半给林姑娘送去，结果听到黛玉正在院子里说话，“宝玉忙叫：‘快请。’”叙事至此戛然而止，作者没有顺着日期继续写五月八日的事。后面的第三十六回文字则泛写五月七日后、八月二十日前这三四个月时间跨度的故事，叙述袭人得到例数姨娘的份例、宝玉梦兆、湘云回史家等事，具体月份时间都没有交代。

书中明确为发生在五月的事件还有第七十回，写的是“五月初十日”：

> 偏生近日王子腾之女许与保宁侯之子为妻，择日于五月初十日过门，凤姐儿又忙着张罗，常三五日不在家。这日王子腾的夫人又来接凤姐儿，一并请众甥男甥女闲乐一日。贾母和王夫人命宝玉、探春、林黛玉、宝钗四人同凤姐去。众人不敢违拗，只得回房去另妆饰了起来。五人作辞，去了一日，掌灯方回。[1]

---

① 曹雪芹.脂砚斋重评石头记庚辰校本[M].北京：作家出版社，2006：1196.

从书中文本来看，作者写了五月一日至五月七日，也写了五月初十，却没有写“五月八日”，似乎“五月八日”这一日和其他未说明日期的日子一样是泛泛而言的，再则由表8.1可知，干支纪月与数字纪月并不总能一一对应，绝大多数的数字纪月都有两个干支纪月月份出现，人们生活里使用干支纪月其实并不方便，因此，“甲午”纪月解虽不能被完全排除，但可能性很小。

第四节　“甲午”纪日解

干支在我国古代最常用于纪年、纪日，后者如《清史稿》对乾隆皇后乌喇那拉氏的记载：

> 皇后，乌喇那拉氏，佐领那尔布女。后事高宗潜邸，为侧室福晋。乾隆二年，封娴妃。十年，进贵妃。孝贤皇后崩，进皇贵妃，摄六宫事。十五年，册为皇后。三十年，从上南巡，至杭州，忤上旨，后剪发，上益不怿，令后先还京师。三十一年七月甲午，崩。上方幸木兰，命丧仪视皇贵妃。自是遂不复立皇后。子二，永基、永璟。女一，殇。①

“三十一年七月甲午”中的干支“甲午”即为纪日，“甲午”日是“十四日”，“三十一年七月甲午”即为“三十一年七月十四日”。古人为强调某一日时，也常以干支纪日再搭配其他的纪日方式连用重复，如北周庾信的《终南山义谷铭并序》：“周保定二年，岁次壬午，七月乙巳朔，大冢宰晋国公命凿石关之谷，下南山之材。”②“七月乙巳朔”即“七月初一日”，当日

① 赵尔巽.清史稿[M].北京：中华书局，1976：8917.
② 庾信.庾子山集注[M].北京：中华书局，1980：679.

也为“乙巳”日,“乙巳”“朔”都指“初一”,“乙巳朔”即为连用重复。

查阅资料,学界尚未有“甲午八日”的“甲午”为纪日解的讨论,即某年某月的“八日”为甲午日,甲午日为某年某月的八日,“甲午八日”为连用重复。如此的写法正如今日的我们为强调某个日期时会说“星期几某日”一般。查阅万年历,乾隆二十八年(癸未年,1763)正月至乾隆三十二年(丁亥年,1767)十二月的阴历每月八日干支信息可列表“表 8.2”。表 8.2 表明,八日为“甲午”的日期出现于乾隆二十八年的阴历六月,“甲午”若为纪日,“甲午八日”就是乾隆二十八年六月八日。

表 8.2　1763—1767 年阴历每月八日干支表

年份／某月八日	1763 年 癸未年 乾隆二十八年	1764 年 甲申年 乾隆二十九年	1765 年 乙酉年 乾隆三十年	1766 年 丙戌年 乾隆三十一年	1767 年 丁亥年 乾隆三十二年
正月八日	丙寅日	庚申日	甲寅日	戊寅日	癸酉日
二月八日	丙申日	庚寅日	甲申日 (闰二月八日) 癸丑日	戊申日	壬寅日
三月八日	乙丑日	己未日	癸未日	丁丑日	壬申日
四月八日	乙未日	己丑日	癸丑日	丁未日	辛丑日
五月八日	甲子日	己未日	壬午日	丙子日	辛未日
六月八日	甲午日	戊子日	壬子日	丙午日	庚子日
七月八日	癸亥日	戊午日	辛巳日	丙子日	庚午日 (闰七月八日) 己亥日
八月八日	壬辰日	丁亥日	辛亥日	乙巳日	己巳日
九月八日	壬戌日	丁巳日	辛巳日	乙亥日	己亥日
十月八日	辛卯日	丙戌日	庚戌日	甲辰日	戊辰日
十一月八日	辛酉日	乙卯日	己卯日	甲戌日	戊戌日
十二月八日	庚寅日	乙酉日	己酉日	甲辰日	戊辰日

联系《石头记》文本,该书有个很蹊跷的叙事现象,即除了“六月”,其

他月份都有明确的叙事情节,作者偏偏没有写“六月”。我们可简单列书中叙事月份表如下。

表 8.3　《石头记》文本中分布于“十二月”的叙事情节

（笔者注:事件不一定发生在同一年份）

叙事月份	主要叙事情节
正月	元春出生,元妃省亲,宝钗生日,等等
二月	宝钗、黛玉、宝玉等入住大观园,黛玉生日,等等
三月	宝黛读西厢,小红遗帕,宝玉被魇魔,探春生日,等等
四月	芒种节大观园祭饯花神,宝钗扑蝶,黛玉葬花,等等
五月	清虚观打醮,薛蟠生日,龄官画蔷,晴雯撕扇,金钏儿投井,宝玉挨打,黛玉题帕,等等
六月	—
七月	巧姐生日,黛玉私室祭奠父母,等等
八月	甄士隐中秋宴请贾雨村,贾政被点学差,探春起诗社,刘姥姥逛大观园,柳湘莲进京,贾母过寿,抄检大观园,黛玉、湘云联诗,等等
九月	秦可卿生病,贾瑞唐突凤姐,林如海病逝,凤姐生日,薛蟠被打,等等
十月	薛蟠外出做生意,香菱进大观园,贾赦打贾琏,芦雪广联诗,等等
十一月	三十冬至贾母等看望秦可卿,贾琏被赏秋桐做妾,等等
十二月	黛玉进贾府,凤姐探望可卿,贾瑞被冻一夜,王子腾升九省都检点,贾府过除夕,等等

十二个月份中,除了“六月”,作者对其他月份的叙事或详写乃至详之又详,如“正月”“三月”“四月”“五月”“八月”“九月”“十月”“腊月”,或略写乃至略之又略,如“二月”“七月”“十一月”,这十一个月份都有带着明确时间标记的叙事情节。唯独对“六月”,作者似有写其实又未写,单单遗漏了。书中唯一出现“六月”的文本是在第七十回:

这日众姊妹皆在房中侍早膳毕,便有贾政书信到了。宝玉请安,将请贾母的安禀拆开念与贾母听,上面不过是请安的话,说六月中准进京等语。其余家信事务之帖,自有贾琏和王夫人

开读。众人听说六七月回京，都喜之不尽。(P549)

此段文字是说贾政回京的日期会在“六月中”，然而，下一段中文字便是：

宝玉放了心，于是将所应读之书，又温理过几遍。正是天天用功，可巧近海一带海啸，又遭蹋了几处生民。地方官题本奏闻，奉旨就着贾政顺路查看账济回来。如此算去，至冬底方回。(P550)

显然，“六月中”贾政并没有回京，他是到了“冬底”，即腊月，才回来的。作者还是没有写“六月”的事。

十二个月份，作者何以单对六月或讳写或漏写？再看第六十二回文字，宝玉过生日何等花团锦簇，同时还有平儿、宝琴、岫烟、四儿同日生日，而薛蝌同日送了寿礼给宝玉，宝玉也“过去陪他吃面”(P483)，贾家、薛家都准备了寿酒，薛蝌还要请伙计们吃酒，宝钗又言“我们和宝兄弟进去还要待人去呢，也不能陪你了”(P483)，似乎薛蝌、薛宝琴是双生胎，薛蝌同日也过生日，加起来就是六个人同过生日。喧嚣热闹的这一日会是六月八日吗？在作者的十二月月份情节铺排中，特特留下六月未有一事明述，这是为了暗示书中男主人公宝玉的生辰即为六月之事吗？而宝玉生日与作者生日正为同一日。

综上，“甲午”纪月、纪日，脂批“甲午八日”都可解释得通，联系书中文本，笔者提出“甲午”纪日新解，即更倾向于判断为作者未明写的“六月”之日期。“甲午”纪月、纪日，分别指向的“乾隆三十一年五月八日”与“乾隆二十八年六月八日”这两个日期都与畸笏叟丁亥年的批语在时间上不冲突，脂砚斋批语的“甲午八日”当是这两个日期中的一个。无论是哪一个日期，都是非常重要的新线索：若“甲午八日”为“乾隆三十一年五月八日”，则脂砚斋的生平信息考证有了更为具体的指向，即脂砚斋逝于乾隆三十一年五月八日后、乾隆三十二年夏季前；若“甲午八日”为“乾隆二十八年六月八日”，则作者曹雪芹的逝世时间有了新证。长久以来，学界关于曹雪芹的逝世时间有“壬午说”“癸未说”“甲申说”三种观点，而脂砚斋能在癸未年(1763)的六月八日“哭芹”，说明曹雪芹的确是在上一年“壬午”年除夕，即公历1763年2月12日离世的，“壬午说”确立，而“六月八日”也正在前文第七章中所分析的贾宝玉生日在“五月初七后、七月前”的时间区间内。

第九章　黛玉“戏上扮的渔翁渔婆”戏言

《石头记》第四十五回，作者写，在一个下着雨的秋夜，黛玉刚作了《秋窗风雨夕》，宝玉过来探望，黛玉注意到宝玉身着一套斗笠、蓑衣，“十分细致轻巧”，宝玉见黛玉喜欢，忙说“我送你一顶，冬天下雪戴”，后文接着是：

> 黛玉笑道：“我不要他。戴上那个，成个画儿上画的和戏上扮的渔婆了。”及说了出来，方想起话未忖夺，与方才说宝玉的话相连，后悔不及，羞的脸飞红，便伏在桌上嗽个不住。(P356)

黛玉说了“画儿上画的和戏上扮的渔婆”为何会“后悔不及，羞的脸飞红”呢？脂批此处有解释：

> 妙极之文。使黛玉自己直说出夫妻来，却又云“画的”“扮的”，本是闲谈，却是暗隐不吉之兆。所谓“画儿中爱宠”是也，谁曰不然？(P356)

原来，“画儿上画的和戏上扮的渔婆”是“夫妻画”“夫妻戏”。戏曲是《石头记》书中的重要内容，举凡书中有重大庆典(如元妃省亲)，有人物寿辰(如贾母、贾敬、王熙凤、薛蟠、薛宝钗等过生日),以及逢年过节(如过春节、中秋)时,都会有听戏看戏的叙事情节。书中出现的戏曲类型丰富,有南戏、昆腔剧目、弋阳腔剧目、元杂剧等,“可以说,《红楼梦》中藏着一部明清经典戏曲史”①。学者徐扶明于1984年出版《红楼梦与戏曲比较研究》一书,考证《红楼梦》书中有37出戏曲,其中前八十回中有34出:王实甫的《西厢记》,李日华的《西厢记》,汤显祖的《牡丹亭》《邯郸梦》《南柯梦》,洪昇的《长生殿》,陈二白的《双官诰》,李玉的《一捧雪》,月榭主人的《钗钏记》,邱园的《虎囊弹》,朱佐潮的《九莲灯》,范希哲的《满窗笏》,康进之的《负荆请罪》,柯丹邱的《荆钗记》,袁于令的《西楼记》,徐元的《八义记》,高濂的《玉簪记》,曹寅的《续琵琶记》,梁辰鱼的《浣纱记》,白朴的《白蛇记》,无名氏的《西游记》《金貂记》《白兔记》《牧羊记》《临潼斗宝》《刘二当衣》《黄伯央大摆阴魂阵》《丁郎认父》《孙行者大闹天宫》《姜子牙斩将封神》《混元盒》《霸王举鼎》《五鬼闹钟馗》。

上述戏曲的故事情节可简述如下:(1)王实甫、李日华的《西厢记》是讲书生张生与相国家的小姐崔莺莺的爱情故事;(2)《牡丹亭》是讲官家千金杜丽娘与书生柳梦梅的爱情故事;(3)《邯郸梦》是讲书生卢生在邯郸一客店中黄粱一梦的故事;(4)《南柯梦》是讲唐朝落魄武官淳于棼一大梦的故事;(5)《长生殿》是讲杨贵妃与唐玄宗的爱情故事;(6)《双官诰》是讲婢女碧莲有情有义守节教子的故事;(7)《一捧雪》是讲明嘉靖时莫怀古因玉杯遭到权臣严世蕃迫害的故事;(8)《钗钏记》是讲落难书生皇甫吟与富家女史碧桃的故事;(9)《虎囊弹》是讲鲁智深仗义救金翠莲的故事;(10)《九莲灯》是讲忠臣闵觉遭奸臣陷害,家人傅奴赴仙果洞求九莲灯救主的故事;(11)《满窗笏》是讲唐朝名将郭子仪六十大寿时七子八婿皆来祝寿的故事;(12)《负荆请罪》是讲战国时廉颇与蔺相如的故事;(13)《荆钗记》是讲钱玉莲与书生王十朋的爱情故事;(14)《西楼记》是讲书生于鹃与妓女穆素徽的爱情故事;(15)《八义记》是讲春秋时晋

① 顾春芳.《红楼梦》的叙事美学和戏曲关系新探[J].红楼梦学刊,2017(06):59-81.

国大臣赵盾被奸臣陷害,其孙十八年后报仇的故事;(16)《玉簪记》是讲道姑陈妙常与书生潘必正的爱情故事;(17)《续琵琶记》是讲东汉末年蔡文姬的故事;(18)《浣纱记》是讲春秋时期西施及吴越争霸的故事;(19)《白蛇记》是讲白蛇报恩书生刘汉卿的故事;(20)《西游记》是讲唐僧、孙悟空等西天取经的故事;(21)《金貂记》是讲薛仁贵遭奸臣陷害,又得仙女赠剑大胜归朝的故事;(22)《白兔记》是讲五代后汉的开国皇帝刘知远与李三娘的爱情故事;(23)《牧羊记》是讲西汉时苏武持节牧羊坚贞不屈十九年的故事;(24)《临潼斗宝》是讲秦穆公邀十八国诸侯会临潼比宝物的故事;(25)《刘二当衣》是讲刘二装痴卖傻、插科打诨、六亲不认的故事;(26)《黄伯央大摆阴魂阵》是讲鬼谷子下山助弟子孙斌破阵的故事;(27)《丁郎认父》是讲丁郎以半片菱花拦马认父后,父子团聚的故事;(28)《孙行者大闹天宫》是讲《西游记》中的故事;(29)《姜子牙斩将封神》是讲姜子牙的故事;(30)《混元盒》讲的是混元盒不小心被打开妖魔鬼怪被放出又被收服的故事;(31)《霸王举鼎》讲的是西楚霸王项羽的故事;(32)《五鬼闹钟馗》讲的是五鬼和判官的故事。显然,这三十多出戏曲中并没有一出是"渔公""渔婆"的"夫妻戏",那么,书中黛玉曾看过的有关"渔公""渔婆"的"夫妻戏"又会是什么戏呢?作者为何没有写黛玉及书中其他人看此戏的情节呢?

20世纪60年代,法国文学批评家朱莉娅·克里斯蒂娃提出互文性理论,认为"某一文本与此前文本乃至此后文本之间的关系"存在"对话性",克里斯蒂娃"明确地将这种文本对话性称为'互文性'(intertextuality),并将语言及所有类型的'意义'实践,包括文学、艺术与影响,都纳入文本的历史"①。文学创作在不同时期中会出现后期作品对前期作品的借鉴现象,这种创作文化的承袭与累积为我们分析作家作品提供了新视角,关于《红楼梦》与出现在它之前的文学作品(如《金瓶梅》

---

① 克里斯蒂娃.主体·互文·精神分析:克里斯蒂娃复旦大学演讲集[M].祝克懿,黄蓓,编译.北京:生活·读书·新知三联书店,2016:11.

《水浒传》等），以及与出现在它之后的作品（如《京华烟云》《芙蓉镇》等）的互文性研究已为学界所注意，然而，《红楼梦》与其同时期作品的互文性关联尚未得到学界的重视。

自从《红楼梦》于乾隆五十六年（1791）被刊刻问世以来，民间一直有关于其原名《石头记》的八十回后佚失文字及补写续书的传闻，其中有一本被称为三六桥本，据说记载着《石头记》的后三十回文字。三六桥，生于同治十年（1871）五月二十二日，蒙古正白旗人，汉名张三多，号六桥，1888年“承其世叔父难荫，得袭三等轻车都尉，食三品俸”①，辛亥革命后，任盛京副都统、金州副都统、东北边防司令咨议等职，20世纪40年代前后在伪满洲国也任过职。他与日本人交往甚多，喜爱藏书，据说家藏一本《石头记》的后三十回文字，日本儿玉达童教授曾在三六桥处看过此本，并在1943年的北京大学读书会中向当时在北大游学的张琦翔提到一些此本中情节，言《石头记》中主要人物的命运是宝钗难产而死、湘云先守寡后嫁给宝玉、凤姐被休，而谈及探春的结局，儿玉达童教授在黑板上写下“杏元和番”四个字。1945年，三六桥去了日本，此本《石头记》的后三十回佚文应该也被带去了日本，现下落不明。

儿玉达童教授写下的三六桥本中的探春结局是“杏元和番”，“杏元和番”其实是我国传统戏曲《二度梅》中的经典一幕，而戏曲《二度梅》则改编于清乾隆时期的长篇章回小说《二度梅》。探春的命运与杏元和番体现了《石头记》与《二度梅》文本之间的对话，事实上，《二度梅》与《石头记》虽然属于同一时期的作品，但在叙事模式、人物形象塑造方面出现大量彼此渗透、互相作用的互文性现象，这很值得学界重视，或许这种互文性现象能为研究者探索《石头记》作者、成书、传播以及八十回后文字探佚等带来更多启示。

---

① 胡文彬，周雷．红学丛谭［M］．太原：山西人民出版社，1983：205．

第一节 《二度梅》与《石头记》成书时间接近

出现互文性的《二度梅》与《石头记》成书时间都晚于乾隆十三年(1748),同属乾隆朝作品。

《二度梅》,全名《忠孝节义二度梅全传》,作者的真实姓名及生平均不详,全书共六卷四十回,讲述的故事是:大唐肃宗年间,忠臣梅家、陈家遭奸臣陷害,梅家老爷梅魁被斩,梅家夫人和公子梅良玉分散逃难,梅良玉化名王喜童躲避在梅魁好友陈公家。陈公有一女一子,女名杏元,子名春生。陈公得知梅良玉真实身份,拟将女儿嫁给梅良玉,不料国家与北方敌邦作战不敌,奸臣出计和亲,让皇帝下旨陈杏元和番。陈春生与梅良玉送杏元和番至边关返回。陈杏元守节投崖自尽,被昭君娘娘救下送到邹家花园,成为邹家义女,义妹是邹云英。陈春生与梅良玉归途中被游兵冲散。陈春生投水自尽被渔婆救下,与渔婆的女儿周玉姐配为婚姻。周玉姐被恶少抢走,陈春生告状军门门下,军门恰是梅良玉的舅舅,军门有女邱云仙,陈春生与先前逃至此处的梅良玉母亲相认。梅良玉逃难路上巧遇父亲另一好友冯乐天,被引荐至邹家,经一番波折,与陈杏元重逢。梅良玉、陈春生苦读,分别高中状元、亚元。陈春生高中后被奸臣逼婚,拒婚不成反被其陷害落狱,激起考生群怒,冯乐天等忠臣趁机联合考生一起联奏皇帝,将奸臣铲除,梅家、陈家沉冤得雪。陈杏元与邹云英同嫁梅良玉,周玉姐与邱云仙同嫁陈春生。

《二度梅》小说问世后,在乾隆年间就被改编为传奇戏,楚曲、汉剧,京剧中也有改编自该书的经典剧目,传唱表演至今。关于《二度梅》的成书年代,张文德先生从版本、文本以及《二度梅》与始作于康熙十一年的才子佳人小说《醒风流》之间的承袭关系,严密考证,得出结论,认为"《二度梅》小说的成书时间当在乾隆 13 年到乾隆 35 年之间":该书成书"晚于乾隆13年”,关键依据是书中写“吏部尚书陈日升,勤劳王事,赤胆无私,着升文华殿大学士”,而“文华殿大学士”居殿阁大学士之首正是从乾隆十三年开始的;该书成书“早于乾隆35年”,关键依据是“到乾隆35年(1770)江苏昊县的石淡已有据小说《二度梅》改编的《两度梅》传奇戏”①。

《石头记》的成书时间在学界存有争议,从《石头记》文本来看,除本书前文所分析的叙事时间线依据外,书中出现的发生在乾隆朝的事或物也可以作为旁证说明其最终成书时间是在乾隆朝。这个始于乾隆朝的新事件,就是元春省亲时的仪仗中出现了“一把曲柄七凤黄金伞”。第十八回“大观园试才题对额 荣国府归省庆元宵”中,元春省亲的仪仗描写如下:

> 半日静悄悄的。忽见一对红衣太监骑马缓缓的走来,墨夹形容逼肖!至西街门下了马,将马赶出围幕之外,便垂手面西站住。墨夹 形容逼肖!半日又是一对,亦是如此。少时便来了十来对,方闻得隐隐细乐之声。一对对龙旌凤翣,雉羽夔头,又有销金提炉焚着御香;然后一把曲柄七凤黄金伞过来,便是冠袍带履。又有值事太监捧着香珠、绣帕、漱盂、拂尘等类。一队队过完,后面方是八个太监抬着一顶金顶金黄绣凤版舆,缓缓行来。

此段文字将元春的仪仗场面描写得非常细致,也很写实,脂批评价说“难得他写的出,是经过之人也”(P137),指出写书者曾在现场目睹过这样的仪仗。《清史稿》记录了不同等级的皇宫妃嫔所用的不同规格的仪仗,“一把曲柄七凤黄金伞”表明元春此时的身份是皇贵妃,皇贵妃仪仗规格是:

---

① 张文德.《二度梅》版本及成书年代考论[J].明清小说研究,2004(2):198-208.

皇贵妃仪仗，吾仗四，立瓜四，卧瓜四。赤、黑素旗各二，金黄色凤旗二，赤、黑凤旗各二。金黄、赤、黑三色素扇各二，赤、黑鸾凤扇各二，赤、黑瑞草伞各二，明黄、赤、黑三色花伞各二。金节二。拂二，金香炉、香盒、盥盘、盂各一，金瓶二，金椅一，金方几一。七凤明黄曲柄伞盖一。翟舆一乘，仪舆一乘，翟车一乘。①

“七凤明黄曲柄伞盖”这个规格首次出现是在乾隆十三年，乾隆十三年之前，皇贵妃的仪仗中关于“伞”的规格只是“红曲柄七凤伞一，红直柄花伞二，红直柄瑞草伞二，红方伞二”②。《石头记》中出现“一把曲柄七凤黄金伞”，表明该书最后的删改是在乾隆十三年之后完成的，即成书时间是在乾隆朝，据脂批曹雪芹逝于“壬午除夕”，即《石头记》的最后删改是在乾隆十三年至乾隆二十八年(1763)、二十九年(1764)。

作者为何会把贾元春的仪仗写成皇贵妃的规格？读者可参见本书第七章内容，作者塑造贾元春人物形象时，借鉴了历史上高斌之女慧贤皇贵妃的生活素材。乾隆十年(1745)正月二十三日，贵妃高氏被册封为皇贵妃，同年正月二十五日，皇贵妃高氏薨，谥曰慧贤皇贵妃。《石头记》第十八回关于元妃省亲的内容应是改于乾隆十年正月二十五日以后。

人们确实可利用文本写实的特点考证《石头记》的成书年代，“书中的部分情节和人物…… 有些作者遭遇的真事确是隐去了，但有些生活中的真事显然并未隐去，被他写到作品中了”③。说明《石头记》成书于乾隆朝的另一可参考例证是关于书中丫鬟小红名字的来历有史料相印证。小红原名“红玉”，她与历史上南宋抗金名将韩世忠的夫人梁红玉重名，小红的聪明伶俐与胆识过人也确与梁红玉相仿佛。不过，笔者发现“红玉”

① 赵尔巽.清史稿[M].北京：中华书局，1977：3090.

② 赵尔巽.清史稿[M].北京：中华书局，1977：3090.

③ 冯其庸.梦边集[M].西安：陕西人民出版社，1982：37.

的名字在清朝官方史料中也有记载，且年份与乾隆十三年相近。清内务府档案中记载了一份乾隆九年(1744)的刑部咨文，案件犯事人的女儿恰巧也叫“红玉”。此咨文言：

安徽清吏司案呈，准督捕司移付内务府咨送吉德家人二汉私嫁伊女，复行逃走一案。审据二汉供：我系镶黄旗包衣雅图管领下护军吉德家人，年七十二岁。我有一个女儿五哥，于乾隆七年十二月内，我私自许与海甸槐树街地方居住民人雷五。后我就求我老主儿，老主儿不依。我想已经把女儿许给人家，难以退婚，随于八年七月初八日就私自偷嫁了。因怕主儿追问我女儿，于十五日带妻卢氏，子栓儿、套儿、媳刘氏，女红玉、金贵……逃走，等语。…… 应仍照家仆将女偷嫁与人为例，鞭一百。年逾七十，照律收赎，行文该旗在该犯名下照追入官。①

此案与曹雪芹及其作品有很大的关联性。第一，该案犯事人身份与曹家一样都是包衣人，只不过曹家是在内务府办事，上面的主子是皇帝，因此曹家可以做到一品、三品的高官，而该案中的二汉一家身份要低很多，只是护军的家奴，即皇帝奴才的奴才，不过同属包衣人身份或许会让曹雪芹格外关注此案；第二，二汉的女儿“红玉”与《石头记》书中的“林红玉”同名，二汉的女儿“红玉”与林红玉除了重名外，身份也相同，都是家奴之女；第三，二汉有另一女儿唤“五哥”，《石头记》书中另有一家奴之女角色是“柳五儿”，名相近；第四，案中二汉不经主子同意私自将女儿五哥许配给平民雷五是违法行为，大清《刑部则例》规定“凡不问主子，将女儿私聘与人，鞭一百，不论久暂，曾否生子，断其离异”②。在清朝，主子对奴仆有绝对的人身控制权，二汉一家做的奴对主的反控制努力与挣扎在

① 韦庆远，吴奇衍，鲁素.清代奴婢制度[M].北京：中国人民大学出版社，1982：112.
② 韦庆远，吴奇衍，鲁素.清代奴婢制度[M].北京：中国人民大学出版社，1982：112.

《石头记》的林红玉、柳五儿身上也有着集中表现。书中，林红玉不经主子做主婚配，自己与贾府的旁系子弟贾芸私相授受；柳五儿的母亲柳家的也没走正常的向主子申请调配程序，私下里打通怡红院丫头的关系，要把女儿安排到宝玉身边，结果因茯苓霜事件被牵连，事败，柳五儿也不幸殒命。

二汉一家的案情发生在乾隆七年、八年，内务府的记录时间是在乾隆九年七月，此时的曹家已在京城，家族中也尚有很多人在内务府当班做事。我们可以合理推测曹雪芹知晓此案，对包衣人二汉一家很是同情，并把二汉一家的事作为叙事素材，巧妙安排进《石头记》小说中。

第二节　《二度梅》与《石头记》叙事手法具互文性

曹雪芹作书《石头记》不是在个人创作的封闭环境下，而是身处一个小规模的文人圈子中，他边写，他身边文人圈子的人边批边抄边传播扩散，如脂批中就有脂砚斋、畸笏叟、堂村、梅溪、松斋等人的批语，而与《石头记》作书同时间或稍早或稍晚时，另一本长篇章回小说《二度梅》的作者也在创作着，两部小说在叙事模式上出现了诸多惊人的互文性。从叙事写作背景来看，两部小说的作者都有着强烈的“江南”情结，他们一个将书中主要人物及其家族的籍贯都归于江南金陵，一个将书中男女主人公设为江南常州、扬州人士。两部小说的作者都有着浓烈的家国情怀，一个暗写，一个明写，都将“江南”与“京城”相连、个体命运与国家皇权相系。甚或，两部小说之间还出现了某种呼应与互动，如《石头记》第一回中作者说“我想历来野史的朝代，无非假借汉唐的名色，不如我这石头所记，不借此套，只按自己的事体情理，反倒新鲜别致”，《二度梅》的故事是“野史”，发生在唐朝，恰是《石头记》作者批判的“假借汉唐的名色”，而《二度梅》的承袭底本《醒风流》中的故事本发生在宋朝，《二度梅》作者改写扩写后把朝代挪移到了唐朝，这样一改倒成为了《石头记》作者的批评靶子，这样的巧合很像是《石头记》的作者知晓《二度梅》而发讥谑之言。

人物姓名是文学作品塑造人物形象的显性符号，作者对于书中人物，尤其是主要人物的姓名设置往往慎之又慎、独具匠心，而《二度梅》与《石头记》在人物取名方面的相互渗透非常显著。

主人公是小说的灵魂人物，书中主人公的姓名往往寄托着作者的喻世情怀。与《石头记》一样，《二度梅》亦钟情于“玉”字，两部小说都设置了“双玉”人物架构主线情节。《石头记》中，“双玉”是宝玉、黛玉。《二度梅》虽原始素材来自《醒风流》，但改变了《醒风流》中男女主人公的姓名。《醒风流》中，男主人公姓梅名干，表字傲雪，女主人公姓冯名闺英，《二度梅》保留了男主人公的姓，但将名改为“璧”，表字良玉，而女主人公则被改姓名为陈杏元。《二度梅》改变了《醒风流》中梅干与冯闺英的故事这一才子佳人单线叙事方式，另增加了一条关于陈春生命运的叙事线索，与陈春生相配的第二女主人公叫周玉姐，名字里也有个“玉”。《石头记》第四十五回“金兰契互剖金兰语 风雨夕闷制风雨词”中，宝玉雨夜里穿着蓑衣、戴着斗笠来看望黛玉，黛玉开玩笑说宝玉是“渔翁”，宝玉言说这装束是北静王送的，并要送黛玉一顶，好冬天下雪戴，后文是：“黛玉笑道：‘我不要他。戴上那个，成个画儿上画的和戏上扮的渔婆了。’及说了出来，方想起话未忖夺，与方才说宝玉的话相连，后悔不及，羞的脸飞红，便伏在桌上嗽个不住。”(P356) 黛玉自忖无意中将宝玉与自己比作了渔翁渔婆夫妻俩而害羞不已，而《二度梅》中，陈春生投水自尽被渔婆救下，并与渔家女周玉姐婚配，也帮忙打鱼卖鱼，恰与周玉姐是一对渔翁渔婆小夫妻。若黛玉看到的“戏上扮的”是陈春生与周玉姐的故事，那么《二度梅》及其被改编的传奇戏成书时间要稍早于《石头记》的成书时间。

《二度梅》中，梅良玉、周玉姐的名字都带有“玉”，与《石头记》中宝玉、黛玉的“玉”相重，有意思的是，《石头记》第二十四回“醉金刚轻财尚

义侠 痴女儿遗帕惹相思”中，作者特别交代了丫头小红的名：“原来这小红本姓林，墨夹 又是个林。小名红玉，“红”字切“绛珠”，“玉”字则直通矣。只因‘玉’字犯了林黛玉、宝玉，妙文！便都把这个字隐起来，便都叫他‘小红’。”(P197) 到第二十七回“滴翠亭杨妃戏彩蝶 埋香冢飞燕泣残红”，当小红言自己因重了宝玉的名才改了名时，作者写道：“凤姐听说将眉一皱，把头一回，说道：‘讨人嫌的很！得了玉的益(原误依)似的，朱旁：又一下针。你也‘玉’，我也‘玉’。”(P221) 这里作者借凤姐之口“针”刺林之孝家的跟风取名叫“玉”，而实际情况是，小红年龄比宝玉大，是林家先给女儿取了带“玉”的名，宝玉、黛玉才是后取的名。因此，不是奴才小红重了主子宝玉的，而是主子宝玉重了奴才小红的，只是小红不过是家奴之女，身份卑微，不能较真谁先取名谁后取名，凤姐讽刺挖苦，她也只能受着。《石头记》无闲笔，此处凤姐“针”刺重名一事或许也意有所指，指责其他小说跟《石头记》的风，也给人物取带“玉”的名字。

除了“玉”字，《二度梅》与《石头记》中人物重名的例子还有很多。《二度梅》中陈杏元的名字中带有“元”，重了《石头记》中元春的“元”，“杏”又重了探春的象征之物“杏花”；《二度梅》中陈春生的“春”重了《石头记》中贾府四位小姐名中的“春”，且“春生”与贾府四位小姐都是在春季出生也意思相同；《二度梅》中陈杏元的丫鬟叫翠环，名中带有“环”字，在杏元投崖后代替杏元去和番，《石头记》中宝玉的庶出弟弟是贾环，一直暗中发坏要取代宝玉，等等。或许《石头记》先写，《二度梅》后写，但《石头记》写得慢，《二度梅》写得快，后开始写作的《二度梅》参考引用了《石头记》的人物姓名以及其他叙事思路，倒先成书并改戏传播了，这让《石头记》的作者有些不屑，一边讽刺人家“讨人嫌”，一边又一连安排了自己书中很多人物都取名为“玉”，除宝玉、黛玉、红玉外，还有妙玉、玉钏、玉官、玉爱、茗玉、蒋玉函等，都是作者喜欢的极为聪明灵秀的人物。

日期时间元素是文学作品叙事铺排与情节推进的重要手段，《二度梅》与《石头记》都出现了巧取人物生日与传统民俗节日来展现情节的叙事特色，并且《二度梅》中的三个日期时间与《石头记》中的三个主要人物的命运之间出现了引用、模仿与隐喻的关联性。

生日与节日是《石头记》中的重要情节，书中贾敬、贾政、宝钗、薛蟠、凤姐、宝玉、贾母、探春、薛姨妈等都有过生日的叙事内容，书中出现的节日也基本涵盖了中国的传统节日，如春节、灯节、清明、芒种、端午、中元、中秋、冬至等，学界关注到《石头记》以节日、生日推动情节发展，以传统民俗节日写生日以丰富人物形象塑造的这一具有文化内涵的写法，如学者白鹿鸣的《试论〈红楼梦〉“以节日写生日”的方法》，认为金陵十二钗中“谈到生日的六个人中，有五个都是以节日作为生日，分别是贾元春、薛宝钗、贾探春、林黛玉、贾巧姐，只有九月初二出生的凤姐生日不是节日，这样的人物设定很难让人将此视为偶然”①，这篇文章还指出元春生日是正月初一，宝钗生日是穿天节，探春生日是上巳节，黛玉生日是花朝节，巧姐生日是七夕节。实际上，从《石头记》文本来看，作者明白承认生日为节日的只有元春、巧姐二人。元春生日是大年初一，本应寓意此为福气极大之人，巧姐生日是七月初七，这一日本是民俗中命中缺“喜”的忌日，然而世事无常，大福之日出生的元春却如爆竹，爆炸时光彩夺目，转瞬又灰飞烟灭，大忌之日出生的巧姐却在落难时遇到贵人相助转危为安，这样正反衬托、出乎意料的写法的确让人叫绝。宝钗、黛玉的生日分别是正月二十一、二月十二，探春的生日是三月初三。黛玉的生日，作者只是借袭人之口一语带过，宝钗、探春二人的生日，作者倒都有笔墨描写，宝钗是极详地写，探春是极略地写，但书中实未有一言指出或暗示她们的生日是某一节日。

《二度梅》较之《石头记》线索简单，人物数量少，形象也单薄得多，但在利用民俗节日烘托气氛、推动情节发展的写作手法方面与《石头记》非常相似，如第十二回引出陈公要祭奠梅公的情节时，有一句“元宵佳节，

① 白鹿鸣.试论《红楼梦》“以节日写生日”的方法[J].红楼梦学刊，2013(5)：293-303.

闹过花灯，正月已完，二月又至”①(P65)，再如第十八回陈杏元和番出行前拜别父母时说“爹爹请上，待孩儿拜别。只是爹爹年迈之人，休要过伤，回去致意母亲，不要思念孩儿，只当我在家不幸病故的一般。若到那寒食清明时节，烧一陌纸钱，供一碗羹饭，这就算了爹娘的恩泽”(P97)，寒食清明节气与杏元和番悲戚之情相称。

《二度梅》书中有三个日期时间与《石头记》的相重，这三个日期时间也与《石头记》中的三位关键人物相关联，一是人物“生日”（梅公的夫人），关联元春；二是“二月十二日”，关联黛玉；三是“三月初三日”，关联探春。

《二度梅》书中出现生日的人物只有两人，一是梅良玉之母邱夫人，一是奸相卢杞。邱夫人生日日期不明，从为办生日要买办买来的菜中有“两把菠菜”来看，当是秋季，当梅公与夫人言说“后日”是夫人生辰如何置办的次日，忽有报子差役两名上门“说老爷奉旨内升，要求给赏钱”(P4)，梅公突然被升迁为吏部都给事并赴京上任，然而这突降的大好事却也给梅家带来家亡人散之灾。以人物生日叙事紧接人物升迁叙事这一明“福”隐“祸”的写法在《石头记》中亦有相同呈现。第十六回“贾元春才选凤藻宫 秦鲸卿夭逝黄泉路”，贾政正过生辰，“六宫都太监夏守忠乘马而至，前后左右又有许多内监跟从”，贾母等合家慌了半日，方知是元春“晋封为凤藻宫尚书加封贤德妃”(P117)。然而，元春封妃不过是“烈火烹油、鲜花着锦之盛”，后终不免“盛筵必散”悲剧收场。《石头记》中这段文字，脂批赞曰“泼天喜事却如此开宗。出人意料外之文也”(P117)。以生日引喜事（实则为灾事）的“如此开宗”之叙事思路，《二度梅》的作者与《石头记》的作者竟能“出人意料”地达成一致。

奸相卢杞生日与梅公被斩一日相连，梅公逢冤遇害正是在二月十二日，《二度梅》的题目所指，即书中关键情节“梅开二度”，正是发生在此

① 笔者注：书中所引《二度梅》文字均出自天花主人编次、惜阴堂主人编辑的《二度梅全传》，由山东文艺出版社 1986 年出版，为简略计，文内所引该书文字使用上标标注。

日。“梅开二度”的大致情节是：二月初十，梅公好友陈公见家中花园梅花盛开，拟于后日祭奠好友梅公，不料夜里一阵风雨冰雹，将梅花尽皆打落，陈公心灰意冷意欲出家修行，陈杏元为打消父亲出家之念，发愿祈祷上天使梅花能再次开放以满足父亲祭奠好友之心意，躲难在陈家的梅良玉也偷偷向上苍神圣及花园花神发愿祈祷梅开二度。花园花神被梅良玉诚心感动，上奏玉帝，得了旨意，让陈府花园梅花重放，原来的杂色梅花都变成一色绿蕊，香气也比以往更为馥郁。陈府得此奇事，陈公对天佑善人又有了信念，打消了出家之念，此节是为小团圆结局。二月十二日，红学界许多学者指出该日是花朝节，然而与《石头记》一样，《二度梅》此节文字虽出现了花神，出现了梅开二度这等奇事，却同样没有写这一日是花朝节，那么，很可能两书的作者都不过花朝节或过的花朝节并非二月十二这一日。

如同宝钗生日的“穿天节”说法存疑一样，花朝节在我国不同时期、不同地区的日期也不同。从文人诗词来看，唐宋时期，花朝节是在二月十五，如宋朝三槐的词《念奴娇 寿主簿二月廿一》：“武夷秀气，萃君家、春色融和时节。赏了花朝才六日，曾记挺生英杰”，宋朝钱时的七言绝句《二月望游齐山呈仓使二首》：“春到花朝花未多，小梅才作玉婆娑。东君不是恩光薄，无奈霜欺雪压何”，等等。到了明清时期，出现在文人诗词中的花朝月份都是二月，但具体日期有了变化，有四个：第一，仍是以二月十五日为花朝节，如明朝盛镛《赋得新雨百花朝》中的“正值花生日，园林雨意新。三春刚一半，二月恰中旬”，明朝李梦阳《二月望丘翁林亭二首其一》中的“今日花朝好风日，梁园酒新花更开。走觅南邻立处士，月明骑马醉深回”，清朝丘逢甲《二月十五日抵西贡作》中的“楼台金碧国旗飘，吹角江头虏气骄。地极南交逢热带，人来西贡作花朝”。第二个是二月二日，如明朝林光《二月二日蔡村船中》中的“尽日风尘里，花朝不见花。轻烟穿舴艋，长薄散乌鸦”。第三个是二月十三日，如明朝欧大任《二月十三日大风沙起行德州三十里》中的“岭外花朝花事齐，故人载酒满江堤。谁知独冒风霾色,千里鸣沙似碛西”。第四个是二月十二日,如明末清初钱谦益《二月十二春分日横山晚归作》中的“杏园村店酒旗新,度竹穿林踏好春。南浦舟中曾计日,西溪楼下又经旬。残梅糁雪飘香粉,新柳含风瀁曲尘。最是花朝并春半,与君遥夜共芳辰”,同时,花朝二月十二日过生辰的正是钱谦益的平妻柳如是。从明清时期的县志来看,华北地区以二月十五为花朝节,而华东地区以二月十二日为花朝节。前者如《宛平县志》记载:二月“十五日,曰‘花朝’。小青缀树,花信始传,骚人韵士,唱和以诗”[①],《大兴县志》记载:二月“十五日,日‘花朝’。小青缀树,花信始传,市所卖花出自窖藏,已烂漫矣”[②],《赤城县志》记载:“十五日为‘花朝节’,妇女剪彩饰鬓,以为应节。村民各以五谷、瓜果种相遗,谓之献生”[③],等等。后者如《松江府志》记载:二月“十二日‘花朝’,群卉遍系红彩,以祝繁盛”[④],《苏州府志》记载:二月“十二日为‘花朝’。剪彩绫为带系于花树”[⑤],等等。

《二度梅》与《石头记》中都出现了“二月十二”这个重要日期,又同时未言其是花朝节,即使此日很不寻常,要么是发生了花神施法梅开二度奇事,要么是绛珠仙草林黛玉生日,但书中都未添上“花朝”二字来使此日更增传奇浪漫色彩,最大的可能性是此日在两部书作者生活所在地民俗中并非节日或两部书的作者都知晓“花朝”在不同地区有不同的日期,因而有意回避。两部书的作者不仅处于同一历史时期,还可能是同一地区的人,曹家从雍正时被抄家后就搬回了京城,因此《二度梅》的作者大概率也在京城,与曹雪芹相识,至于“二月十二”这个日期是哪位先写在书里再被另一人借鉴参考,今人就难以下定论了。

上巳节在三月初三,这一点在魏晋以后各朝各代以及我国的各个区

① 丁世良,赵放.中国地方志民俗资料汇编·华北卷[M].北京:书目文献出版社,1989:14.
② 丁世良,赵放.中国地方志民俗资料汇编·华北卷[M].北京:书目文献出版社,1989:33.
③ 丁世良,赵放.中国地方志民俗资料汇编·华北卷[M].北京:书目文献出版社,1989:137.
④ 丁世良,赵放.中国地方志民俗资料汇编·华东卷[M].北京:书目文献出版社,1989:3.
⑤ 丁世良,赵放.中国地方志民俗资料汇编·华东卷[M].北京:书目文献出版社,1989:369.

域倒无争议,《石头记》中第七十回探春此日过生日,作者仅写了几句话交代过去:“次日乃是探春的寿日,元春早打发了两个小太监送了几件顽器。合家皆有寿仪,自不必说。饭后,探春换了礼服,各处行礼。”(P549)《二度梅》第四十回中,天子于此日赐婚梅良玉、陈春生两对新人:“次日早,换了宰相服色,上朝谢恩。只见钦天监奏道:‘选择三月初三日黄道,天恩下降之期。’天子大悦,便召梅璧、春生面谕:‘朕已择定期三月初三日黄道之辰,朕亲御五凤楼前,看二卿迎亲之喜。’”(P222)两部的书写作手法又是很相似的,且极具隐喻作用,一个是三月初三,皇妃赐礼,一个是三月初三,皇帝赐婚,都与皇宫、皇权有关,并都未直言此日为上巳节。上巳节在隋唐时是非常重要的民俗节日,除百姓在此日迎春赏游外,皇帝也常于此日赐宴群臣,席间,人们作诗作赋非常风雅,文人创作的于此日侍宴的诗词非常多,甚至诗词中直接出现“皇”“帝”字以颂圣,如魏晋时王赞的《三月三日诗》:“猗猗季月,穆穆和春。皇储降止,宴及嘉宾。嘉宾伊何,具惟姻族”,魏晋时程咸的《平吴后三月三日从华林园作诗》:“皇帝升龙舟,待幄十二人。天吴奏安流,水伯卫帝津”,南北朝谢灵运的《三月三日侍宴西池诗》:“详观记牒,鸿荒莫传。降及云鸟,曰圣则天。虞承唐命,周袭商艰。江之永矣,皇心惟眷”,唐朝崔知贤的《三月三日宴王明府山亭》:“京洛皇居,芳褉春余。影媚元巳,和风上除。云开翠帟,水鹜鲜居。林渚萦映,烟霞卷舒”,等等。此外,将此日与国君朝政相系也是文人诗词常用的视角,著名的如唐朝杜甫的《丽人行》:“三月三日天气新,长安水边多丽人。态浓意远淑且真,肌理细腻骨肉匀。……就中云幕椒房亲,赐名大国虢与秦。……杨花雪落覆白苹,青鸟飞去衔红巾。炙手可热势绝伦,慎莫近前丞相嗔”,讥讽唐玄宗宠幸杨氏一族,荒淫腐朽败坏朝纲。《二度梅》《石头记》虽喜悲寓意不同,但意将皇权与书中人物命运相联系时都选择了“三月初三”这一日,这又是一致了。

第三节　杏元和番与探春远嫁

二六桥本言探春结局是杏元和番，然《二度梅》中，陈杏元被迫和番投崖自尽，却能被昭君娘娘所救，成就美满姻缘，《石头记》中贾探春远嫁却定不会有圆满结局，那么她与“杏元和番”的互文性关联会是什么？

《石头记》中探春远嫁，是写书人、批书人与红学界的共识。以物象征人是《石头记》的艺术特点，比如，牡丹花喻宝钗，芙蓉与竹喻黛玉，等等。而对于探春，《石头记》作者主要使用了三种事物来伏笔她的人生命运。

风筝是探春的第一个归宿意象。风筝意象首次出现是在第五回“游幻境指迷十二钗 饮仙醪曲演红楼梦”所写的探春的判词、判曲中。她的判词画面上是“画着两人放风筝，一片大海，一只大船，船中有一个女子掩面泣涕之状”，判词是“才自精明志自高，生于末世运偏消。清明涕送江边望，千里东风一梦遥”(P43)，判曲是“分骨肉”：“一帆风雨路三千，把骨肉家园齐来抛闪。恐哭损残年，告爹娘，休把儿悬念。自古穷通皆有定，离合岂无缘？从今分两地，各自保平安。奴去也，莫牵连”(P46)。显然探春的归宿如一只断线风筝，飘荡“路三千”江海之外，将与父母家人分离两地，备受骨肉分离之苦。

风筝意象第二次出现是在第二十二回“听曲文宝玉悟禅机 制灯谜贾政悲谶语”中，该回写春节期间，贾母等人赏灯取乐，命贾府姐妹并宝玉、宝钗、黛玉制作灯谜让贾政猜。关于探春的灯谜，文字如下：

> 贾政……又往下看是：
>
> 阶下儿童仰面时，清明妆点最堪宜。
>
> 游丝一断浑无力，莫向东风怨别离。墨夹 此探春远适之谶也。

使此人不远去,将来事败,诸子孙不致流散也,悲哉,伤哉!

贾政道:“这是风筝。”探春笑道:“是。”

……

贾政心内沉思道:“娘娘所作爆竹,此乃一响而散之物。迎春所作算盘,是打动乱如麻。探春所作风筝,乃飘飘浮荡之物。惜春所作海灯,一发清净孤独。今乃上元佳节,如何皆作此不祥之物为戏耶?”心内愈思愈闷,因在贾母之前,不敢形于色,只得仍勉强往下看去。(P180)

此处灯谜文字旁,脂批已经直接点明谜底风筝是“此探春远适之谶也”,而贾政苦闷的内心活动也点出探春的“远适”绝非喜事,而带有“飘飘浮荡”之悲凉寓意。

杏花是探春的第二个归宿意象。第六十三回“寿怡红群芳开夜宴 死金丹独艳理亲丧”,在宝玉过生日的夜里,探春与宝玉、宝钗、黛玉等在怡红院玩“拈花名”,她掣得的花签是“一枝杏花”,签上红字写着“瑶池仙品”,书中附诗云:“日边红杏倚云栽”,并有注云:“得此签者,必得贵婿”,众人看到此签的反应是都笑道:“我们家已有了个王妃,难道你也是王妃不成？大喜,大喜。”(P495)探春的花名谶语暗示探春将来的去处是很“高”的地方。“瑶池仙品”,瑶池是传说中西王母居住的地方,在极高的昆仑山上,《史记》言:“河出昆仑。昆仑其高二千五百余里,日月所相避隐为光明也。其上有醴泉、瑶池。”①“日边红杏倚云栽”,“日”也自是极高之物,常被用以代指君主,如俗语中所说的“天无二日,人无二主”,明朝冯梦龙的《古今谭概 · 微词 · 韩侂胄》言“嘉泰末年,平原公恃有扶日之功”②,“日”即指国君。探春得了“必得贵婿”签,众人也很兴奋,贺道:“我们家已有了个王妃,难道你也是王妃不成。大喜,大喜。”此语似乎暗

① 司马迁.史记[M].北京:中华书局,1982:3179.

② 冯梦龙.古今谭概[M].北京:中华书局,2007:390.

示探春将来是“王妃”,然而,我们已明确知道曹雪芹笔下的探春结局不是书中众人所说的“大喜,大喜”,而应另有曲笔。

凤凰是探春的第三个归宿意象。凤凰与探春的关联共出现两次,一次是在第六十五回“贾二舍偷娶尤二姨 尤三姐思嫁柳二郎”,该回贾琏的小厮兴儿向尤二姐点评探春时笑道:“玫瑰花又红又香,无人不爱的,只是刺戳手。也是一位神道,可惜不是太太养的,‘老鸹窝里出凤凰’。”(P518)凤凰第二次是与风筝意象一起出现在第七十回“林黛玉重建桃花社 史湘云偶填柳絮词”中,该回写暮春之际,众姐妹在潇湘馆以柳絮为题填词过后,出现了一段放风筝的文字:

> 探春正要剪自己的凤凰,见天上也有一个凤凰,因道:“这也不知是谁家的。”众人皆笑说:“且别剪你的,看他倒象要来绞的样儿。”说着,只见那凤凰渐逼近来,遂与这凤凰绞在一处。众人方要往下收线,那一家也要收线,正不开交,又见一个门扇大的玲珑喜字带响鞭,在半天如钟鸣一般,也逼近来。众人笑道:“这一个也来绞了。且别收,让他三个绞在一处倒有趣呢。”说着,那喜字果然与这两个凤凰绞在一处。三下齐收乱顿,谁知线都断了,那三个风筝飘飘飖飖都去了。
>
> 众人拍手哄然一笑,说:“倒有趣,可不知那喜字是谁家的,忒促狭了些。”(P553)

探春精明志高,在贾府上下看来是“凤凰”人才,然而兴儿口中的“老鸹窝里出凤凰”也点出探春出身之苦,她是庶出。探春的风筝是凤凰图案,与另一凤凰先“绞在一处”,又被一“带响鞭”的“玲珑喜字”逼近绞在一起,三个风筝“线都断了”“飘飘飖飖都去了”。此处的“凤凰”除喻探春的志高人品外,更多的是暗示探春的婚配对象的确是“贵婿”,她借助喜事婚姻飞上天空成为社会顶层的“凤凰”,只是这喜事的结果是“线都断了”“飘飘飖飖都去了”,仍是悲剧之谶。

关于探春的婚事,书中有两处明言。一处是第五十五回“辱亲女愚妾争闲气 欺幼主刁奴蓄险心”:

> 凤姐儿笑道:“好,好,好,好个三姑娘!我说他不错。只可惜他命薄,没托生在太太肚里。”平儿笑道:“奶奶也说糊涂话了。他便不是太太养的,难道谁敢小看他,不与别的一样看了?”凤姐儿叹道:“你那里知道,虽然庶出一样,女儿却比不得男人,将来攀亲时,如今有一种轻狂人,先要打听姑娘是正出是庶出,多有为庶出不要的。殊不知别说庶出,便是我们的丫头,比人家的小姐还强呢。将来不知那个没造化的挑庶正误了事呢,也不知那个有造化的不挑庶正的得了去。”(P435)

另一处是第七十七回“俏丫鬟抱屈夭风流 美优伶斩情归水月”:

> 王夫人原是个好善的,先听彼等之语不肯听其自由者,因思芳官等不过皆系小儿女,一时不遂心,故有此意,但恐将来熬不得清净,反致获罪。今听这两个拐子的话大近情理;且近日家中多故,又有邢夫人遣人来知会,明日接迎春家去住两日,以备人家相看;且又有官媒婆来求说探春等事,心绪正烦,那里着意在这些小事上。(P616)

前一处,作者借王熙凤之口发出的感慨与后文贾琏小厮的评语相印证,暗示探春的庶出身份对其将来的婚姻不利,后一处“官媒婆来求说探春”一事也让王夫人心烦,又与前文王熙凤、兴儿的话相印证,即来求说探春的显然不是高门大户显贵人家,不合王夫人的心意,王夫人因此而心烦,这一情况与“贵婿”谶语正相反。

《石头记》文字到第八十回戛然而止，后文中，探春将有何种命运？程、高续书中简单把探春嫁与镇海总制之子，婚事是贾政亲自做主，探春与丈夫婚姻幸福，这显然不符探春入薄命司的曹雪芹原意。观照创作思路、写作手法与之出现互文性的《二度梅》，或许可以为探佚八十回后探春故事提供些参考。

红学界相对主流的观点是，探春远嫁的对象拥有王或皇这样的身份，如梁归智先生认为"按曹雪芹原意，探春的结局应该是嫁到中国以外的一个海岛小国去做王妃"①。不过，反对意见也不少，具有代表性的反对意见是质疑探春不具有能和亲的尊贵身份，如"历代'和番'均为皇室帝王之女(至少要以此名义)方可到外邦做后妃"②，探春只是臣女，非宗室出身不能和亲。事实上，参照《二度梅》，和番的陈杏元也非皇女或王女，而利用臣子之女和番是完全符合我国和亲史实的。

和亲"是中国古代两个不同民族政权尤其是中原王朝与边疆少数民族政权处理民族关系的重要方式"③。和亲始于汉，盛于唐，宋与明时理学昌盛无和亲，到了清朝，满汉之间的婚姻与其说是和亲不如说是联姻，而在唐肃宗之前，汉唐的和番之女都是宗室之女或臣民之女。

唐太宗时期是以宗室之女和亲，和亲公主并非唐太宗自己的女儿。贞观四年(630)，宗室之女定襄县主嫁给突厥始毕可汗的孙子阿史那忠；贞观十年(636)，唐高祖李渊的第十四个女儿衡阳公主嫁给突厥处罗可汗的次子阿史那社尔；贞观十五年(641)正月十五，宗室女文成公主离开长安，和亲吐蕃；贞观二十二年(648)，唐高祖李渊的第八女九江公主，嫁给突厥执失思力可汗。

唐玄宗时期是以宗室亲属之女和亲，和亲的公主都是外戚，不姓李。开元五年(717)，两位宗室亲属之女被安排和亲，一位是唐玄宗的从外甥

① 梁归智.《石头记》探轶：《红楼梦》探轶学初阶[M].太原：山西古籍出版社，2005：3.

② 胡邦炜.《红楼梦》中的悬案[M].成都：四川人民出版社，1994：112.

③ 崔明德.中国古代和亲史[M].北京：人民出版社，2005：568.

女即辛景初之女被封固安公主,嫁给奚首领李大辅,一位是东平王李续的外孙杨元嗣之女被封永乐公主,嫁给契丹首领李失活。开元十年(722),唐玄宗将堂妹余姚县主的女儿封为燕郡公主,嫁给契丹首领李郁于;开元十三年(725)左右,唐玄宗将外甥女陈氏封为东华公主,嫁给契丹首领李邵固;天宝四年(745)三月,唐玄宗又同时封两位亲外孙女为公主,分别和亲契丹和奚,其中唐玄宗第十三女卫国公主之女宜芳公主嫁给了奚首领李延宠,唐玄宗第十五女信诚公主之女静乐公主嫁给了契丹首领李怀节,这两位公主出嫁半年后,契丹和奚约定同时叛唐,两位公主也被杀。

天宝十四年(755)十一月,安史之乱爆发,唐玄宗携杨贵妃西逃。天宝十五年(756)七月,唐玄宗第三子李亨在灵武即位,为唐肃宗,遥尊唐玄宗为太上皇。为向回纥借兵平息叛乱,巩固新立的政权,唐肃宗开了“真公主”即现天子之女和亲之例,同时也将大臣之女嫁给番邦和亲。乾元元年(758)七月十七日,唐肃宗的次女宁国公主和亲回纥伽阙可汗,与宁国公主一同和亲的还有一位宗室之女和两位大臣之女。其中,宗室之女荣王李婉的女儿以“媵”的身份陪嫁回纥伽阙可汗,唐将仆固怀恩的两个女儿则和亲回纥伽阙可汗的少子,这两个女子一个后来被封光亲可敦,另一个没有在史料中留下名字,后者很可能与荣王李婉的女儿一样,是作为“媵”和亲的。

《二度梅》的作者把故事背景放在和亲最为屈辱的唐肃宗时期,和亲的无论是公主还是臣女,命运都非常坎坷悲惨,陈杏元借助神力摆脱厄运只能是书中传奇。《石头记》也塑造了一位远嫁的女性人物贾探春。以两部书创作思路与写作手法具有互文性的特点,比照陈杏元的和番故事,人们或许可以这样探佚推测:陈杏元受奸相陷害被迫和番,贾探春亦受某朝臣举荐被迫和亲;陈杏元和番时陪嫁随行的有四十名民女,贾探春和亲则是跟随另一位“凤凰”即地位身份比探春高的女子,庶出的臣女探春是以“媵”的身份和亲的;陈杏元守节刚烈,投崖自尽,被昭君娘娘所救,贾探春则志高不屈,投水而亡,魂归太虚幻境。

第十章　曹寅“康熙四十八年二月初八日”奏折

家族及联系家族之间的姻亲关系是重要的社会关系，影响着社会资源的流动与分配，《石头记》作者曹雪芹对书中“四大家族”“一荣俱荣、一损俱损”的叙事建构正是来自作者对自身家族及其家族姻亲社会关系势力从盛转衰的深刻体悟，对《石头记》作者家世及其家族社会关系的文献考证一直是红学研究中的重要内容。从现有资料来看，曹家权势达到鼎盛时期的曹寅有一子二女长大成人并婚配，他的独子曹颙娶马氏，他的长女嫁平郡王纳尔苏，而关于他小女的婚配情况却鲜有学者提及，仍是红学中的“盲点”。《石头记》惯用姻戚视角，如书中以黛玉之眼看荣国府之上下等人、以刘姥姥之眼观王熙凤之管家形象、以宝琴之眼探荣国府年祭之肃穆隆重，对荣国府之叙事极尽有曲折、有间架、千皴万染之妙。或许《石头记》作者“曹雪芹”即为某大家族姻戚之子，笔者在本章尝试对被学界忽略的曹寅小女所适对象进行文献考证。

第一节　清《永宪录》中有关曹寅女儿婚配信息的记载

关于曹雪芹家族曹玺、曹寅、曹颙、曹頫及曹寅女儿婚配的情况，成书于清乾隆时期的《永宪录》有过记载：

督理江宁、杭州织造曹頫、孙文成并罢。文成在任二十余年。曹頫之祖曹玺与伯寅相继为织造将四十年。寅字子清。号荔轩。奉天旗人。有诗才。颇懂风雅。母为圣祖保母。二女皆为王妃。及卒。子颙嗣其职。颙又卒。令頫补其缺。以养两世孀妇。因亏空罢任。封其家赀。止银数两。钱数千。质票值千金而已。上闻之恻然。寅演琵琶传奇。用蔡文姬故事。以正伯喈之诬。内装潢魏武之休美。或谓其因同姓。然是举实阿瞒一生好义处。又演明末米脂令边大绶与陕抚汪乔年掘李自成先冢所纪虎口余生。将一时人物备列。表忠义而褫叛逆。可敦风教。并附志之。①

《永宪录》言曹寅“二女皆为王妃”，现已确知曹寅长女于康熙四十五年(1706)嫁给平郡王纳尔苏为其王妃，而在康熙朝的其他亲王、郡王史料中尚未发现另有一曹氏王妃。不过，《红楼梦》文本中的确出现过“两个王妃”的现象。

《红楼梦》第六十三回“寿怡红群芳开夜宴　死金丹独艳理亲丧”：

宝钗又掷了一个十六点，数到探春。探春笑道：“我还不知得个什么呢。”伸手掣了一根出来，自己一瞧，便掷在地下，红了脸，笑道：“这东西不好，不该行这令。这原是外头男人们行的令，许多混话在上头。”众人不解，袭人等忙拾了起来，众人看上面是一枝杏花，那红字写着“瑶池仙品”四字，诗云：日边红杏倚云栽。注云：“得此签者，必得贵婿，大家恭贺一杯，共同饮一杯。”众人笑道：“我说是什么呢。这签原是闺阁中取戏的，除了

① 萧奭.永宪录[M].北京：中华书局，1959：390.

这两三根有这话的，并无杂话，这有何妨。我们家已有了个王妃，难道你也是王妃不成。大喜，大喜。”说着，大家来敬。探春那里肯饮，却被史湘云、香菱、李纨等三四个人强死强活灌了下去。(P495)

“我们家已有了个王妃”，此处应指元春，但元春在《红楼梦》其他文本中并非“王妃”，而是“皇妃”。“皇妃”突然变成了“王妃”，红学学者大都认为曹雪芹不是失误错写，而是暗暗在写曹家的故事，即元春是影射曹寅长女平郡王纳尔苏王妃。“难道你也是王妃不成”，此处指探春，伏脉探春的远嫁，且远嫁也要做“王妃”。然而，续写的《红楼梦》后四十回中，探春并没有做王妃，而是被续写者安排嫁给了外任海疆官员周琼之子。《红楼梦》中的“贾家”影《红楼梦》作者的“曹家”，若“曹家”有两个女儿都做了王妃，则作者将其写进了小说中，用元春、探春的故事影射曹家两个姐妹的命运有其合理性。

第二节　曹寅奏折中有关其女儿婚配情况的信息

遗憾的是，除《永宪录》外，目前尚无其他史料能佐证曹寅另有一女嫁给了某王爷也成为王妃。不过，关于曹寅小女的婚配情况，曹寅自己在呈给康熙的奏折中有所透露，是最有说服力的信史。该信息出现在康熙四十八年(1709)二月初八日的《江宁织造曹寅奏为婿移居并报米价折》中，原文如下：

江宁织造·通政使司通政使臣曹寅谨奏：恭请圣安。

臣家奴赍折子回南，伏闻圣体全安，下慰亿万苍生之望，凡属臣民，无不欢忻舞蹈，庆祝无疆。

再,梁九功传旨,伏蒙圣谕谆切,臣钦此钦遵。

臣愚以为皇上左右侍卫,朝夕出入,住家恐其稍远,拟于东华门外置房移居臣婿,并置庄田奴仆,为永远之计。臣有一子,今年即令上京当差,送女同往,则臣男女之事毕矣。兴言及此,皆蒙主恩浩荡所至,不胜感仰涕零。但臣系奉差,不敢脱身,泥首阙下,惟有翘望天云,抚心激切,叩谢皇恩而已。

目下江南、扬州各处雨水调匀,蔬麦大长,百姓俱安生乐业,惟米价新年稍贵,每石一两二三钱不等,将来春水积聚,各处客商船只运行,价或可平。谨将江宁、扬州正月晴雨录恭呈御览,伏乞睿鉴。

朱批:知道了。江南米价,有人来必入奏折奏闻。熊赐履近日如何?①

小女出嫁的相关信息在曹寅奏折中只出现过这一次,而长女出嫁的信息在曹寅奏折中出现过三次,此处不妨来比较参照一下。

第一次出现是在康熙四十五年(1706)八月初四日的《江宁织造曹寅奏谢复点巡盐并奉女北上及请假葬亲折》中,原文如下:

江宁织造·通政使司通政使臣曹寅谨奏:恭请圣安。

八月初四日接邸抄,蒙恩复点曹寅巡视两淮盐课。臣寅谨设香案,望阙叩头谢恩讫。臣以家奴,两承钦命,祇切惶悚,惟有竭诚尽力,清完盐课,以仰报皇恩于万一。

今年正月太监梁九功传旨,著臣妻于八月上船奉女北上,命臣由陆路九月间接敕印,再行启奏。钦此钦遵。窃思王子婚礼,已蒙恩命尚之杰备办无误,筵宴之典,臣已坚辞。惟是臣母冬期营葬,须臣料理,伏乞圣恩准假,容臣办完水陆二运及各院司差

① 故宫博物院明清档案部.关于江宁织造曹家档案史料[M].北京:中华书局,1975:63.

务,捧接敕印,由陆路暂归,少尽下贱乌哺之私。

至于两淮盐课重大,所有敕印,或遵旧例交与督抚,或命臣李煦十月照旧报满,重复代印;或遵旧例,命盐道护理,伏请圣训,臣谨遵行。臣寅曷胜激切感悚之至。

朱批:知道了。[①]

第二次出现是在康熙四十五年十二月初五日的《江宁织造曹寅奏王子迎娶情形折》中,原文如下:

江宁织造·通政使司通政使臣曹寅谨奏:恭请圣安。

前月二十六日,王子已经迎娶福金过门。上赖皇恩,诸事平顺,并无缺误。随于本日重蒙赐宴,九族普沾,臣寅身荷天庥,感沦心髓,报称无地,恩维倘恍,不知所以。

伏念皇上为天下苍生,当此严寒,远巡边塞,臣不能追随扈跸,仰奉清尘,泥首瞻云,实深惭汗。臣谨设香案九叩,遵旨于明日初六起程赴扬办事。

所有王子礼数隆重,庭闱恭和之事,理应奏闻,伏乞睿鉴。

朱批:知道了。[②]

第三次出现是在康熙四十七年(1708)七月十五日的《江宁织造曹寅再奏洪武陵冢踢陷折》中,原文摘录如下:

江宁织造·通政使司通政使臣曹寅谨奏:恭请圣安。

……

再,臣接家信,知镶红旗王子已育世子,过蒙圣恩优渥,皇上

① 故宫博物院明清档案部.关于江宁织造曹家档案史料[M].北京:中华书局,1975:2.

② 故宫博物院明清档案部.关于江宁织造曹家档案史料[M].北京:中华书局,1975:44.

覆载生成之德，不知何幸，躬逢值此。臣全家闻信，惟有设案焚香，叩首仰祝而已。所有应备金银缎匹鞍马摇车等物，已经照例送讫。理合一并具折奏闻，伏乞睿鉴。

朱批：知道了。[①]

比较上面这四封奏折的内容，人们可以得知：

（1）曹寅两位女儿的婚配都由康熙指婚，都由太监梁九功来传旨。

（2）曹寅两位女儿都嫁去了京城，长女出嫁由曹寅之妻“奉女北上”，小女出嫁则由曹寅之子陪同上京。

（3）曹寅长女出嫁时间是康熙四十五年十一月二十六日，嫁给“镶红旗王子”，曹寅小女出嫁时间是康熙四十八年，嫁给“皇上左右侍卫”。

（4）曹寅长女出嫁是官办，由内务府尚之杰备办，“礼数隆重”，曹寅小女出嫁则由曹寅来操办未来女婿的搬家、置庄田奴仆事宜。

对于长女的指婚，曹寅在奏折中一再向皇帝感恩“叩首”，而对于小女的指婚，曹寅是连同为儿子讨差事一事一同“叩谢皇恩”。再从两场婚礼的规格来看，曹寅小女所嫁之“皇上左右侍卫”的家世背景与曹寅长女所嫁的“镶红旗王子”相比应不如，而像搬家、置庄田奴仆这样的事也要由未来岳父操办，显然这位“皇上左右侍卫”女婿的家境也很一般，且家中没有能主事的直系家长，最有可能的情况是他已经丧父。

从曹寅奏折信息来看，康熙给曹寅小女指婚的对象是仕途亨通的侍卫，也是门好亲。侍卫虽然没有亲王、郡王那样地位尊崇，但在清王朝中也是很重要的政治角色，待遇优厚，拥有更为便捷的渠道受到皇帝的信任以及被委以重任出仕朝廷大员的机会。“满人入官，以门阀进者，多自侍卫，拜唐阿始。故事，内、外满大臣子弟，五年一次挑取侍卫、拜唐阿，以是闲散人员、勋旧世族一经拣选，入侍宿卫，外膺简擢，不数年，辄致显职者，

① 故宫博物院明清档案部.关于江宁织造曹家档案史料[M].北京：中华书局，1975：57.

比比也。”[①]侍卫出任武职，升迁很快，如康熙五十六年(1717)四月，傅尔丹被授振武将军、祈立德被授副将军、富宁安被授靖逆将军，这三人都是侍卫出身。侍卫由武职改任文职，品级起点也很高，《大清会典》规定："本身侍卫改用文职者，一等侍卫以三品京堂用；二等侍卫以四品京堂用，均遇阙升列。三等侍卫以郎中用；四等侍卫以员外郎用；蓝翎侍卫以主事用，均归月选。”[②]曹寅本人即由侍卫出身再出任文职，曹寅的《正月二十九日随驾入侍鹿苑》一诗中的"束发旧曾充狗监，弯弧中岁度龙城”[③]，以及曹寅的《题楝亭夜话图》一诗中的"忆昔宿卫明光宫，楞伽山人貌姣好。马曹狗监共嘲难，而今触痛伤枯槁”[④]，都提及他自己少年时(约15岁)曾在内务府下设的内养狗处做统领或头领，按例内养狗处的统领或头领须从侍卫中拣选，而内养狗处正位于紫禁城东华门内东三所。曹寅熟悉东华门一带，给未来女婿安排的新家住址也是在东华门外。

从侍卫等级来看，康熙给曹寅小女指婚的对象是内廷值班侍卫，在侍卫中地位最高。侍卫存在等级和地位差别，清人福格的笔记《听雨丛谈》中记载："国初，以八旗将士平定海内，镶黄、正黄、正白三旗皆天子自将之军，爰选其子弟，命曰侍卫，用备宿卫侍从……侍卫品级既有等伦，而职司尤有区别。若御前侍卫，多以王公、胄子、勋戚、世臣充之。”[⑤]清宗室侍卫奕赓在其《侍卫琐言》中对侍卫的等级也做过说明："侍卫，清语曰辖，分头等、二等、三等、四等及蓝翎。蓝翎侍卫无宗室，惟满洲、蒙古及觉罗充之。”[⑥]学者曹连明先生在其《清代大内侍卫谈略》一文中，详细解释了侍卫的层级："清代设有侍卫处，由领侍卫内大臣、内大臣及散秩大臣辖之。侍卫有一等、二等、三等及蓝翎侍卫之分，初选一般授为三等及蓝翎

---

① 赵尔巽.清史稿[M]北京：中华书局，1979：3217.

② 大清会典：卷5[C]//影印文渊阁四库全书第619册《吏部》.台北：台湾商务印书馆，2013：76.

③ 曹寅.楝亭集[M].上海：上海古籍出版社，1978：360.

④ 曹寅.楝亭集[M].上海：上海古籍出版社，1978：103-104.

⑤ 福格.听雨丛谈[M].北京：中华书局，1984：25.

⑥ 奕赓.佳梦轩丛著[M].北京：北京古籍出版社，1994：62.

侍卫,每年岁末推选、推升,当差勤勉者可得到晋升。侍卫所司之职又分为御前侍卫、乾清门侍卫、上驷院侍卫等。御前侍卫、乾清门侍卫常年随侍皇帝左右,秉笔承旨,经常得睹天颜,地位最高;上驷院侍卫分管鹰鹞房、狗房等工作,是如杂役,和御前侍卫、乾清门侍卫有天壤之别,不可同日而语。”[①]曹寅少年时当的是等级很低的内养狗处的侍卫,而康熙指婚给他小女的对象则是能随侍皇帝身边的“皇上左右侍卫”,能伴皇上身边的应是内廷值班侍卫,地位非同一般,是侍卫中地位最为显贵的御前侍卫或乾清门侍卫。曹寅言这位侍卫伴“皇上左右”“朝夕出入”,此人更有可能是御前侍卫,“内廷值班,由乾清门侍卫和御前侍卫担任。前者在乾清门内值班,后者随侍于皇帝左右”[②]。康熙对这位侍卫很熟悉,也很看重,“故事:凡宿卫之臣,满洲辄除乾清门侍卫,其重以贵戚或异材,乃擢御前侍卫”[③]。

康熙给曹寅小女指婚的对象是自己熟悉、看重的御前侍卫或乾清门侍卫,这位侍卫应是“贵戚或异材”,出身“王公、胄子、勋戚、世臣”之家,只是他家的经济状况到他这一代衰落了,他的父亲很可能已过世,他的才华受到康熙赏识,因此康熙把他指婚给曹寅小女,让太监梁九功传旨,授意曹寅在生活上多照料他。从皇帝的视角来看,这次指婚是十分合适的:对于包衣出身的曹家而言是女儿高嫁,得配前程似锦的如意郎君;对于该侍卫家而言是多了一个能依靠的富贵姻亲。

第三节　《清实录》中康熙四十八年至康熙六十一年的侍卫信息

曹寅小女出嫁是在康熙四十八年,其夫婿此时的身份是“皇上左右

① 曹连明.清代大内侍卫谈略[J].紫禁城,1994(4):11-12,46.
② 常江.清代侍卫制度[J].社会科学辑刊,1988(3):85-91.
③ 陈康祺.朗潜纪闻初笔[M].北京:中华书局,1984:84.

侍卫”,因此,相关研究有必要对康熙四十八年及之后的康熙朝侍卫史料进行梳理,曹寅小女的夫婿应是其中一位。本文以《清实录》作为文献依据,发现除明确有史料说明其岳父不是曹寅的侍卫,如王廷梅、隆科多等外,出现名字的侍卫有 50 位,这些侍卫的情况可以分为三类。

一、康熙格外开恩特别关照的侍卫

有两位侍卫得到了康熙的特别开恩对待。

(一)富察氏家族的三等侍卫衲尔泰

康熙四十八年正月,康熙谕旨:“马思喀在日曾有效力之处,著将伊子佐领三等侍卫衲尔泰从宽释放。”①衲尔泰的父亲马思喀,是清初名臣米思翰的长子,侍卫出身,于康熙二十七年(1688)由护军参领授武备院卿,后被康熙提拔为内务府总管、领侍卫内大臣,康熙四十三年(1704)病逝,康熙赐白金、遣内大臣奠茶酒,谥襄贞。衲尔泰有三位地位显赫的叔叔:马齐、马武、李荣保。马齐的一位女儿是皇十二子允祹的嫡福晋,李荣保的长女在雍正即位后,被指婚给宝亲王弘历,后来成为孝贤皇后。

康熙四十八年正月,以佟国维、马齐为首的朝内大臣拥戴皇八子胤禩为太子,引起康熙震怒。康熙下旨惩治马齐、马武家族。考虑到三等侍卫衲尔泰的父亲已经过世且有功劳,康熙下旨对他“从宽释放”。

(二)三等侍卫尼雅罕

康熙五十二年(1713)七月,“宗人府题三等侍卫尼雅罕奏称伊曾祖飞扬古,于太宗文皇帝时曾革退宗室。祈查明增载玉牒,臣等查档案内并无宗室飞扬古之名,应否载入玉牒请上□曰定夺。得上□曰:尼雅罕曾祖飞扬古乃太祖皇帝之子,朕知之甚确,但不知为第几子,太宗皇帝时飞扬

① 清实录(第六册)[M].北京:中华书局,1985:360.

古因获大罪正法,年久之事既无档案,朕亦不便遽定。其尼雅罕著给以红带,并伊祖父之名入黄档内载入玉牒,记载时即将此情由录明于后。”①

尼雅罕所说的曾祖飞扬古,又称费扬古,是清太祖努尔哈赤的十六子,也是努尔哈赤最小的儿子,生于天命五年(1620)十月,生母不详,在皇太极在位时,因犯罪而被赐死,并被削除宗籍。康熙五十二年七月,康熙承认了三等侍卫尼雅罕的皇家宗室身份,这对于尼雅罕及其家族来说,是莫大的荣耀和恩典。

二、康熙重用、提拔升迁的侍卫

在培养教育属下人才方面,康熙和《红楼梦》中的贾母相类似,贾母身边的丫鬟,如鸳鸯、琥珀等,个个出类拔萃,拨给贾宝玉使用的袭人、晴雯,拨给林黛玉使用的紫鹃等,也皆有帮主子打理家务、管家治家的才干。康熙对身旁侍卫的使用也不仅仅是看重侍卫们所从事的值宿、保卫皇宫安全这样最为基本的工作,而是着力教育培养,对这些年轻人寄予帮扶皇帝治国理政、安邦济世的厚望。《清实录》中记载的康熙四十八年后被重用、提拔的侍卫有:

(1)乾清门侍卫拉锡。康熙四十八年二月,拉锡参与审理大阿哥镇魇皇太子及诸阿哥之事。康熙四十九年(1710)正月,拉锡奉旨用满文、蒙古文修书文鉴。

(2)乾清门一等侍卫伍格,又名武格。康熙五十一年(1712)四月,伍格受命致祭已故大学士陈廷敬。

(3)一等侍卫觉罗外山。康熙四十九年三月,觉罗外山被康熙指定为往四十九旗及边外喀尔喀会盟大臣之一。康熙五十二年(1713)四月,觉罗外山受命致祭长白山、医无闾山等处。

(4)一等侍卫鄂代。康熙四十九年十月,鄂代任正红旗蒙古副都统。

① 清实录(第六册)[M].北京:中华书局,1985:526.

(5)一等侍卫觉罗法喇。康熙五十年(1711)三月,觉罗法喇任刑部右侍郎。

(6)近御侍卫关保。康熙五十年三月,关保被派遣署理理藩院侍郎事务。康熙五十九年(1720)九月,和硕裕亲王保泰母妃薨,关保受命与皇十二子固山贝子允祹、领侍卫内大臣鄂伦岱一同经理丧事。

(7)(8)近御侍卫哈达那、近御侍卫佛抡。康熙五十一年十一月,康熙"赐……近御侍卫哈达那等十二人银各二百两;近御侍卫佛抡等十二人银各一百两"。[①] 康熙六十一年(1722)四月,康熙"命内阁学士阿克敦为正使,二等侍卫佛抡为副使,往封朝鲜国王李昀弟李昑为世弟"[②]。

(9)一等侍卫阿兰图。康熙五十二年四月,阿兰图升为镶黄旗蒙古副都统。

(10)一等侍卫萨尔禅。康熙五十三年(1714)五月,萨尔禅升为正红旗满洲副都统护军参领。

(11)三等侍卫常保。康熙五十三年十月,"以故三等精奇尼哈番宝德之子白葵二等阿思哈尼哈番毛奇他特之子三等侍卫常保并袭职"[③]。

(12)一等侍卫尼雅哈楚。康熙五十三年十二月,尼雅哈楚任正蓝旗蒙古副都统。

(13)乾清门侍卫傅森。康熙五十四年(1715)五月,傅森受命与散秩大臣和硕额驸尚崇义一同驰驿往吊已故黑龙江将军镇国公杨福。

(14)三等侍卫伍达礼。康熙五十五年(1716)七月,伍达礼任銮仪卫銮仪使。

(15)三等侍卫永泰。康熙五十六年(1717)正月,永泰升为镶蓝旗汉军副都统。

(16)一等侍卫宗室勒什亨。康熙五十六年十一月,勒什亨受命携茶

---

① 清实录(第六册)[M].北京:中华书局,1985:497.

② 清实录(第六册)[M].北京:中华书局,1985:879.

③ 清实录(第六册)[M].北京:中华书局,1985:568.

酒往奠刑部尚书赖都母。康熙五十七年(1718)十一月,勒什亨受命携茶酒往奠銮仪使额驸孙承恩所配县君。康熙六十年(1721)十一月,勒什亨任正黄旗蒙古副都统。

(17)一等侍卫库尔禅。康熙五十七年七月,库尔禅任陵寝总管。

(18)二等侍卫泰云。康熙五十七年七月,二等侍卫泰云等首告司库保住等侵盗库银,保住受到康熙惩处。

(19)一等侍卫广福。康熙六十年闰六月,广福任镶红旗汉军副都统。康熙六十一年十二月,广福调任本旗蒙古副都统。

(20)一等侍卫宗室骚达色。康熙六十年闰六月,骚达色升为正黄旗蒙古副都统。

(21)一等侍卫伊都善。康熙六十年十二月,伊都善任镶蓝旗满洲副都统。

(22)一等侍卫马喀那。康熙六十一年八月,马喀那升为宁古塔副都统。

三、军前效力、从征立功的侍卫

《清实录》记载康熙四十八年后,奉旨剿匪荡寇的有两位侍卫:一等侍卫巴亥、三等侍卫赖希。康熙五十年六月,二人受命前往福建招安泉州山寇。

《清实录》记载康熙四十八年后,奉旨效力军前,从征青海、西藏等处的有 24 位侍卫:

侍卫阿齐图。康熙五十四年四月,阿齐图奉康熙旨意,赴青海处理“新出胡必尔汗恳求册封”一事,并留在青海一带统兵作战。

一等侍卫尤吉尔达、狄纳,二等侍卫佛替、诺里尔达、色尔图、都墨策、德尔格尔、格色立,三等侍卫厄尔必赫、西拉扣、尼布齐尔罕。康熙五十六年八月,一等侍卫尤吉尔达、狄纳,二等侍卫佛替,蓝翎发喀喇、哈尔哈代五人奉旨往富宁安处听用,二等侍卫诺里尔达、色尔图、都墨策、德尔格尔、格色立,三等侍卫厄尔必赫、西拉扣、尼布齐尔罕,蓝翎南代、查伦插十人奉旨往阿齐图处听用。

一等侍卫色楞。康熙五十四年四月,色楞被授为副都统,带兵前去黑龙江。康熙五十六年七月,色楞受命协理理藩院事。康熙五十七年二月,色楞奉旨带兵前往青海地方;同年三月,奉旨统兵进征西藏;同年闰八月,疏报战捷。康熙六十年十一月,康熙"谕大学士等,原任总督额伦特、侍卫色楞、副都统查礼浑,皆阵亡。伊等世职,俱著承袭"①。此时,色楞已阵亡。

侍卫满泰。康熙五十五年二月,康熙谕旨"今值春令遣侍卫满泰阅视营伍汛界"②。同年三月,满泰作为皇帝钦差侍卫,疏报青海将军军务。

一等侍卫法瑙。康熙五十五年十一月,康熙谕旨"以军前一等侍卫法瑙为额外副都统,暂管西安兵丁"③。

侍卫郎泰。康熙五十五年十二月,郎泰被康熙派往西宁传旨。

侍卫霍善。康熙五十六年正月,霍善被派遣"前往阿齐图处,一切军务,公同商酌而行"④;同年四月,疏言西宁兵丁换班事宜。

侍卫查什。康熙五十七年正月,"议政大臣等议覆,侍卫查什遵上曰将松潘等处兵马,应否彻回之处前问察罕丹津"⑤。

二等侍卫迈徒。康熙五十七年十月,"和礼等又疏言、臣等前往滇省,会商料理沿边军务。惟以安辑兵民为念。乃有原任前锋参领今升副都统鄂米达、二等侍卫迈徒、原任主事今升员外郎德成,凡遇会商办事,任意不来,又肆行生事,合行奏闻"⑥。

侍卫张柱。康熙五十八年(1719)十二月,"都统武格等疏报,臣等于

① 清实录(第六册)[M].北京:中华书局,1985:865.
② 清实录(第六册)[M].北京:中华书局,1985:621.
③ 清实录(第六册)[M].北京:中华书局,1985:652.
④ 清实录(第六册)[M].北京:中华书局,1985:657.
⑤ 清实录(第六册)[M].北京:中华书局,1985:711.
⑥ 清实录(第六册)[M].北京:中华书局,1985:753.

十月初一日抵中甸。查离中甸一日程，途有扎杂一口。两日程，途有奔杂拉渡口。曾令前锋参领曼丕、侍卫张柱等往视”①。

一等侍卫哲尔德、二等侍卫克什图、一等侍卫阿玉锡。康熙五十九年(1720)八月，靖逆将军富宁安疏言七月初率三位侍卫与阿克塔斯兵作战获胜。

侍卫讷秦。康熙五十九年十月，讷秦跟随定西将军噶尔弼率领官兵进取西藏。康熙六十年十一月，讷秦任镶白旗满洲副都统。

第四节　康熙四十八年及其后任职侍卫在雍正朝获罪的史料

曹家获罪是在雍正五年(1727)十二月二十四日，雍正下旨将曹頫革职抄家，抄没的家产俱被赏给继任的江宁织造隋赫德。从目前的资料来看，《红楼梦》作者曹家的姻亲主要有两个，他们在雍正朝都获罪被惩处。一个是李煦家族。李煦是曹寅妻子李氏的族兄，康熙驾崩后，李家获罪最早，雍正元年(1723)正月初十即被下旨查抄家产，李煦家人由内务府发配做苦役，李煦家仆二百余口被赏与年羹尧拣取为奴，李煦本人于雍正五年二月被发配打牲乌拉，雍正七年(1729)二月病逝。另一个是平郡王爱新觉罗·纳尔苏家族。纳尔苏于康熙四十年(1701)袭平郡王爵位，康熙四十五年娶曹寅长女为嫡福晋。康熙四十七年(1708)，嫡福晋曹氏生下世子福彭。康熙五十七年，纳尔苏跟随皇十四子大将军王允禵平定西藏青海，雍正元年(1723)奉旨回京，雍正四年(1726)，坐罪被削爵，平郡王爵位由世子福彭承袭。

曹寅小女所嫁侍卫也是康熙的亲信，雍正即位后，这名侍卫因涉政获罪的可能性颇高。因此，我们有必要再把雍正朝有获罪经历的侍卫资料做一梳理。

---

① 清实录(第六册)[M].北京：中华书局，1985：790.

(一)雍正朝被革职后又被调任升迁的侍卫有三位

(1)一等侍卫伊都善,曾在雍正元年被革职。其任职履历:康熙六十一年十一月,署本旗护军统领;康熙六十一年十二月,署正黄旗蒙古都统;雍正元年七月,"署正黄旗蒙古都统伊都善缘事革职。以果郡王允礼管理正黄旗蒙古都统"①;雍正五年六月,升任镶蓝旗汉军副都统;雍正八年五月,调任镶红旗蒙古副都统。

(2)侍卫满泰,曾在雍正四年被革职。雍正朝,其任职履历:雍正三年(1725)四月,升为正红旗汉军副都统;雍正三年十二月,调任镶蓝旗满洲副都统;雍正四年六月,"镶蓝旗满洲副都统满泰缘事革职。以原任江南江宁将军董吉那为镶蓝旗满洲副都统"②;雍正十年(1732)三月,任正黄旗满洲副都统;雍正十一年(1733)七月,升为镶红旗护军统领。

(3)近御侍卫关保,曾在雍正五年被革职。雍正朝,其任职履历:雍正四年三月,任陕西西安右翼满洲副都统;雍正四年五月,"一等精奇尼哈番西佛休致,以其侄关保袭替";雍正四年六月,升为正黄旗汉军副都统;雍正五年正月,"陕西西安右翼副都统关保缘事降调"③;雍正五年三月,"吏部题,三等精奇尼哈番三泰故,销去三次恩诏所得拖沙喇哈番。余三等阿思哈尼哈番以其亲伯之孙关保承袭。从之"④;雍正五年八月,"景陵一等侍卫关保恭进陵寝地方所产高粱"⑤;雍正六年(1728)正月,总理三陵事务。

(二)雍正朝被革职后再无被起用消息的侍卫有五位

(1)一等侍卫宗室勒什亨,其父是贝勒苏努,因被雍正怀疑是允禟同

① 清实录(第七册)[M].北京:中华书局,1985:166.
② 清实录(第七册)[M].北京:中华书局,1985:685.
③ 清实录(第七册)[M].北京:中华书局,1985:783.
④ 清实录(第七册)[M].北京:中华书局,1985:813.
⑤ 清实录(第七册)[M].北京:中华书局,1985:916.

党，父子俩于雍正元年即获罪被革职。其经历是：康熙六十一年十二月，署正黄旗领侍卫内大臣；雍正元年二月，“勒什亨不可在内廷行走。著革职，发往西宁，跟随允禟效力”①；雍正四年五月，被禁锢在诚亲王允祉处；雍正四年八月，“伊（笔者注：指允禟）在途并无悔过之意。与伊子副什浑及勒什亨等，一路嬉笑如常，毫无畏惧……伊一路毫无改悔戒谨之心，谈笑如常。因复令暂禁保定，以观其行止”②。

（2）三等侍卫伍达礼。雍正四年八月，“銮仪使阿尔逊、伍达礼俱缘事革职”③。

（3）一等侍卫萨尔禅，雍正六年被革职。雍正朝，其经历是：雍正二年（1724）十二月，调任镶红旗蒙古副都统；雍正五年四月，调任正黄旗满洲副都统；雍正六年三月，“正黄旗满洲副都统萨尔禅缘事革职”④。

（4）侍卫阿齐图，雍正十年被革职查办。雍正朝，其经历是：雍正二年五月，升为镶白旗蒙古副都统；雍正二年十月，署镶黄旗蒙古都统；雍正二年十二月，署理步军统领；雍正三年（1725）九月，署正白旗满洲都统；雍正三年十一月，作为提督，被雍正指派研审廉亲王指使人喧闹一案；雍正四年正月，受命审理允禟在西宁的罪过；雍正五年四月，被封为内大臣；雍正十年四月，雍正“谕办理军机大臣等，阿齐图受朕殊恩，用至大臣，并不感恩报效。辄将交办事件，任意推诿，及至差往之处，又将并未交办之事，矢口言论，私出怨言。沿途复向地方官勒索馈送，骚扰驿站，卑鄙不堪。阿齐图著革职，前往博第、巴尔米忒操练兵丁之乌尔辉地方，效力赎罪行走”⑤。

（5）侍卫武格，雍正十一年被革职。其经历是：康熙六十一年十二月，由正白旗蒙古都统调任镶白旗蒙古都统；雍正元年三月，奉命统兵驻

---

① 清实录（第七册）[M].北京：中华书局，1985：98.
② 清实录（第七册）[M].北京：中华书局，1985：716.
③ 清实录（第七册）[M].北京：中华书局，1985：705.
④ 清实录（第七册）[M].北京：中华书局，1985：1028.
⑤ 清实录（第八册）[M].北京：中华书局，1985：556.

藏防守;雍正三年六月,被年羹尧参奏违反军纪,雍正并未治罪,而是将其调至别处效力;雍正三年七月,升为镶白旗蒙古副都统,兼署正蓝旗满洲副都统;雍正三年八月,署刑部左侍郎;雍正三年十月,任盛京刑部侍郎;雍正三年十二月,议政大臣刑部等衙门题奏的年羹尧的大逆之罪之一就是"捏参都统武格等镇海堡失律";[①]雍正四年五月,涉允禟改名一案,被雍正训诫,"如昨日都统武格在朕前奏对,尚将获罪削籍之允禟称之为主。武格乃一无知武夫,此则风俗颓坏,大义不明之故也"[②];雍正五年七月,兼理盛京礼部侍郎;雍正五年十一月,兼理盛京工部侍郎事;雍正七年(1729)二月,任陕西西安巡抚;雍正十一年四月,因传播即将撤兵言论被革职查办;雍正十一年五月,被雍正下旨斩监候,秋后处决。

综上,我们可将在康熙朝受重用、雍正朝被惩处的侍卫名单列表如下,以后的研究可重点关注伊都善、满泰、关保、勒什亨、伍达礼、萨尔禅、阿齐图、武格八位侍卫的情况。

表 10.1　康熙朝被重用、雍正朝被惩处的侍卫名单

康熙朝被重用的侍卫	衲尔泰、尼雅罕、拉锡、伍格、觉罗外山、鄂代、觉罗法喇、关保、哈达那、佛抡、阿兰图、萨尔禅、常保、尼雅哈楚、傅森、伍达礼、永泰、勒什亨、库尔禅、泰云、广福、骚达色、伊都善、马喀那、阿齐图、尤吉尔达、狄纳、佛替、诺里尔达、色尔图、都墨策、德尔格尔、格色立、厄尔必赫、西拉扣、尼布齐尔罕、色楞、满泰、法瑙、郎泰、霍善、查什、迈徒、张柱、哲尔德、克什图、阿玉锡、讷秦
雍正朝被惩处的侍卫	伊都善、满泰、关保、勒什亨、伍达礼、萨尔禅、阿齐图、武格
受康熙重用且被雍正惩处的侍卫	伊都善、满泰、关保、勒什亨、伍达礼、萨尔禅、阿齐图

康雍一朝,侍卫数量众多,笔者仅就《清实录》文献来整理相关侍卫名录,显然在论据方面存在不足。然而,以康熙与曹寅之间超乎一般主仆的情谊,笔者愿意相信,康熙为老友曹寅的小女挑选的夫婿必为其很

① 清实录(第七册)[M].北京:中华书局,1985:568.

② 清实录(第七册)[M].北京:中华书局,1985:651.

看好的、人品贵重的“左右侍卫”，并会寻机委以重任，而曹寅在“康熙四十八年二月初八日”上奏的折子里也感激涕零地回应了皇帝的“圣谕谆切”，“钦此钦遵”劳心劳力操持女儿与这位“皇上左右侍卫”的婚事。雍正即位后，在曹家落难时，曹寅小女的这位侍卫夫婿会扮演什么样的角色？他会不会被牵连遭惩处？其家若有女，曹雪芹与她的关系会是如贾宝玉与林黛玉一般有着超乎姑表兄妹的情感吗？笔者限于史料的局限，当下实难给出答案，唯愿学界、读者对曹雪芹家世、曹家姻亲关系有更多的关注。

附录一 《石头记》叙事时间线暨年谱总表

《石头记》叙事时间线暨年谱总表

宝玉年龄	叙事年份	叙事时间	叙事情节
宝玉一岁	第1年	炎夏	甄士隐梦见一僧一道携顽石随神瑛侍者入世以完成“还泪”一案。 贾雨村在甄家书房得丫鬟回顾两次。 英莲年方三岁。
		中秋	甄士隐宴请贾雨村,资助其赴京科考。
		八月十六日	贾雨村赴京科考。
宝玉两岁	第2年	正月十五日	甄士隐家人霍启带英莲观灯,英莲被拐。
		三月十五日	葫芦庙炸供失火,隔壁甄士隐家受牵连被烧。(后甄士隐先去田庄,难以安身,折变田产后,投奔其岳丈家。)
		—	贾雨村会了进士,选入外班。
宝玉三岁	第3年	—	甄士隐出家。 贾雨村升任苏州府知府。 贾雨村娶娇杏。 贾雨村被参、被批革职。
宝玉四岁	第4年	—	
宝玉五岁	第5年	—	
宝玉六岁	第6年	—	林如海任扬州巡盐御史。 贾雨村到扬州,成为林黛玉业师。 林黛玉五岁。

续表

宝玉年龄	叙事年份	叙事时间	叙事情节
宝玉七岁	第7年	—	林黛玉六岁。 林黛玉之母贾夫人病逝。 贾雨村偶遇冷子兴。 冷子兴演说荣国府:贾政升员外郎,贾蓉十六岁,贾琏二十多岁,娶妻两年,贾珠病逝,贾兰一岁,贾元春入宫做女史等。
		(十一月)初二日	贾雨村随林黛玉从扬州出发赴京都。
		(十二月)残冬	林黛玉入荣国府。
宝玉八岁	第8年	春季	贾雨村补选应天府缺。
		初冬	宝玉梦游太虚幻境。 刘姥姥一进荣国府。
		冬季	凤姐与王夫人商量年下的礼。 宝玉宁府会秦钟,同上贾府家塾读书。
宝玉九岁	第9年	八月二十日	秦可卿蹊跷病了。
		九月	顽童闹学堂。 贾敬生日。 张友士给秦氏诊病。 凤姐偶遇贾瑞。
		十二月	贾瑞骚扰凤姐。 凤姐使计策作弄贾瑞。 贾瑞生病。
宝玉十岁	第10年	春季	贾瑞病逝。
		冬底	林如海染重疾,贾琏送林黛玉回扬州。
宝玉十一岁	第11年	—	贾兰五岁,贾蓉二十岁。
		八月	秦可卿突然离世。
		九月初三日	林如海病逝。
		约十月	宁府送殡,北静王见宝玉。

续表

宝玉年龄	叙事年份	叙事时间	叙事情节
宝玉十二岁	第12年	某日	薛姨妈、薛蟠、薛宝钗入贾府。宝钗十四岁。
		某日	贾政生辰。同日，贾元春“晋封为凤藻宫尚书，加封贤德妃”。
		某日	秦业病逝，秦钟生病。
		某日	贾琏、林黛玉回贾府。
		某日	贾家预备元妃省亲，盖省亲园子。
		某日	秦钟病亡。
宝玉十三岁	第13年	春季	贾府园内工程告竣，宝玉受命题对额。
		某日	贾蔷从姑苏采买了十二个女孩子学习女戏。 妙玉进贾府。妙玉十八岁。
		十月将尽	贾政题本，得朱批准奏贾妃省亲。
宝玉十四岁	第14年	正月十五	元妃省亲。
		正月十六至二十日	宝玉偷去袭人家。 宝玉讲耗子精故事。 湘云来贾府。 凤姐之女大姐出痘。
		正月二十一日	宝钗过生日。
		正月二十二日	众人猜灯谜。
		二月二十二日	宝玉、宝钗、黛玉等入住大观园。
		三月十一日	宝玉、黛玉读《会真记》。 贾芸去舅舅家借钱未借到，街上遇到倪二，倪二仗义相助。
		三月十二日	贾芸送香料给王熙凤，在外书房见到小红。
		三月十三日	贾芸领到种树种花的差事。 怡红院里，宝玉注意到小红。
		三月十四日	贾芸带着匠人在园子里掘土种树。
		三月十五日	王子腾夫人寿诞。 宝玉被贾环使坏烫伤。
		三月十六日	马道婆来贾府。赵姨娘托马道婆暗害宝玉、凤姐。
		三月十八日	宝玉与凤姐遭魇魔发病。

续表

宝玉年龄	叙事年份	叙事时间	叙事情节
宝玉十四岁	第14年	三月二十一日	一僧一道来贾府救活宝玉与凤姐。
		四月二十四日	宝玉休养好，搬回怡红院。
		四月二十五日	贾母给黛玉送钱。 贾芸到怡红院。 贾兰演习骑射。 宝玉探视黛玉。 薛蟠请宝玉、冯紫英等吃四样礼。 黛玉在怡红院外吃闭门羹。
		四月二十六日	芒种节饯花神。 宝钗扑蝶。 黛玉葬花。 冯紫英宴请宝玉、薛蟠、蒋玉菡等。
		四月二十七日	宝钗羞笼红麝串。
		五月初一日	荣国府打醮，张道士提亲。
		五月初二日	宝玉、黛玉口角，宝玉砸玉。
		五月初三日	薛蟠生日。
		五月初四日	宝玉、黛玉和好。 金钏儿被逐。 龄官画“蔷”。
		五月初五日	王夫人治席赏午。 晴雯撕扇。
		五月初六日	湘云来贾府，拾到金麒麟。 金钏儿投井。 宝玉挨打。 晴雯代宝玉送旧帕给黛玉传情。
		五月初七日	玉钏儿尝羹。 金莺打络。
		某日	王夫人给袭人二两银子一吊钱的份例。宝钗代袭人绣鸳鸯兜肚。
		某日	宝玉梨香院寻龄官唱曲被拒。 湘云辞行回史家。
宝玉十五岁	第15年	—	—

续表

宝玉年龄	叙事年份	叙事时间	叙事情节
宝玉十六岁	第 16 年	八月二十日	贾政外任离家。
		八月二十一日	探春起诗社,众人咏海棠诗。
		八月二十二日	湘云来贾府。 湘云、宝钗商量诗题。
		八月二十三日	宝玉与众姐妹咏菊花诗。 刘姥姥二进荣国府。
		八月二十四日	宝玉派茗烟去找茗玉所在的祠堂未果。 贾母等商量给湘云还席。
		八月二十五日	贾母带刘姥姥游大观园。
		八月二十六日	刘姥姥辞行,离开贾府。 宝钗兰言教导黛玉。
		八月二十七日	贾母提议大家给凤姐凑份子过生日。
		八月二十八日	尤氏与凤姐、鸳鸯商量办生日的事。
		九月初二日	凤姐生日。 宝玉外出私祭金钏儿。 贾琏与鲍二家的偷情。 平儿怡红院理妆。
		九月初三日	贾琏给凤姐赔不是。 李纨等请凤姐入社。 赖嬷嬷来请吃酒席。
		某日	潇湘馆中,宝钗与黛玉谈心。 宝钗遣人送黛玉燕窝。 黛玉作诗《秋窗风雨夕》。 宝玉着蓑衣来看视黛玉。
		某日	邢夫人找凤姐商议贾赦欲讨鸳鸯为妾一事。
		次日	贾赦胁迫鸳鸯哥哥。 鸳鸯向贾母哭诉,发誓永不嫁人。
		九月十四日	贾母等到赖家吃席。 柳湘莲怒打薛蟠。
		十月某日	薛蟠打算南下做生意。
		次日	薛姨妈款待张德辉,叮嘱他照顾薛蟠。

续表

宝玉年龄	叙事年份	叙事时间	叙事情节
宝玉十六岁	第16年	十月十三日	薛蟠向贾府辞行。 香菱同宝钗住进大观园。 黛玉教香菱作诗。
		十月十四日	薛蟠出发南下。 黛玉给香菱出诗题“月夜”。 香菱梦中得诗。
		十月十五日	薛家、邢家、李家等来贾府投亲。
		某日	史鼐外任,湘云与宝钗同住蘅芜苑。
		某日	贾母赏宝琴凫靥裘。 宝玉得知黛玉与宝钗和好。
		次日	众人在芦雪广烤鹿肉、联诗。 平儿丢失金镯。
		次日	宝琴作十首灯谜。 袭人因母亲病重回家。 晴雯夜间伤风。
		次日	两位太医先后给晴雯诊病。 晴雯得知是坠儿偷了金镯。 宝琴念真真国女孩子的诗。
		次日	贾母赏宝玉雀金裘,宝玉穿去舅舅家。 晴雯寻故逐出坠儿。 宝玉新衣不慎烧了洞,晴雯病补雀金裘。
		次日	宝玉又请王太医来给晴雯诊病。
		某日	袭人送母殡后回来怡红院。
		十月底至十二月中下旬	诗社因故“空了几社”。
		腊月	宁荣二府准备春祭之事。 黑山村的乌进孝来送年供。
		腊月二十九日	宁荣二府更换门神、联对、挂牌等,焕然一新。
		腊月三十日	贾母等进宫朝贺行礼。 贾府拜祭宗祠。

续表

宝玉年龄	叙事年份	叙事时间	叙事情节
宝玉十七岁	第 17 年	正月初一日	贾母等进宫朝贺。
		正月十一日	贾赦请贾母。
		正月十二日	贾珍请贾母。
		正月十五日	贾府家宴。 女先儿说书《凤求鸾》。 凤姐讲笑话儿。
		正月十七日	贾敬“祀祖已完”,出城休养。 薛姨妈家请吃年酒。
		正月十八日	赖大家请吃年酒。
		正月十九日	宁府赖升家请吃年酒。
		正月二十日	林之孝家请吃年酒。
		正月二十一日	单大良家请吃年酒。
		正月二十二日	吴新登家请吃年酒。
		“元宵已过”	宫中一太妃欠安。
		“年事忙过”	凤姐小月,不能理事。 王夫人命李纨、探春、宝钗三人代为管家。
		春季清明节前	赵姨娘兄弟赵国基亡。 探春“除宿弊”。 江南甄府家眷到京,贾宝玉梦见甄宝玉。 紫鹃假辞试宝玉。 薛姨妈生日。 薛姨妈代薛蝌求娶邢岫烟。 邢岫烟当衣。 老太妃已薨。
		春季清明节	藕官烧纸私祭药官。
		春季清明节后	贾母等去送灵。 莺儿折柳,藕官采花,夏婆子打春燕。 因蔷薇硝被换茉莉粉,赵姨娘到怡红院吵闹。 芳官送柳五儿玫瑰露,五儿又得茯苓霜。 司棋大闹厨房。 柳五儿被怀疑偷露。

续表

宝玉年龄	叙事年份	叙事时间	叙事情节
宝玉十七岁	第17年	夏秋季	宝玉、宝琴、平儿等生日，湘云醉卧石凳，香菱等斗草，众人在怡红院里占花名儿。 芳官改名唤“耶律雄奴”。 平儿还席。 贾敬宾天。 初四日贾敬灵柩进城。 黛玉七月秋祭，作《五美吟》。 贾母等回贾府。 送殡至铁槛寺。 贾琏偷娶尤二姐。 尤三姐自刎，柳湘莲出家。
		冬季腊月十二日前	贾琏又往平安州。 凤姐骗接尤二姐进贾府。 凤姐大闹宁国府。 贾琏返京，贾赦赏给他秋桐。
		冬季腊月十二日	贾珍送贾敬灵柩南下。
		冬季腊月十二日后	尤二姐遇庸医滑胎，不堪虐待，吞金自杀。 凤姐等发配府中到年龄的小厮、丫头。
宝玉十八岁	第18年	“仲春天气”	贾宝玉“染怔忡之疾”。
		三月初一日	众人赏鉴林黛玉诗《桃花行》，商议次日起社。
		三月初二日	众人齐集潇湘馆，重起诗社，商议诗题。
		三月初三日	探春生日。
		三月初四日至三月底	贾府收到贾政归期信息，先是“六月中准进京”，后是“至冬底方回”。 湘云、黛玉、宝钗、探春、宝玉等题咏柳絮、放风筝。
宝玉十九岁	第19年	七月二十八日	贾府给贾母过“八旬之庆”。贾母宴请南安太妃等世交公侯诰命，宝钗、宝琴、黛玉、湘云、探春被请入席见客。
		八月初三日晚	尤氏的小丫头与大观园的老婆子吵架，周瑞家的把老婆子捆了关起来，费大娘向邢夫人告状。

续表

宝玉年龄	叙事年份	叙事时间		叙事情节
宝玉十九岁	第19年	八月初四日	白天	贾府中合族长幼大小坐席开戏。 贾母喜欢喜鸾、四姐儿,命顽两天再去。
			晚间	邢夫人给凤姐没脸。 鸳鸯撞见司棋与其表弟潘又安的私情。凤姐言甄家来送头等贺礼。
		八月初五日		司棋见到鸳鸯羞愧难安。
		八月初九日		司棋获知表弟潘又安逃走。
		八月初十日	中午	鸳鸯探望司棋。 贾琏向鸳鸯借当。 旺儿家媳妇求娶彩霞。 夏太监向贾府打秋风。 贾琏听说贾雨村被降职。
			晚间	凤姐出面把彩霞配给来旺家儿子。 赵姨娘告诉贾政贾宝玉已有“屋里人”两年。 小鹊向宝玉告密,宝玉熬夜理书预备被贾政盘考。 晴雯献计让宝玉假称被房外动静吓病。
		八月十二日	上午	贾母知道宝玉被吓病发怒,立命纠风查赌。
			中午	呆大姐拾到绣春囊,被邢夫人撞见。 邢夫人教训贾迎春管教奶娘下人不力。
			下午	迎春下人欺主,丫头婆子吵架,探春帮迎春处理“攒珠累丝金凤”一案。 贾琏和凤姐说向鸳鸯借当的事已被邢夫人知晓。 王夫人携绣春囊来审凤姐,王善保家的告状。 晴雯被王夫人训斥,王善保家的献计搜检大观园。
			晚间	王善保家的与凤姐一行人搜检大观园,入画藏金与司棋私情被发现。 探春谈及甄家被抄。
		八月十三日	白天	凤姐病倒。 惜春撵走入画。 甄家来人并有东西来。 宝钗向李纨辞行,离开大观园。
			晚间	尤氏偷看到宁府聚赌。
		八月十四日晚间		贾珍不顾有孝在身,会芳园里带领妻妾猜枚划拳,痛饮玩笑,宗祠发出“长叹之声”。

续表

宝玉年龄	叙事年份	叙事时间		叙事情节
宝玉十九岁	第19年	八月十五日	早上	贾珍带领众子侄开祠堂行朔望之礼。
			晚间	贾母等在大观园赏月过节。 宝玉、贾环、贾兰作诗,贾赦讲笑话尴尬冷场。 黛玉、湘云凹晶馆联诗,又遇妙玉。
		八月十五日后某日	白天	司棋被赶出大观园。 王夫人撵走晴雯、芳官、四儿等人。 王夫人言柳五儿"短命死了"。
			晚间	宝玉偷偷去探望晴雯,回来一夜不得安眠,梦见晴雯来别过。
		次日或第三、四日	凌晨	晴雯病逝。
			白天	宝玉被贾政叫去出门会客作诗。 芳官、藕官、蕊官出家。 迎春离开大观园,回邢夫人处。 宝钗向王夫人说明回家理由,正式搬出大观园。 宝玉回园,小丫头骗宝玉说晴雯做了芙蓉花神。 宝玉去晴雯哥嫂处想拜祭晴雯扑了空。宝玉又被贾政叫去书房,作《姽婳词》。
			晚间	宝玉回园作《芙蓉女儿诔》祭奠晴雯,遇到黛玉。
		次日		宝玉听闻迎春被许给孙家。宝玉"从未会过这孙绍祖一面","只得过去聊以塞责"。
		秋天某日		宝玉遇见香菱,得知薛蟠要娶亲,为香菱担忧。 宝玉回房后便开始病了,"一月之后,方才渐渐的痊愈",又"百日"后方可出门行走。
		十二月		薛蟠迎娶夏金桂。 贾迎春嫁给孙绍祖。
宝玉二十岁	第20年	一月		薛蟠和夏金桂二人婚后气概尚相持平。
		二月		薛蟠气概矮了下去。
		三月		薛蟠气概全失。夏金桂收服了丈夫薛蟠,转而寻隙婆婆薛姨妈、小姑薛宝钗。
		四月		夏金桂设连环计陷害香菱,香菱多次无辜被薛蟠打,最后由宝钗带走。香菱此时已患"干血之症"。
		某月某日		王道士向宝玉胡诌"妒妇方"。 贾迎春回娘家,哭诉夫婿狠毒。

附录二 《石头记》叙事时间线与隐写历史年份时间表

《石头记》叙事时间线与隐写历史年份时间表

叙事年份	叙事时间	叙事情节	历史年份	史事
第1年(宝玉一岁)	炎夏	甄士隐梦见一僧一道携顽石随神瑛侍者入世以完成"还泪"一案。 贾雨村在甄家书房得丫鬟回顾两次。 英莲年方三岁。	雍正元年(1723,癸卯年)	雍正复查李煦亏空一案,查抄李煦家产,李煦下人、房屋等被赏与年羹尧。 隆科多、马齐、年羹尧俱为太保。年羹尧被封三等公,同年又被封为二等公。 孝恭仁皇后乌雅氏崩。 八旗蒙古各建立官学。允祹被革去郡王。
	中秋	甄士隐宴请贾雨村,资助其赴京科考。		
	八月十六日	贾雨村赴京科考。		
第2年(宝玉两岁)	正月十五日	甄士隐家人霍启带英莲观灯,英莲被拐。	雍正二年(1724,甲辰年)	雍正应允曹頫可分三年补完亏空。 隆科多就李煦亏空案向雍正请旨。 李煦家口奴仆或被分给年羹尧为奴,或被作价卖掉。 雍正警告曹頫勿"坏朕名声"。 胤礽幽死。
	三月十五日	葫芦庙炸供失火,隔壁甄士隐家受牵连被烧。(后甄士隐先去田庄,难以安身,折变田产后,投奔其岳丈家)		
	—	贾雨村会了进士,选入外班。		

续表

<table>
<tr><th>叙事年份</th><th>叙事时间</th><th>叙事情节</th><th>历史年份</th><th>史事</th></tr>
<tr><td>第 3 年
(宝玉三岁)</td><td>—</td><td rowspan="3">甄士隐出家。
贾雨村升任苏州府知府。
贾雨村娶娇杏。
贾雨村被参、被批革职。</td><td>雍正三年(1725，乙巳年)</td><td>雍正谴责允禟“已欲出家离世”言行。
年羹尧及其子被革职削籍。
皇贵妃年氏薨。年羹尧被赐自尽。</td></tr>
<tr><td>第 4 年
(宝玉四岁)</td><td>—</td><td>雍正四年(1726，丙午年)</td><td>曹頫被罚俸一年。
苏州织造胡凤翚受年羹尧案牵连,举家自尽。
高斌接任苏州织造。
胤禩、胤禟、胤禵等被降罪。
允禟、允禩先后卒。
平郡王纳尔苏被革职圈禁。
曹寅的妹夫傅鼐被发遣黑龙江。</td></tr>
<tr><td>第 5 年
(宝玉五岁)</td><td>—</td><td>雍正五年(1727，丁未年)</td><td>隆科多被禁锢。
李煦因涉允禩案被遣打牲乌拉。傅鼐被免发配黑龙江。
曹頫先因贡物掉色被罚俸,后因骚扰驿站案被解职江宁织造,家产被查封。</td></tr>
<tr><td>第 6 年
(宝玉六岁)</td><td>—</td><td>林如海任扬州巡盐御史。
贾雨村到扬州,成为林黛玉业师。
林黛玉五岁。</td><td>雍正六年(1728，戊申年)</td><td>督理苏州织造高斌为广东布政使司布政使。
隆科多死于幽禁之中。
曹頫家属回京。
咸安宫、景山设官学,包衣子弟优秀者可入学。</td></tr>
<tr><td rowspan="3">第 7 年
(宝玉七岁)</td><td>—</td><td>林黛玉六岁。
林黛玉之母贾夫人病逝。
贾雨村偶遇冷子兴。
冷子兴演说荣国府:贾政升员外郎,贾蓉十六岁,贾琏二十多岁,娶妻两年,贾珠病逝,贾兰一岁,贾元春入宫做女史等。</td><td rowspan="3">雍正七年(1729，己酉年)</td><td rowspan="3">李煦病卒。对降级革职之微员,“俟三年无过,准其开复”。
设立军机房。
曾静、张熙、吕留良案。
谢济世文字狱案。</td></tr>
<tr><td>(十一月)初二日</td><td>贾雨村随林黛玉赴京。</td></tr>
<tr><td>(十二月)残冬</td><td>林黛玉入荣国府。</td></tr>
</table>

续表

叙事年份	叙事时间	叙事情节	历史年份	史事
第8年（宝玉八岁）	春季	贾雨村补选应天府缺。	雍正八年（1730，庚戌年）	雍正谕内阁，降革者中“任内无钱粮不清及治罪之案者”可带领引见，或“仍留原任”，或“另行试用”，或“照例降革”。 怡亲王允祥薨。 允祉被革退王爵。
	初冬	宝玉梦游太虚幻境。 刘姥姥一进荣国府。		
	冬季	凤姐与王夫人商量年下的礼。 宝玉宁府会秦钟，同上贾府家塾读书。		
第9年（宝玉九岁）	八月二十日	秦可卿蹊跷病了。	雍正九年（1731，辛亥年）	傅鼐被再次起用。
	九月	顽童闹学堂。 贾敬生日。 张友士给秦氏诊病。 凤姐偶遇贾瑞。		
	十二月	贾瑞骚扰凤姐。 凤姐使计策作弄贾瑞。 贾瑞生病。		
第10年（宝玉十岁）	春季	贾瑞病逝。	雍正十年（1732，壬子年）	雍正谕旨为圆明园之八旗兵丁及内府三旗子弟设学舍，学习汉书。 豁免八旗拖欠银两。 允祉病故。
	冬底	林如海染重疾，贾琏送林黛玉回扬州。		
第11年（宝玉十一岁）	—	贾兰五岁。贾蓉二十岁。	雍正十一年（1733，癸丑年）	福彭为玉牒馆总裁。弘历被封宝亲王。 允禄奏隋赫德以财钻营平郡王府一案。隋赫德后被发配北路军台效力赎罪。
	八月	秦可卿突然离世。		
	九月初三日	林如海病逝。		
	约十月	宁府送殡，北静王见宝玉。		
第12年（宝玉十二岁）	某日	薛姨妈、薛蟠、薛宝钗入贾府。 宝钗十四岁。	雍正十二年（1734，甲寅年）	雍正封高斌之女高氏为宝亲王弘历的侧福晋。 允禔逝。
	某日	贾政生辰。同日，贾元春“晋封为凤藻宫尚书，加封贤德妃”。		
	某日	秦业病逝，秦钟生病。		
	某日	贾琏、林黛玉回贾府。		
	某日	贾家预备元妃省亲，盖省亲园子。		
	某日	秦钟病亡。		

续表

叙事年份	叙事时间	叙事情节	历史年份	史事
第13年（宝玉十三岁）	春季	贾府园内工程告竣，宝玉受命题对额。	雍正十三年（1735，乙卯年）	雍正崩。乾隆即位。 高斌之女高氏被封为贵妃。 曹家先祖曹振彦、曹尔正之妻被封诰命夫人。 八旗及总管内务府三旗包衣佐领人等宽免欠项人员。 福彭协办总理事务。 允各王贝勒可各迎太妃于邸第。
	某日	贾蔷从姑苏采买了十二个女孩子学习女戏。 妙玉进贾府。妙玉十八岁。		
	十月将尽	贾政题本，得朱批准奏贾妃省亲。		
第14年（宝玉十四岁）	正月十五	元妃省亲。	乾隆元年（1736，丙辰年）	乾隆给和亲王弘昼园庄房产一处、愉郡王弘庆房一所。 乾隆谒昭西陵、孝陵、孝东陵、景陵。 订《孝经》入四子书。 乾隆谕八旗大臣有教育旗人之责。
	正月十六至二十日	宝玉去袭人家。 宝玉讲耗子精故事。 湘云来贾府。 凤姐之女大姐出痘。		
	正月二十一日	宝钗过生日。		
	正月二十二日	众人猜灯谜。		
	二月二十二日	宝玉、宝钗、黛玉等入住大观园。		
	三月十一日	宝玉、黛玉读《会真记》。 贾芸去舅舅家借钱未借到，街上遇到倪二，倪二仗义相助。		
	三月十二日	贾芸送香料给王熙凤，在外书房见到小红。		
	三月十三日	贾芸领到种树种花的差事。 怡红院里，宝玉注意到小红。		
	三月十四日	贾芸带着匠人在园子里掘土种树。		
	三月十五日	王子腾夫人寿诞。 宝玉被贾环使坏烫伤。		
	三月十六日	马道婆来贾府。 赵姨娘托马道婆暗害宝玉、凤姐。		
	三月十八日	宝玉与凤姐遭魇魔发病。		

续表

叙事年份	叙事时间	叙事情节	历史年份	史事
第 14 年（宝玉十四岁）	三月二十一日	一僧一道来贾府救活宝玉与凤姐。	乾隆元年（1736，丙辰年）	—
	四月二十四日	宝玉休养好，搬回怡红院。		
	四月二十五日	贾母派人给黛玉送钱。 贾芸到怡红院。 贾兰演习骑射。 宝玉探视黛玉。 薛蟠请宝玉、冯紫英等吃四样礼。 黛玉在怡红院外吃闭门羹。		
	四月二十六日	芒种节饯花神。 宝钗扑蝶。 黛玉葬花。 冯紫英宴请宝玉、薛蟠、蒋玉菡等。		
	四月二十七日	宝钗羞笼红麝串。		
	五月初一日	荣国府打醮，张道士提亲。		
	五月初二日	宝玉、黛玉口角，宝玉砸玉。		
	五月初三日	薛蟠生日。		
	五月初四日	宝玉、黛玉和好。 金钏儿被逐。 龄官画"蔷"。		
	五月初五日	王夫人治席赏午。晴雯撕扇。		
	五月初六日	湘云来贾府，拾到金麒麟。 金钏儿投井。 宝玉挨打。 晴雯代宝玉送旧帕给黛玉传情。		
	五月初七日	玉钏儿尝羹。 金莺打络。		

续表

叙事年份	叙事时间	叙事情节	历史年份	史事
	某日	王夫人给袭人二两银子一吊钱的份例。 宝钗代袭人绣鸳鸯兜肚。	—	—
	某日	宝玉梨香院寻龄官唱曲被拒。 湘云辞行回史家。		
第15年（宝玉十五岁）	—	—	乾隆二年（1737，丁巳年）	傅鼐任内务府总管。 允禑、允禵被封公爵衔。 册立富察氏为皇后、高氏为贵妃。
第16年（宝玉十六岁）	八月二十日	贾政外任离家。	乾隆三年（1738，戊午年）	傅鼐被革职，同年卒。 尚书孙嘉淦密参多位在朝大臣。
	八月二十一日	探春起诗社，众人咏海棠诗。		
	八月二十二日	湘云来贾府。 湘云、宝钗商量诗题。		
	八月二十三日	宝玉与众姐妹咏菊花诗。 刘姥姥二进荣国府。		
	八月二十四日	宝玉派茗烟去找茗玉所在的祠堂未果。 贾母等商量给湘云还席。		
	八月二十五日	贾母带刘姥姥游大观园。		
	八月二十六日	刘姥姥辞行，离开贾府。 宝钗兰言教导黛玉。		
	八月二十七日	贾母提议大家给凤姐凑份子过生日。		
	八月二十八日	尤氏与凤姐、鸳鸯商量办生日的事。		
	九月初二日	凤姐生日。 宝玉外出私祭金钏儿。 贾琏与鲍二家的偷情。 平儿怡红院理妆。		

续表

叙事年份	叙事时间	叙事情节	历史年份	史事
第16年（宝玉十六岁）	九月初三日	贾琏给凤姐赔不是。 李纨等请凤姐入社。 赖嬷嬷来请吃酒席。	乾隆三年（1738，戊午年）	—
	某日	潇湘馆中，宝钗与黛玉谈心。 宝钗遣人送黛玉燕窝。 黛玉作诗《秋窗风雨夕》。 宝玉着蓑衣来看视黛玉。		
	某日	邢夫人找凤姐商议贾赦欲讨鸳鸯为妾一事。		
	次日	贾赦胁迫鸳鸯哥哥。 鸳鸯向贾母哭诉，发誓永不嫁人。		
	九月十四日	贾母等到赖大家吃席。 柳湘莲怒打薛蟠。		
	十月某日	薛蟠打算南下做生意。		
	次日	薛姨妈款待张德辉，叮嘱他照顾薛蟠。		
	十月十三日	薛蟠向贾府辞行。 香菱同宝钗住进大观园。 黛玉教香菱作诗。		
	十月十四日	薛蟠出发南下。 黛玉给香菱出诗题“月夜”。 香菱梦中得诗。		
	十月十五日	薛家、邢家、李家等来贾府投亲。		
	某日	史鼐外任，湘云与宝钗同住蘅芜苑。		
	某日	贾母赏宝琴凫靥裘。 宝玉得知黛玉与宝钗和好。		

续表

叙事年份	叙事时间	叙事情节	历史年份	史事
第16年（宝玉十六岁）	次日	众人在芦雪广烤鹿肉、联诗。 平儿丢失金镯。	乾隆三年（1738，戊午年）	—
	次日	宝琴作十首灯谜。 袭人因母亲病重回家。 晴雯夜间伤风。		
	次日	两位太医先后给晴雯诊病。 晴雯得知是坠儿偷了金镯。 宝琴念真真国女孩子的诗。		
	次日	贾母赏宝玉雀金裘，宝玉穿去舅舅家。 晴雯寻故逐出坠儿。 宝玉新衣不慎烧了洞，晴雯病补雀金裘。		
	次日	宝玉又请王太医来给晴雯诊病。		
	某日	袭人送母殡后回来怡红院		
	十月底至十二月中下旬	诗社因故“空了几社”。		
	腊月	宁荣二府准备春祭之事。 黑山村的乌进孝来送年供。		
	腊月二十九日	宁荣二府更换门神、联对、挂牌等，焕然一新。		
	腊月三十日	贾母等进宫朝贺行礼。 贾府拜祭宗祠。		
第17年（宝玉十七岁）	正月初一日	贾母等进宫朝贺。	乾隆四年（1739，己未年）	十月，弘皙逆案案发，牵连甚广，弘皙及其子孙皆被革去宗室身份。
	正月十一日	贾赦请贾母。		
	正月十二日	贾珍请贾母。		
	正月十五日	贾府家宴。 女先儿说书《凤求鸾》。 凤姐讲笑话儿。		

续表

叙事年份	叙事时间	叙事情节	历史年份	史事
第17年（宝玉十七岁）	正月十七日	贾敬“祀祖已完”，出城休养。薛姨妈家请吃年酒。	乾隆四年（1739，己未年）	—
	正月十八日	赖大家请吃年酒。		
	正月十九日	宁府赖升家请吃年酒。		
	正月二十日	林之孝家请吃年酒。		
	正月二十一日	单大良家请吃年酒。		
	正月二十二日	吴新登家请吃年酒。		
	“元宵已过”	宫中一太妃欠安。		
	“年事忙过”	凤姐小月，不能理事。 王夫人命李纨、探春、宝钗三人代为管家。		
	春季清明节前	赵姨娘兄弟赵国基亡。 探春“除宿弊”。 江南甄府家眷到京，贾宝玉梦见甄宝玉。 紫鹃假辞试宝玉。 薛姨妈生日。 薛姨妈代薛蝌求娶邢岫烟。 邢岫烟当衣。 老太妃已薨。		
	春季清明节	藕官烧纸私祭药官。		
	春季清明节后	贾母等去送灵。 莺儿折柳，藕官采花，夏婆子打春燕。 因蔷薇硝被换茉莉粉，赵姨娘到怡红院吵闹。 芳官送柳五儿玫瑰露，五儿又得茯苓霜。 司棋大闹厨房。 柳五儿被怀疑偷露。		

续表

叙事年份	叙事时间	叙事情节	历史年份	史事
第17年（宝玉十七岁）	夏秋季	宝玉、宝琴、平儿等生日，湘云醉卧石凳，香菱等斗草，众人在怡红院里占花名儿。 芳官改名唤“耶律雄奴”。 平儿还席。 贾敬宾天。 初四日贾敬灵柩进城。 黛玉七月秋祭，作《五美吟》。 贾母等回贾府。 送殡至铁槛寺。 贾琏偷娶尤二姐。 尤三姐自刎，柳湘莲出家。	乾隆四年（1739，己未年）	—
	冬季腊月十二日前	贾琏又往平安州。 凤姐哄骗接尤二姐进贾府。 凤姐大闹宁国府。 贾琏返京，贾赦赏给他秋桐。		
	冬季腊月十二日	贾珍送贾敬灵柩南下。		
	冬季腊月十二日后	尤二姐遇庸医滑胎，不堪虐待，吞金自杀。 凤姐等发配府中到年龄的小厮、丫头。		
第18年（宝玉十八岁）	“仲春天气”	贾宝玉“染怔忡之疾”。	乾隆五年（1740，庚申年）	京师流布地动谣言。 崇庆皇太后五十岁寿辰。 新修大清一统志书成。 重定宗室喜丧事件赏资章程。
	三月初一日	众人赏鉴林黛玉诗《桃花行》，商议次日起社。		
	三月初二日	众人齐集潇湘馆，重起诗社，商议诗题。		
	三月初三日	探春生日。		
	三月初四日至三月底	贾府收到贾政归期信息，先是“六月中准进京”，后是“至冬底方回”。 湘云、黛玉、宝钗、探春、宝玉等题咏柳絮、放风筝。		

续表

<table>
<tr><th>叙事年份</th><th colspan="2">叙事时间</th><th>叙事情节</th><th>历史年份</th><th>史事</th></tr>
<tr><td rowspan="8">第19年（宝玉十九岁）</td><td colspan="2">七月二十八日</td><td>贾府给贾母过“八旬之庆”。贾母宴请南安太妃等世交公侯诰命，宝钗、宝琴、黛玉、湘云、探春被请入席见客。</td><td rowspan="8">乾隆六年（1741，辛酉年）</td><td rowspan="8">嘉嫔晋封妃，贵人海氏、贵人柏氏、贵人叶赫勒氏俱著封嫔。
兵部议奏八旗办事限期及逾限处分。
谕旨饬令宗室章京侍卫等各加奋勉，演习弓马骑射。</td></tr>
<tr><td colspan="2">八月初三日晚</td><td>尤氏的小丫头与大观园的老婆子吵架，周瑞家的把老婆子捆了关起来，费大娘向邢夫人告状。</td></tr>
<tr><td rowspan="2">八月初四日</td><td>白天</td><td>贾府中合族长幼坐席开戏。贾母喜欢喜鸾、四姐儿，命顽两天再去。</td></tr>
<tr><td>晚间</td><td>邢夫人给凤姐没脸。
鸳鸯撞见司棋与其表弟潘又安的私情。
凤姐言甄家来送头等贺礼。</td></tr>
<tr><td colspan="2">八月初五日</td><td>司棋见到鸳鸯羞愧难安。</td></tr>
<tr><td colspan="2">八月初九日</td><td>司棋获知表弟潘又安逃走。</td></tr>
<tr><td rowspan="2">八月初十日</td><td>中午</td><td>鸳鸯探望司棋。
贾琏向鸳鸯借当。
旺儿家媳妇求娶彩霞。
夏太监向贾府打秋风。
贾琏听说贾雨村被降职。</td></tr>
<tr><td>晚间</td><td>凤姐出面把彩霞配给来旺家儿子。
赵姨娘告诉贾政贾宝玉已有“屋里人”两年。
小鹊向宝玉告密，宝玉熬夜理书预备被贾政盘考。
晴雯献计让宝玉假称被房外动静吓病。</td></tr>
</table>

续表

叙事年份	叙事时间		叙事情节	历史年份	史事
第19年（宝玉十九岁）	八月十二日	上午	贾母知道宝玉被吓病发怒，立命纠风查赌。	乾隆六年（1741，辛酉年）	—
		中午	呆大姐拾到绣春囊，被邢夫人撞见。 邢夫人教训贾迎春管教奶娘下人不力。		
		下午	迎春下人欺主，丫头婆子吵架，探春帮迎春处理“攒珠累丝金凤”一案。 贾琏和凤姐说向鸳鸯借当的事已被邢夫人知晓。 王夫人携绣春囊来审凤姐，王善保家的告状。 晴雯被王夫人训斥，王善保家的献计搜检大观园。		
		晚间	王善保家的与凤姐一行人搜检大观园，入画藏金与司棋私情被发现。 探春谈及甄家被抄。		
	八月十三日	白天	凤姐病倒。惜春撵走入画。 甄家来人并有东西送来。 宝钗向李纨辞行，离开大观园。		
		晚间	尤氏偷看到宁府聚赌。		
	八月十四日晚间		贾珍不顾有孝在身，会芳园里带领妻妾猜枚划拳，痛饮玩笑，宗祠发出“长叹之声”。		
	八月十五日	早上	贾珍带领众子侄开祠堂行朔望之礼。		
		晚间	贾母等在大观园赏月过节。 宝玉、贾环、贾兰作诗，贾赦讲笑话尴尬冷场。 黛玉、湘云凹晶馆联诗，又遇妙玉。		

续表

叙事年份	叙事时间		叙事情节	历史年份	史事
第19年（宝玉十九岁）	八月十五日后某日	白天	司棋被赶出大观园。 王夫人撵走晴雯、芳官、四儿等人。 王夫人言柳五儿“短命死了”。	乾隆六年（1741，辛酉年）	—
		晚间	宝玉偷偷去探望晴雯，回来一夜不得安眠，梦见晴雯来别过。		
	次日或第三、四日	凌晨	晴雯病逝。		
		白天	宝玉被贾政叫去出门会客作诗。 芳官、藕官、蕊官出家。迎春离开大观园，回邢夫人处。 宝钗向王夫人说明回家理由，正式搬出大观园。 宝玉回园，小丫头骗宝玉说晴雯做了芙蓉花神。 宝玉去晴雯哥嫂处想拜祭晴雯扑了空。 宝玉又被贾政叫去书房，作《姽婳词》。		
		晚间	宝玉回园作《芙蓉女儿诔》祭奠晴雯，遇到黛玉。		
	次日		宝玉听闻迎春被许给孙家。宝玉“从未会过这孙绍祖一面”，“只得过去聊以塞责”。		
	秋天某日		宝玉遇见香菱，得知薛蟠要娶亲，为香菱担忧。宝玉回房后便开始病了，“一月之后，方才渐渐的痊愈”，又“百日”后方可出门行走。		
	十二月		薛蟠迎娶夏金桂。 贾迎春嫁给孙绍祖。		

续表

叙事年份	叙事时间	叙事情节	历史年份	史事
第 20 年（宝玉二十岁）	一月	薛蟠和夏金桂二人婚后气概尚相持平。	乾隆七年（1742，壬戌年）	直隶、山东、河南等省有恶贼行劫。 五旗王公宗室等属下包衣佐领人内，有不得钱粮，其主不能养赡者甚多。
	二月	薛蟠气概矮了下去。		
	三月	薛蟠气概全失。夏金桂收服了丈夫薛蟠，转而寻隙婆婆薛姨妈、小姑薛宝钗。		
	四月	夏金桂设连环计陷害香菱，香菱多次无辜被薛蟠打，最后由宝钗带走。香菱此时已患“干血之症”。		
	某月某日	王道士向宝玉胡诌“妒妇方”。贾迎春回娘家，哭诉夫婿狠毒。		

参考文献

一、图书文献

(一)《石头记》版本文献

[1]曹雪芹.脂砚斋重评石头记[M].北京:人民文学出版社,1975.

[2]曹雪芹.脂砚斋重评石头记[M].上海:上海古籍出版社,1981.

[3]曹雪芹.脂砚斋甲戌抄阅再评石头记[M].上海:上海古籍出版社,1985.

[4]曹雪芹.脂砚斋评批红楼梦[M].济南:齐鲁书社,1994.

[5]曹雪芹,高鹗.程甲本红楼梦[M].沈阳:沈阳出版社,2006.

[6]曹雪芹.脂砚斋重评石头记庚辰校本[M].北京:作家出版社,2006.

[7]曹雪芹.脂砚斋批评本红楼梦[M].南京:凤凰出版社,2010.

[8]曹雪芹.戚蓼生序本石头记[M].北京:人民文学出版社,2011.

[9]曹雪芹,高鹗.红楼梦[M].北京:人民文学出版社,2018.

(二)古代文献

[1]萧奭.永宪录[M].北京:中华书局,1959.

[2]司马迁.史记[M].北京:中华书局,1959.

[3]陈寿.三国志[M].北京:中华书局,1959.

[4]班固.汉书[M].北京:中华书局,1962.

[5]故宫博物院明清档案部.关于江宁织造曹家档案史料[M].北京:中华书局,1975.

[6]赵尔巽.清史稿[M].北京:中华书局,1976.

[7]赵尔巽.清史稿(第三十五册)[M].北京:中华书局,1977.

[8]曹寅.楝亭集[M].上海:上海古籍出版社,1978.

[9]庾信.庾子山集注[M].北京:中华书局,1980.

[10]福格.听雨丛谈[M].北京:中华书局,1984.

[11]陈康祺.朗潜纪闻初笔[M].北京:中华书局,1984.

[12]富察・明义,爱新觉罗・裕瑞.绿烟琐窗集 枣窗闲笔[M].上海:上海古籍出版社,1984.

[13]清实录(第六册)[M].北京:中华书局,1985.

[14]清实录(第七册)[M].北京:中华书局,1985.

[15]清实录(第八册)[M].北京:中华书局,1985.

[16]天花主人.二度梅全传[M].济南:山东文艺出版社,1986.

[17]永忠.延芬室集[M].上海:上海古籍出版社,1990.

[18]冯其庸.八家评批红楼梦[M].北京:文化艺术出版社,1991.

[19]奕赓.佳梦轩丛著[M].北京:北京古籍出版社,1994.

[20]梁恭辰.北东园笔录[M].扬州:广陵古籍刻印社,1995.

[21]吴振棫.养吉斋丛录[M].北京:中华书局, 2005.

[22]冯梦龙.古今谭概[M].北京:中华书局,2007.

[23]山海经[M].方韬,译注.北京:中华书局,2011.

[24]刘安.淮南子[M].哈尔滨:北方文艺出版社,2013.

[25]来知德.周易集注[M].北京:民主与建设出版社,2015.

[26]礼记[M].陈澔,注.金晓东,校点.上海:上海古籍出版社,2016.

[27]太上感应篇集释[M].李昌龄,郑清之,注.北京:中央编译出版社,2016.

(三)现当代文献

[1]冯其庸.论庚辰本[M].上海:上海文艺出版社,1978.

[2]吴恩裕.曹雪芹丛考[M].上海:上海古籍出版社,1980.

[3]冯其庸.梦边集[M].西安:陕西人民出版社,1982.

[4]韦庆远,吴奇衍,鲁素.清代奴婢制度[M].北京:中国人民大学出版社,1982.

[5]舒芜.说梦录[M].上海:上海古籍出版社,1982.

[6]张锦池.红楼十二论[M].天津:百花文艺出版社,1982.

[7]胡文彬,周雷.红学丛谭[M].太原:山西人民出版社,1983.

[8]周汝昌.红楼梦新证[M].北京:人民文学出版社,1985.

[9]邓云乡.红楼风俗谭[M].北京:中华书局,1986.
[10]俞平伯.红楼梦研究[M].北京:人民文学出版社,1988.
[11]周汝昌.红楼梦与中华文化[M].北京:工人出版社,1989.
[12]霍国玲,霍纪平.红楼解梦[M].北京:北京燕山出版社,1989.
[13]丁世良,赵放.中国地方志民俗资料汇编·华北卷[M].北京:书目文献出版社,1989.
[14]丁世良,赵放.中国地方志民俗资料汇编·华东卷[M].北京:书目文献出版社,1989.
[15]胡邦炜.《红楼梦》中的悬案[M].成都:四川人民出版社,1994.
[16]张爱玲.红楼梦魇[M].上海:上海古籍出版社,1995.
[17]胡晓明.红楼梦与中国传统文化[M].武汉:武汉测绘科技大学出版社,1996.
[18]冯其庸.曹雪芹家世新考[M].北京:文化艺术出版社,1997.
[19]朱诚如.中国皇帝制度[M].武汉:武汉出版社,1997.
[20]周思源.红楼梦创作方法论[M].北京:文化艺术出版社,1998.
[21]周汝昌.红楼梦新证[M].北京:华艺出版社,1998.
[22]王国维,蔡元培,胡适,等.红楼梦评论 石头记索隐 红楼梦考证 红楼梦辨[M].长沙:岳麓书社,1999.
[23]吴世昌.红楼探源[M].北京:北京出版社,2000.
[24]孙玉明.红学:1954[M].北京:北京图书馆出版社,2003.
[25]季稚跃.读红随考录[M].北京:北京图书馆出版社,2003.
[26]蔡义江.蔡义江解读红楼[M].桂林:漓江出版社,2005.
[27]梁归智.《石头记》探佚:《红楼梦》探轶学初阶[M].太原:山西古籍出版社,2005.
[28]陈维昭.红学通史[M].上海:上海人民出版社,2005.
[29]刘梦溪.红楼梦与百年中国[M].北京:中央编译出版社,2005.
[30]林冠夫.红楼诗话[M].济南:山东画报出版社,2005.
[31]崔明德.中国古代和亲史[M].北京:人民出版社,2005.
[32]鲁迅.集外集拾遗补编[M].北京:人民文学出版社,2006.
[33]启功.启功给你讲红楼[M].北京:中华书局,2006.
[34]邓遂夫.走出象牙之塔:《脂砚斋重评石头记庚辰校本》导论[M]//曹雪芹.脂砚斋重评石头记庚辰校本.北京:作家出版社,2006.
[35]胡文斌.读遍红楼:不随黄叶舞秋风[M].太原:山西人民出版社,2006.
[36]郭皓正.红学档案[M].武汉:武汉大学出版社,2007.

[37]罗友枝.清代宫廷社会史[M].北京:中国人民大学出版社,2009.
[38]孙逊,孙菊园.红楼梦鉴赏辞典[M].上海:上海辞书出版社,2011.
[39]王庆云.《红楼梦》与中国文学传统[M].北京:中国书籍出版社,2013.
[40]李春祥.红学二百年[M].郑州:河南大学出版社,2014.
[41]杨义.中国叙事学[M].北京:商务印书馆,2019.
[42]热奈特.叙事话语 新叙事话语[M].王文融,译.北京:中国社会科学出版社,1990.
[43]克里斯蒂娃.主体·互文·精神分析:克里斯蒂娃复旦大学演讲集[M].祝克懿,黄蓓,编译.北京:生活·读书·新知三联书店,2016.
[44]伍德.破格:论文学与信仰[M].黄远帆,译.郑州:河南大学出版社,2018.
[45]利科.虚构叙事中时间的塑形:时间与叙事卷二[M].王文融,译.北京:商务印书馆,2018.

二、论文文献

[1]朱淡文.楔子·序曲·引线·总纲:《红楼梦》第一回析论[J].红楼梦学刊,1984(2):137-156.
[2]常江.清代侍卫制度[J].社会科学辑刊,1988(3):85-91.
[3]王庆云.贾宝玉形象探源[J].红楼梦学刊,1989(1):55-70.
[4]刘秉义.曹雪芹对于秦可卿的创作[J].红楼梦学刊,1991(1):123-138.
[5]崔川荣.曹雪芹生年被埋没的原因:辩"甲午八日泪笔"[J].红楼梦学刊,1992(1):239-244.
[6]赵国栋.也谈"甲午八日"[J].红楼梦学刊,1995(2):308-309.
[7]王靖.贾宝玉生辰考:"五月初三说"质疑[J].红楼梦学刊,1992(4):267-274.
[8]孙玉明.再谈《红楼梦》的著作权问题[J].红楼梦学刊,1994(4):33-53.
[9]曹连明.清代大内侍卫谈略[J].紫禁城,1994(4):11-12,46.
[10]张晓琦.宝玉等人命名与康熙帝位关系考[J].龙江社会科学,1996(1):38-43.
[11]张晓琦.宝玉原型考论[J].学习与探索,1997(5):110-115.
[12]张晓琦.宝玉原型考论(续)[J].学习与探索,1997(6):97-103.
[13]周思源.《红楼梦》"二书合成"说质疑[C]//中国屈原学会.儒学与二十世纪中国文化学术讨论会论文集.北京:中国文学出版社,1998:215-232,8.
[14]周思源.《风月宝鉴》男女主角非宝黛:兼论曹雪芹为什么没续写后 30 回[J].红楼梦

学刊,1998(1):37-54.
[15]周观武.也谈《红楼梦》中有关秦可卿病死的几处疑点与误笔[J].河南大学学报(社科版),1998(2):18-24.
[16]胡淑芳.甄士隐贾雨村原型试论[J].武汉交通科技大学学报(社会科学版),1999(3):42-44.
[17]胡联浩.贾宝玉生日新考[J].红楼梦学刊,2000(4):81-97.
[18]温云英.胤礽应为贾宝玉原型[N].吉林日报,2001-12-31(B03).
[19]徐乃为.秦可卿故事改写过程探原:兼说《石头记》的探佚问题[J].南都学坛,2003(3):42-46.
[20]谢传荣.从真假问题看《红楼梦》的主旨[J].江淮论坛,2003(4):121-125.
[21]马瑞芳.《红楼梦》成书过程推测[J].红楼梦学刊,2004(2):245-275.
[22]张文德.《二度梅》版本及成书年代考论[J].明清小说研究,2004(2):198-208.
[23]崔川荣.再谈"甲午八日"及其使用价值:关于红学研究中的几个难题[J].红楼梦学刊,2005(2):82-95.
[24]胡文彬.悲喜千般同幻渺:甄士隐之"隐"与贾雨村之"存"[J].铜仁师范高等专科学校学报(综合版),2005(2):8-9,27.
[25]孔见,景迅.《红楼梦》甄真贾假三条线[J].泰山学院学报,2006(4):26-29.
[26]胡文斌.传统节日的文化内涵[J].前进论坛,2008(5):34-36.
[27]王清品.宝玉生日详解[J].红楼文苑,2009:38-42.
[28]国嘉.三月二十二日是宝玉的生日[J].黑龙江教育学院学报 2009,28(1):138-139.
[29]王德福.论《红楼梦》贾雨村诗与联的叙事语法隐喻系统[J].渤海大学学报(哲学社会科学版),2011,35(4):70-76.
[30]张晓琦.吴玉峰、孔梅溪和棠村为顺治化名考论[J].文艺评论,2012(2):39-45.
[31]赵毓龙,胡胜.明清小说中的"通书"与"祟书":以《玉匣记》为例[J].社会科学辑刊,2013(1):180-183.
[32]兰良永.曹雪芹卒年材料考释两则[J].曹雪芹研究,2013(1):41-48.
[33]蔡义江.明义《题红楼梦》诗的史料价值[J].曹雪芹研究,2013(1):1-9.
[34]白鹿鸣.试论《红楼梦》"以节日写生日"的方法[J].红楼梦学刊,2013(5):293-303.
[35]崔川荣.曹雪芹与曹颙遗腹子的关系:解读曹頫泣泪所书的一条眉批[J].曹雪芹研究,2014(2):61-67.

[36]郭元亮.贾宝玉生日考:破译《红楼梦》“乾坤”谜局[J].红楼文苑,2014(4):30-35.
[37]陈章.“甲午八日”新解:兼与兰良永先生商榷[J].曹雪芹研究,2016(2):124-134.
[38]黄一农.甲戌本《石头记》中“甲午八日”脂批新考[J].湖北大学学报(哲学社会科学版),2017,44(1):81-89,160.
[39]翁敏华.贾宝玉生于端午考论[J].三峡论坛(三峡文学·理论版),2017(5):38-44.
[40]顾春芳.《红楼梦》的叙事美学和戏曲关系新探[J].红楼梦学刊,2017(6):59-81.
[41]胡德平.《红楼梦》书中反映的“人口经济学”[J].曹雪芹研究,2020(1):17-27.
[42]陈勋武.存在与守恒:《红楼梦》中的物极必反概念探讨[J].红楼梦学刊,2020(4):205-228.
[43]木斋.论红楼梦前四回的双重艺术结构[J].哈尔滨师范大学社会科学学报,2020,11(6):98-105.
[44]曾丽军.曲终人散梦自碎:《红楼梦》中戏曲演出的寓意与作用[J].戏剧之家,2020(32):4-5.
[45]甘煜婷.清代贵族家庭戏曲消费活动考察:以《红楼梦》贾府戏班为例[J].曹雪芹研究,2021(1):49-57.
[46]朱萍.从戏曲语词异文看《红楼梦》程乙本对程甲本的修订[J].红楼梦学刊,2021(2):73-85.
[47]樊志斌.正邪二赋、程朱理学与贾雨村、贾宝玉的塑造:兼谈曹雪芹的学养与《红楼梦》的主张[J].吉林师范大学学报(人文社会科学版),2021,49(3):108-117.
[48]陈维昭.《金陵十二钗》与曹雪芹及其他[J].红楼梦学刊,2022(1):64-79.
[49]董炜.清代男伶与《红楼梦》[J].曹雪芹研究,2022(1):118-127.
[50]李岚.论《红楼梦》现实空间的叙事功能[J].广西科技师范学院学报,2022,37(1):13-18.
[51]石问之.《红楼梦》第十二回时序问题新探:论秦可卿故事改动对第十二回的影响[J].红楼梦学刊,2022(2):131-146.
[52]刘雪莲.“秦可卿之死”的叙事伦理透视[J].红楼梦学刊,2022(3):139-159.
[53]夏薇.从《风月宝鉴》到《红楼梦》:成书与创作思想的嬗变[J].文学评论,2022(6):201-210.
[54]田崇雪.贾雨村:一生真伪复谁知:《红楼梦》边缘人物论之五[J].名作欣赏,2022(28):80-89.